迁宿者

下

MINDSWAPPER

鹳耳 著

天地出版社 | TIANDI PRESS

目录

第六章　坚定的锡兵

第四章　呐喊始于黄昏前

1 欢迎来到岚汸市

十二月七日下午一点，陀洱国民政部部长岱森达，与弗尔甘双宿现象第一研究所所长布兰登·皮奥莱维奇博士联合宣布，世界首例“双宿社会性修正”圆满完成。经过这次社会性修正，同宿组的双宿人L先生和C先生（化名），已经各自回到了他们的原生家庭，继续他们一度被中断的生活。他们依然使用迁宿前的社会保险号码、驾照等个人资料，但需要更换照片，并且添加“已修正”标识。

皮奥莱维奇博士表示：“感谢陀洱国民政部全力支持，尽量简化了行政程序，让我们可以放心地把全部精力都用在解决更核心的问题，例如原生家庭成员的心理调适……”

C先生的工作单位，某电力公司，特意举办了欢迎仪式，迎接他的归来。公司董事长保证，在C先生的职位、待遇方面，不会有任何与过去不同的安排。C先生的妻子Z女士激动地说：“非常感谢国家的支持，和研究所对我们方方面面、无微不至的帮助，我们一家人终于又能在一起幸福地过日子了。”

“现在讨论修正案例是否可大面积推广，为时尚早。”皮奥莱维奇博士对本报记者表示。

——摘自《岚汸晚报》

岚汸市西城，新工业园区。

今年的冬天冷得很突然。靠近高耸山脉的西城区，更冷。

在一家电子元件厂五层宿舍楼的天台，韦一宸靠着墙，躲在两个装烧烤用木炭的竹筐后面，往两手掌心哈了口气，又搓一搓。他从墙角探出身子，看见了他的目标。

那是一名五十余岁的男子，站在天台边缘，情绪极不稳定，呼吸短促沉重。他左手搂着一名不到二十岁的女孩，强迫她站在他身前，用一把手枪指着她的头。女子紧闭双眼，脚掌有一半悬空，吓得已经出不了声了，她紧紧抓着男子拢在她胸前的手臂，仿佛他不是胁迫者，而是救命恩人。

地面上，有安防司交涉人用扩音器喊话，试图说服男子。男子威胁交涉人，若敢铺救生气垫就立刻开枪，所以急救班尚未开始行动。男子还特意警告过，安防司不能上天台来，所以韦一宸只能悄悄接近。

“现在就打电话联系市长！我要和他直接通话！”男子高声说，“我只有这一个要求！我要做修正！我要回去过我自己的生活！”

“你冷静一下，好好想想。”交涉人说，“我们很想帮你，但如果你伤害了这位小姐，或者弄伤了你自己，那我们也很难办啊！你觉得市长会同意杀人犯的请求吗？”

“少废话！没有一个人信我！”男子一边喊，一边用枪口轮番指向地面群聚着的围观者们——大都是该厂的员工，“我说了多少次，我是双宿人，我想回家……全他妈装没听见……”

因为他的动作，楼下发生骚乱，一些围观者开始逃窜。

安防司尚未确定男子是否是双宿人。他是一名停车场管理员，独居，沉默寡言，没有朋友。也许正是因为如此，当他激烈地说出“我是双宿人”的时候，厂领导只想快点息事宁人。岚汸市“不提问，不辨认，不统计”的惯例，自然也产生了关键的影响。只要他继续工作，让车辆停在合适的位置，不漏收停车费，那么事情就能继续运转下去，没有人关心他到底是“谁”，更不用说满足他进行“社会性修正”的要求了。虽然弗尔甘研究所早已提出“社会性修正”的概念，但直到最近，才终于促成了全球第一个成功的修正案例。从社会舆论和社交网络的趋向来看，这几乎轰动全球的首个案例，对岚汸市已经形成了挑战。

韦一宸的微型耳麦传来了信息。地面的同事认为，继续交涉风险太大，需要韦一宸立刻将其制服。他听见同事开始假装给市长办公室打电话，扩音器里出现了对方电话待机的忙音。这就是行动的信号。

对方是平民，不会有太严密的防范意识，但因精神不稳定，若遭到些微惊动，就很可能枪支走火。

“想办法让他把枪抬起来。”韦一宸通过耳麦指导伙伴。

没多久，扩音器里传来了声音：“接通了，市长愿意和你说话，条件是你不能伤人。”

“我不会把她放走的！”

“没事，你可以继续这样站着，不要动。但是至少把枪口抬起来。我们这边正在实时给市长直播，他放下了手头的所有工作，看着你的一举一动，十分担心你们的安危。我们的要求不多，你至少把枪口抬起来，好不好？让市长能看到一些谈话的诚意。把枪口抬起来就行，别的什么都不用做。”

停车场管理员咬紧牙关，慢慢地把枪口抬起来。扩音器的音量为韦一宸悄悄接近提供了便利条件。离目标距离不足两米的时候，他看见枪口竖在管理员右耳上方，指着天空。

韦一宸抓住这瞬间，从右侧面猛扑上去，左手抓住了管理员握枪的右手，在对方惊诧的同时，全力挥动右臂，以搂抱的动作，把管理员和人质一同朝后掀倒在地面，他自己也因为惯性倒下。幸运的是，人质朝后倒下时，撞到了管理员的下巴。韦一宸赶紧把人质推开，在这过程中始终没有松开压制住枪支的左手。人质一从管理员身上移开，管理员左手就探进敞开的外套内，拔出了一把匕首，刺向韦一宸。这样的距离很危险，但是在韦一宸看来，对方的动作迟疑、缓慢，就像一次不自然的敬酒。他索性朝侧面一挥拳，匕首飞了出去，扎进装满木炭的竹筐里。

在上手铐的时候，管理员仿佛是自言自语，带着哭腔地说："我错了……我发神经了我，能不抓我吗……双宿就双宿吧，我不要修正，也不要坐牢……"

"那你应该早点说。"韦一宸说，"双宿人也可以好好地过日子嘛。我就认识不少——"

管理员闻言，突然又暴怒起来，吼了一声"你们懂个屁"，朝韦一宸吐了一口唾沫。韦一宸从对方嘴巴两侧隆起的模样就猜到他要这么干，扭头避开了。

后勤人员开始收拾残局。韦一宸回到楼下。等待着他的，是刚才和他打配合的交涉人，也是他现在的搭档兼属下，道坤·帕玛哈乌。他个头不高，编着一头细密的小辫子，眉头经常没来由地摆成清晰的八字，就好像随时要在大太阳底下面对一个正在俯拍的无人机。

道坤举起右手，韦一宸和他击了个掌。放下手掌后，道坤发现手心多了一张小额纸币。

"我输了。"韦一宸说，"他还真的有胆量对我动手啊。"

"我说的吧？"道坤得意地把纸币揣进兜里。

"……有什么好开心的？刚才那是生死一线间，说不定……"

两人一边聊着，一边回到车里。

自从韦一宸与渊容在佛塔决战，两年过去了。

盾组解散，姜黎升任总部助理督司，离开了前线，目前主管女性干员的教育和训练事务。乔修书两年前就辞职了，接下了辛格南顾问的高薪聘用，成为他的私人保镖。不过，这让韦一宸惊讶的决定只保持了一瞬间，乔修书很快就找辛格南预支了三个月的工资，然后销声匿迹。

韦一宸调到了新建设的西城区分部，摘掉了“协调员”的名头，升任特级干员。

这不仅仅是事业选择，也是个人选择。

按照渊容所说的情况，如果要解开自己和“锡兵”之间的秘密，一定要来到岚沥市西部才行。

2　二分之一面具

韦一宸正在开车。车子行驶在郊外宽敞但缺乏养护的马路上，两旁的杂草颓然面对寒风压顶，像无数把枯瘦头颅靠在身边人脖颈上取暖的逃难者。

“宸哥，你看这篇长帖子，你肯定喜欢。”

副驾驶座上的道坤，一边兴奋地说话，一边非要把手机屏幕摆到韦一宸面前。本来是下属开车比较合理，但两人刚刚相识的时候，曾经在午夜地下赛车俱乐部担任代驾的道坤就表现出了严重的路怒症，所以还是由韦一宸来做司机。

“我开车，别闹。”

“怕什么，这一路上哪儿有人。你听这个标题：《疲惫的犀牛——后殖民时代语境下的〈犀牛毕波〉传播嬗变》。光是念出来，我就有一种灵光一闪的感觉。是不是特别对你口味？”道坤停顿片刻，继续说，“啊，怪不得，我说这种文章怎么会出现在我的Dewit时间线上。原来宸哥你已经点过赞了。凡是写犀牛毕波的长帖子，你统统都会点赞吧？”

“当然不是，我是很有原则的。所有说新编版比原版更好看的帖子，我不光不点赞，还要点进去骂几句。”

“你这就有点过分了吧，怎么听起来像是老陶会干的事情。那天我一个人戴着耳机听歌，也没招谁惹谁，正听到带劲的时候，老陶路过，突然就斜着眼睛在旁边来一句：‘听过真正的音乐吗？柴可夫斯基？巴赫总听说过吧？’”

“这和我完全不——”

韦一宸话说一半，决定放弃争辩。

老陶名叫陶冼，是韦一宸和道坤在西城区分部的直属上级，是一个开玩笑拿捏不住尺寸、还常常自以为很幽默的中年男子，刚才道坤抱怨的事情，的确是陶冼的典型表现。他俩此刻正是接到陶冼的指示，前往调查一处犯罪现场。

两年前的表现，让韦一宸的实力得到了总部的承认。但为了有更多私下调查“锡兵”的便利条件，他选择了西城区分部。话虽这么说，关于这件事，这两年来并没有多少实质性进展。西城区分部督司更喜欢拥有多样化技能的人才，所以韦一宸刚到岗不久，上司就对他说：“我们这边情况不太一样。不是每一天都有证人需要你保护，更不是每一天都要开火。所以，去调查吧。”

调查不是韦一宸的强项。准确地说，他掌握其中所需的技能，但是他缺乏从纷繁线头中迅速分辨出最重要的那一条的敏感性，以及更重要的，和安防司机构本身打交道的耐心与经验，合理应对质疑工作进度的上级，索取更宽裕的调查时间和资源，有条理地整理、归纳档案……这些都在韦一宸的舒适区之外。

但是，在自身努力和道坤的协助下，他也正在逐渐适应，并且获得了一些小小的成就感。乔修书在临行前对他说的一番话，也起了一些作用。

“你和我有一点很像。我们都喜欢找刺激。别否认。拳头大的、手里有枪的人要找刺激，他自己一定得小心。我从第一次练枪，就知道自己是什么人了。我盯着枪靶上那些洞，就会想，这看起来不太协调吧？是不是应该有血从这些弹孔里面流出来？说不定做杀手也能满足我的需求。但我还是选择了做干员而不是杀手。你也一样。人身上的弹孔……你看得足够多、足够久了……会觉得它们像小小的红色眼睛，眨也不眨地看着你。虽然你还年轻……不过，多找一些让你觉得值得做的，而不只是让你兴奋的事情，有好处。其实这些道理应该让姜黎告诉你。我不是一个好前辈。”

韦一宸本来以为，盾组三人会像过去一样，在姜黎家吃个饭，为乔修书送行。但乔修书仅仅是把韦一宸单独约到和分部同一条街上那间他们经常光顾的小咖啡馆而已。在一番似乎无目的的闲聊之后，他说出了上面这些话。他也仅仅提到辞职而已，但他真正的念头，已经表露无遗。韦一宸相信，乔修书应该也单独找到姜黎告别过了。他现在偶尔遇上姜黎，绝不会谈论乔修书的事情。

目的地到了。他们把车停在路边。车胎附近僵硬的泥土里，扎着一个破损一半的苏打饮料罐子。罐子光滑的表面上，映照出灰暗、生冷的天穹，一如遭到洗劫之后，在空荡荡的房间里孤独迎候清晨的窗帘。

“今年该不会这么早就下雪吧？”道坤一边关车门一边说。

“我怎么知道，你问老天吧。”韦一宸说。

“喂，老天爷，如果你现在就要下雪的话，帮个忙，集中下在青虹街五十六号。”道坤抬头，双手在嘴巴面前合拢，“那是我女友前男友的房子。算我欠你一个人情。”

这里是尚未出现在西城区规划图纸上的偏远区域，不远处可以看见一些冬季闲置的稻田，有农民在加固田埂，准备养殖青虾。视线再放远一些，可见农村屋舍以及一排排经历了不少年岁的厂房。眼前的荒地中央，有一株高大的枯树，一具尸体倚树而坐。驻扎在附近的初级干员们已经先一步赶到，把现场保护起来。

他俩接近尸体查看。死者是一名二十余岁的男性，穿着带兜帽的黑色大衣。大衣长度过膝，每个扣子都扣好了，几乎完全遮盖住了他的身体。如果不是因为死者的光脚露在外面，乍看起来还以为是一个不小心靠着大树睡过去的人。尸体附近没有血迹。

道坤蹲下来，一边查看尸体细节，一边在小笔记本上做记录。他想看清楚死者的脸，就稍微碰触了一下他头上几乎盖住眉毛的兜帽，把它支起。他皱着眉头看了一小会儿，突然“噌”地站了起来。

“怎么了？”正在附近寻找可疑足迹的韦一宸问。

“左半边不是他的脸。”道坤说，“看上去是完整的，没有伤口……但其实不是。因为尸体本身失去了血色，所以没有马上发现。左半边不是他的脸。那是一张和右半边一模一样的面具。仔细看，在脸正中央有一条接合的缝隙。”

道坤说完，用家乡话骂了一句脏话。

韦一宸立刻命令干员们把尸体完整、小心地运走。

后来，通过尸检，他们了解到了更全面的状况。死者显然曾经遭长时间绑缚，体内有大量麻醉药剂残余。它左半边脸大量缺失，只有牙齿之外的骨骼部分完好无损。取而代之的，是一张用填充物和硅胶精心制作的面具。面具的做工和上色都相当精细，与另一半失去活人气息的面孔摆在一起，确实一时看不出蹊跷。为了确保人脸面具不脱落，它的一部分和兜帽内侧缝合在了一起。其死因，可能是“手术”过程中的大量失血。

韦一宸和道坤正在陶冼的办公室里汇报工作进度。老陶今年四十八岁，长着一张称不上好看但是令人印象深刻的脸：眼窝深邃、面部骨骼突出，有着根雕一般的轮廓强度。如果新人摄影师想快速拍出一张象征着岁月磨砺、众生皆苦的男性黑白肖像，找老陶做模特是个捷径。曾有一个电影剧组在拍摄时受到死亡威胁，老陶前往调查，被导演相中，出演了一个小角色。有暴徒抢劫银行，身为保安的老陶奋勇反击，没来得及开一枪，就被暴徒击毙，然后被踩着尸体说：“谁想做英雄——他就是榜样。”从此和他平辈的同事，纷纷叫他“影帝”。

“说说你们接下来的计划？”他对韦一宸和道坤说，“少废话，来点有意思的。”

“呃……首先要确认死者的身份。我已经让技术部门还原了他整张脸的原貌假想图，在罪犯数据库里找不到匹配。而且，他的指纹也被剥掉了，甚至胃部的食物残渣可能也被清理过。凶手花了很大的力气，让我们查不出他的身份。综合法医的意见，死者的囚禁时间至少超过五天，所以我想先调查一下该地区过去一个月的失踪人口报案情况……”

“一个月？太少了。至少先把过去一整年的失踪人口档案全部看一遍，找找有没有类似的可疑案例。”老陶打断了韦一宸。

“好的。还有，因为现场附近没有可疑的车轮印，而要把一个身高接近一米八的成年人搬到这个荒地中央，不简单。所以我还是觉得附近可能有人见过一些什么。”韦一宸继续说，“我想过把死者的还原照片在附近的村子发布一下，但这样可能会打草惊蛇。我们会继续找居民多问问。”

“行。但是注意问问题的方式，避免引起恐慌。这样一户户人家踩过去会很花时间，我让另外一个组的人也帮帮你。”老陶把视线转向道坤，“你呢？有要补充的吗？”

“我和宸哥的想法是……一致的。”道坤说。

“不要支支吾吾的，给我加个菜，快点。”

“我觉得，凶手作案方式这么精细，用十分仪式化的方式陈列尸体，却没有发现死者遭到性虐待的迹象，所以他应该是个性偏执、有完美主义、平常过日子的时候也遮掩不住个性的人。而且，他还拥有制作硅胶面具的技能。在案发地附近的农业区，这样的人应该会显得很特别，我们也可以从这个角度去调查。”

“仪式化？哪儿仪式化了？”老陶提高了声音。

“那个面具——”

“这只是处理尸体的方式而已，根本不是案情重要的地方。”韦一宸一开口，老陶就打断了他，“荒野中央唯一一棵树下面，坐着一具尸体，这有什么仪式化可言？难道这棵树有什么奇怪的历史？还是说凶手希望尸体被特定的人看到？没有证据证明这两点是成立的，我就不能认同这是仪式化的谋杀。再想想，有没有更合理的可能性？是不是尸体本来不应该出现在这里，是凶手在运送尸体的过程中碰上了麻烦，所以才临时抛尸？这是不是更自然，而且也推翻了你们刚才的一些假设？”

韦一宸和道坤互相看了看对方。的确，老陶的提示，让刚才的几点疑问和推论遭到了挑战。比如，如果凶手用车子运送尸体，中途将其抛下，那么就解释了枯树附近没有可疑车辙的问题，而且凶手也未必如之前所想象的那样，是一个力大无穷的人。

“明白了吧？当然，这也只是我这个没到现场的人提出的一点想法，未必更准确，需要你们去验证。”老陶说，“面具的事情是很神秘，但是你们作为专业人士，不要被迷惑，也不要把这种神秘感套在案情的其他方面，过早地给它定下一个调子，搞得像电影一样。其实电影啊，也是一样的道理，看起来很精彩刺激，背后却有许多脚踏实地的工作要做，这点你们可能缺乏体会……总之，你们可以按照刚才说的步骤去调查，但是注意不要被自己的思路框住。我也会和总部联系一下，看看其他地区有没有发生类似案件。你们可以走了。”

两人刚转过身，老陶突然说：“韦一宸，你留一下。”

韦一宸把车钥匙给了道坤，让他先把车开出停车场。道坤点点头，离开了。

“喜欢看美国的西部电影吗？《黄金三镖客》总看过吧？”老陶问。

“我听说过，但是那片子好像很老啊，而且有三个多小时那么长。”

“……我就是举个例子！这些片子呢，都把那时候的美国西部拍得特别传奇，成天火并，一个小镇一天不打死一半人就不算过上安心日子。实际上，那时候一整年，整个西部发生的枪战可能不超过三十次。我知道两年以前，你经历了很多比较激烈的冲突。何况年轻人嘛，气性大，我看得出来你是有一点怀念那种感觉的，这一点你不要否认。但是你一定要记住，你现在所做的，也是诚实、值得表扬的工作，绝对不比你那时候做的事情价值低。何况这一次的案子，我不否认，确实有离奇之处，可能会是决定你接下来二十年职业生涯走向的重大案件。平常心，好好干。”

“我明白。”

“道坤我倒是不担心，他是根弹簧，你使劲摁他，他一定会使劲蹿。为什么突然特意提醒你，也是因为我前天回总部开会，碰上了姜督司。她很担心你，特别想通过我，了解一下你的实际工作情况。其实我刚才对你说的话，有不少也是对她说过的——她刚入职的时候，我也是她的上级，现在掉了个啦。怎么样，没有给你添加太多压力吧？”

“没事，我能行。”韦一宸想顺口说“姜黎姐”，但吞了下去，“……姜督司她最近怎么样？”

“她没别的，就是忙。比我们忙多了。”

就在两分钟前，韦一宸还想，既然姜黎问起他，要不抽空给她打个电话吧。但听老陶这么一说，他又打消了这个念头。不管怎样，突然给比自己职级高了好几级的人打私人电话，是不合适的。何况他也没有想好应该说什么。

他想起了和姜黎并肩作战的时候。虽然其实只有少数几次，而且他还曾违反她的作战指示。现在她到了更高的位置，让更多的人可以依靠她——这是她注定会走的路。他们的道路在短暂重合之后又分岔了，但至少目前，若有一人尝试，还是可以看见另一人的身影。这么一想，韦一宸心中的感激胜过了失落。

3 偶尔回头

在接近岚汸市中心的湖滨大道上，有一家小有名气的书店，名叫“子午线”。星期六下午，韦一宸抽空独自来到此处。书店门口竖着一张黑板，上面用粉笔写着：

《想象中的狼与篝火——给双宿恐惧症患者画像》
作者　周亢
签售&见面会

黑板上方，贴着周亢的大幅照片。

韦一宸在台阶上蹭了蹭脚底，走进书店。首先看见的是在左侧堆成金字塔形的周亢的书。他朝右边看，虽然书架遮挡了一部分视野，但还是能看见有数十名书友安静地坐在空旷位置，几乎每一个人手里都有一本周亢的书。

“如果我要签售……”韦一宸放低声音，对身边收银台后面的书店工作人员说。

“您随意，自由参与。您有周老师的这本书吗？”

“我需要拿一本过去吗？我看他们都有。”

“如果您想让她签名，可以在这边先买一本。”

于是韦一宸拿走了金字塔最上方的一本。付费，把书拿走之后，他绕过书架，看见了她。

她还是她，人们目光的焦点。这一次，也是字面意义上的焦点。

这场见面签售会规模并不大，到场读者四十余人。周亢坐在最里侧，在编辑的主持下，已经回答了十余个问题。过去两年，她很少待在岚汸。

两年前，她写作的关于共鸣会的报道，引起了较大反响。在主编的支持下，她决定在这个题材上继续深挖。共鸣会并非孤例，世界上还有不同形态的，以抵抗“双宿恐惧症”为精神驱动力而建立的团体或社区。她先后前往数个国家实地调查采访，写成了这本书。她在旅行写作的过程中也持续发表相关日记，自然而然地提高了读者的期待度。虽然算不上真正的畅销书，但成绩也超出了她自己和编辑的期望。

问答结束了，周亢正在埋头给书友们签名，没有立刻发现站在最后面的韦一宸。他觉得就这么排着队，会不会显得有点做作，但又想不该贸然上去打招呼。最终他还是选择排队。两人中间隔着数十名书友。这样的书店，这样的场合，对他来说太陌生了。

周亢发表的旅行日记，一开始他每期都追，看着看着，就没有继续追了。因为每当她提到，当地的风土人情有什么让她产生感悟、依恋的部分，韦一宸都会想：她该不是不打算回来了吧？事实证明这是多余的烦恼，但他压抑不住自己。

此刻，他和周亢之间的距离，以一个书友又一个书友的频率在缩短。

一名皮肤泛黄得不太健康的男子，把手中书放在周亢的写字桌前。周亢按照通常程序，对来者微笑问好，然后打开空白扉页，一边准备签字一边说：“你想……”

男子说：“你就写，‘我是个无耻的女人，为了博取眼球，用虚假报道抹黑共鸣会。尤其是十七号社区，他们每个人的痛苦，都有我一份功劳’。”

周亢手不再压在书页上，抬起头。她发现男子不是在开一个不合时宜的玩笑。男子在笑，他的笑容让周亢感到紧张。

“我不能这么写。”周亢说。

“这对你来说很难吗？”男子一挥手，把书抢回来，用大拇指使劲快速翻阅，简直要把书折成两半，“几百页都是胡言乱语、诽谤，不就是为了钱吗？共鸣会就是我的家，成员们就是我的家人，你害得我家破人亡！”

“不好意思，这位先生……”周亢的编辑说着，想上去打圆场。男子一把推开了编辑。后面已经躁动不安的书友们发出惊呼。韦一宸赶到前面，按住了男子的手。

“我是安防司特级干员。”他出示证件，“我看见你对那位女士动手了。有什么问题吗？”

男子后退一步，把视线转向韦一宸，显得更紧张了。“又是安防司。果然。又是安防司。”他一边喃喃自语，一边快步离开了，把书丢进了门口的垃圾桶里。

韦一宸松了一口气，转向周亢。周亢回应着他的眼神，不掩饰嘴角的笑意。

编辑走到韦一宸面前，使劲感谢了他一番，然后说：“要不周老师，您先帮这位干员先生签名吧。”

“没事，”周亢对编辑说，“我们认识。先把活动做完吧。”

编辑倒也干脆，没有继续扯闲话，把韦一宸请到旁边，组织着剩下的书友平平安安地做完了签售。活动完成后，编辑提醒周亢有一个小时休息时间，然后要赶往下一家书店。

周亢和韦一宸来到了二楼的咖啡茶座，两人面对面坐下。韦一宸看不出周亢有任何变化，除了闻到了一种对他来说很陌生的香水味。

周亢说：“这本书是你自己掏腰包买的？”

“不拿一本你的书就进签售现场，不太好吧。收银员是这么说的。”

“你想什么呢？我肯定会送一本给你。我前天才回岚汸，一直在做活动，明天要去新加坡，回来以后就会闲一阵子。本来打算到那时候找你吃个饭什么的，再当面送给你。”

“没事，这本我拿来看，另一本拿来收藏。没想到竟然有共鸣会的人到书店来闹场子。之前有碰过这样的事情吗？”

“没，是第一次。”

“这样不安全，你要去的下一家书店有保安吗？”

“我会去问问的。不过……”周亢停顿片刻，继续说，“我多少能理解这些人的想法。而且那个人说不定就是十七号社区的。对他来说，就好像安身之地突然被夺走了。我自己对共鸣会的章节也不满意……因为写得不完整，在读者眼里，确实只突出了他们神秘、危险的那一面。”

哪怕是韦一宸，也不能对周亢说出全部的真相，所以通过周亢笔端呈现出来的共鸣会形象，难免有点支离破碎。不过，若全部真相都暴露于笔端，那恐怕共鸣会如今的状况会更凄凉。

包括苏晏在内，六名共鸣会最高领导人中有五人死于暗杀。韦一宸相信，这应该是渊容所为。这件事严格保密，目前没有任何相关媒体消息。辛格南议员在一次电视采访中，成功地把他遭受的袭击和共鸣会联系在了一起。他不需要证据，只需要调动观众心中的感情：他几乎舍弃生命，从“我并不是说他们一定属于共鸣会，但难道没有这样的可能性”的枪手突袭中，保护了两名无辜的女子，甚至救下了一名干员。两个月后，市政府通过了共鸣会成员不得担任政府公职的法案。再过六个月，又对他们担任医疗、教育等岗位增加了限制。共鸣会的社区从全盛期的十七个，到如今仅剩下八个，其中还有两个事实上空无一人。刚才那个惹事的人，连胸章都不敢正大光明地戴上去，也是共鸣会衰落的明证。那六个号角的符号，不再是很多人骄傲的象征。

“算了，不谈他们了。”周亢看得出来，共鸣会的话题让韦一宸不太自在，“你放心，不会有事的。”

“嗯，我也觉得他们现在没那个胆量了。”

两人之间沉默片刻。周亢意识到自己的话佐证了一个不可回避的事实：韦一宸一直关心着她。无论他们之间聊多少，无论话题飘到多遥远的地方，韦一宸只要坐在她对面，心中就一定只有一个焦点。她的“你放心”，成了对韦一宸思念的承认，甚至说是纵容。

“对了，我读了你的旅行日记，虽然还有一小部分没读完。”韦一宸说，“你说在东京花掉了大部分旅费，但是好像没写清楚是怎么回事，我还挺好奇的。”

“啊！”周亢突然意识到了什么，有些尴尬地笑了，“……我的书，你还没看到后面，对吧？”

“当然没有，我刚刚才拿到手。”

“那一部分编辑觉得精彩，有噱头，所以让我别写日记，都放到书里。其实是这样的……你先听我说完。”

“你讲吧。”

“书的第一部分是写共鸣会，编辑觉得太阴沉了，所以希望接下来放一些比较轻松有趣的内容。我的书主题本来就比较严肃，想得我掉头发……但是到了日本，真的偶然发现了一个相对轻松有趣的采访对象！其实是一个‘情感导师’。”

虽然韦一宸表情没啥变化，但周亢还是对着韦一宸打开双手手掌，好像要防备着一只会冷不防蹿出来，不比刺猬更大的透明野兽。她继续说：

“‘导师’只是一个噱头，说白了就是收费陪你谈心。他自称是双宿人，在迁宿之前，是一名索马里海盗，证据是他可以说一种完全不像日本人，更接近非洲口音的英语。听起来像在编故事，但是其实一个人到了那种场合消费，本来就是去听故事的，只要你讲得够精彩，客人才无所谓真假。”

“但你是采访他，他要收钱？”

“没办法，他态度特别干脆：从他嘴里说出来的，都是商品。编辑也和我说，读者一定爱看这个，我就和他聊了两三次。主要是确实有很多顾客——男女都有——和他聊天，减轻了对双宿的恐惧，因为他通过自己特别夸张的故事，把双宿包装成一种非常难得的人生冒险，我能理解对于特别疲惫的日本上班族来说，他的这些说法是有魅力的。而且……”

其实对于是否应该在书里加上“情感导师”这一段，周亢一直心里没底，因为虽然缓解了全书的沉重感，但跟在共鸣会章节后面，还是显得视角有点猎奇。不过，从目前的读者反应和销量来看，至少编辑和出版社是会很高兴的了。韦一宸一直安静地听她说，偶尔点点头。他的表情一直没有变，表现出一种有礼貌但是略显生硬的好奇，显然对这个话题兴趣一般，于是周亢不再说下去了。她抿了抿嘴，用更平缓的声音说：“那你呢？最近怎么样？”

就在这时，两人的手机同时响了。他们几乎同时说出“稍等一下”，然后查看手机。

“阿一。”周亢说着，然后把手机屏幕举起来，给韦一宸看。

因为茶座附近玻璃的发光，韦一宸眯着眼睛仔细看，才弄明白了周亢手机上的信息。

然后他也把自己的手机举起来，屏幕对着周亢。

两人收到了同样的信息，来自一个离开两年多的人：

我是阿春，这是我的新号码。下周三我会到岚汸。原因现在不方便透露。不知道这次有没有时间见面，先打声招呼。

不到三秒，周亢的手机又响了。她连忙把屏幕转向自己。原来是她紧接着又收到了一条：

虽然不一定有机会但是好想快点见到你啊亢亢！你老实说你想不想我！（揪住拼命摇晃）

而韦一宸的手机一直静悄悄。

周亢看了看韦一宸的眼睛。他显然也看见了这条短信。韦一宸稍微低头，显然在忍笑，有些尴尬地用食指挠挠嘴角，突然就有一口没憋住的气从鼻孔喷出来了。这下周亢终于也没忍住，“噗”地笑出来，杯子里咖啡表面上竟然出现了水纹。

希望在阅读区安静读书的客人们，不由得把埋怨的视线投向他们。

4 沿途掠夺

月亮像一名粗心的播种者，缺乏规划而又生性吝啬，从云层的指缝间把少量微光抛洒到偏远、人迹罕至的山谷之中。这里是汕雅山脉稍北部，一个尚不属于岚汸市，也不属于任何合法政府控制下的隐蔽、遥远矿区。岚汸市未必不知道此地的存在，只因此地褊狭，目前若组织开采，效益并不高。另外，还有一些身份、国籍不明的私人开采队伍，分散控制着这些地区。白日间，山峦之中偶尔会听见沉闷的放炮声，然后是山石纷纷滚落的声音，像一群逃避猛虎撕咬的小型草食动物在逃命过程中互相冲撞。而到了夜里，山峦又不得不掩护着那些凿穿自己五脏六腑的细小人类，与他们共同艰难入眠。

曹砥藏在一块大石头后面。在她前方，有一条若隐若现的上山道路，泥石之间布满驴子的蹄印。左边，有一座结构简陋的木制瞭望塔，可以俯瞰一大片山谷。瞭望塔之后，大约直线距离十米之外的岩石平台上，还有一间长屋。居住其中的是“安保人员”—— 私人武装分子。长屋中人数不明，但可以肯定的是，每两小时，会有一人出来和瞭望塔上的守卫换班。

曹砥从大石之后闪出，快速转移到瞭望塔之下，顺着梯子朝上爬。

她尽量放轻动作，避免发出声音。但是在爬到一半的时候，因木梯老旧，还是难以避免地发出了“吱呀”声。曹砥听见瞭望塔平台上的卫兵有了反应。从脚步声判断，他正走向爬梯这一侧。

幸好距离足够，曹砥想。她一只手握住梯子，另一只手把她常用的武器——带锁链的金属环——朝斜上方一抛。金属环准确地套中了瞭望塔顶的另一个角，悬挂于其上。她松开了握着铁链另一端的手。因能见度低，守卫听见了噪音，但并不能马上看清是何物。他上前握住铁链，摇晃了一下，铁链发出清冷的震动声。曹砥趁此机会，用最快速度蹿上爬梯。守卫转过身时，只看见一个面目不清晰的黑影朝自己扑过来。他举起步枪，但还没来得及开枪，曹砥就一脚狠狠踢中了他的手背，枪支掉落在地。下一瞬间，曹砥已经把悬挂在外的铁链引回来一截，用它扼住了守卫的脖子。

这一切都发生得相当迅速。曹砥很明白，能踢掉枪支，其实是她的幸运。她之前的心理预期是：守卫至少能开一枪。如果能在枪声把附近其他所有敌人引来之前就把守卫干掉，那么这也算一次成功的偷袭。结果，她不仅毫发无伤，也没有引起太多的响动。她发现卫兵的臂力挺足，但是被铁链扼住喉咙，怎么反抗都是枉然。

她又加了把力，感觉到卫兵的意识逐渐消逝。就在这时候，在不远处突然发出了一声枪响，瞭望塔顶的一角被击中，稻草和木屑飞散。枪声如此之近，似乎就是从瞭望塔脚下传出的。枪声的回响尚未散尽，从长屋正前方，突然射出一道强光，直射瞭望塔，使整个塔顶平台的一半都笼罩在刺眼的白光中。长屋备有夜间用来视察情况的探照灯，看来是屋内的值班卫兵听见枪声，所以立刻使用它来观察瞭望塔。

这一瞬间，曹砥面临的情况，从顺利得超出预期，逆转成了比预想中更糟糕。她听到了更多卫兵吼叫的声音，尚且不知道敌人是否已经冲出屋子，但枪火已经朝着瞭望塔纷纷喷射。第一声枪响引来了更多的火力。她立刻趴下，藏在围栏后，又利用遭自己控制的卫兵作为第二层护盾。她听见子弹连续打穿木板的声音，还有一枪打中了卫兵的脚掌，鲜血飞溅，其人却没有任何反应，看来是已经被勒死了。当曹砥思考对策的时候，枪声却又出乎她意料地很快消失了，那探照灯也失去了光芒。她确认情况安全之后，推开有一半压在自己腿上的尸体，从爬梯滑下去。

她小心地走进长屋，看到了三名敌人的尸体。中间的一具尸体附近站着曹砥的同伙，一名个子不高的金发男子——两年多以前苏晏交托给曹海的人质，苏垂木。他没有配枪，正在用一片纸巾擦拭手上的血。

“都是你干的？”曹砥说。

他不回话，只是看着她。

“你又哑巴了？我在和你说话。”

他依然不回话。

“是不是你对着那座塔开枪，暴露了我的位置？”

“你没事就好。”苏垂木终于面无表情地开口了。他默认了，是他暴露了曹砥的位置，吸引这三名卫兵的注意力，然后把他们解决掉。

曹砥冲上去，揪住了苏垂木的衣领。他还是不说话，只是把一只手放在曹砥的手背上。他的动作并不像是反击，力度很轻，就像一个手无寸铁的人试图用礼节来劝退要对自己施加暴力的人。这反而更加掀起了曹砥的怒火。

“行了，放开他。”

曹海出现在门口，平静地说。

“我们之前不是这样计划的……”曹砥仍未松手，继续抗议。他们原来打算先由曹砥解决瞭望塔上的卫兵，苏垂木负责望风，等到她安全下塔之后再稳步前进。

“他和我商量过了，我拿的主意。”曹海打断了她，“天亮之前要把事情都办好，时间已经不多了。还有别的问题吗？”

曹砥看了看曹海的眼睛。哪怕是在多年以前，尚未迁宿的曹海，就已经不再严厉斥责、恐吓曹砥了，这和他对待其他属下不同。然而正是因为如此，曹砥反而觉得他的命令更加无法违抗。

长久以来，她最不能容忍和原谅自己的，就是辜负曹海的信赖。两年半以前，她仓皇逃回藏身处，曹海并未表现出失望。她有时候会想，也许这代表着，曹海只要哪怕表现出一次失望，她在帮派里就再也不会有容身之地。她时刻借助此假想来鞭策自己。

眼前的苏垂木，受到的待遇不一样。曹海常常斥责他，多次让他冒着生命危险来证明自己的忠诚，这和曹砥曾经的经历是相似的。但是，曹海最近却常常优先采纳他的意见。

苏垂木本来应该只是一个失去了主家的人质而已。丧家之犬，不知何时会失去性命的乞食者。

但曹海显然不是这样看待苏垂木的。这其中的理由，曹砥难以理解。她再次告诉自己：曹海的话不是用来理解的，只要照办就行了。

她只好松开了手。

苏垂木依然不发一言，转身离开。

半个小时之后——

在已开凿矿洞的附近，有一些小型洞窟，被控制的矿工们就在其中入眠。有一些人醒着——他们听见了枪声，但并不惊慌。忍受这些噪音，是他们生活中的常态。

洞内的白炽灯突然亮起。

曹海站在门口，右手的枪口抵在岩壁上，身上有很多灰尘，但没有沾上一滴血。

“你们的上一个主子已经死了。”他说，“从明天开始，你们就在我手下工作。”

人群并无骚动，也无叹息，只有沉默和一些不值得注意的喃喃低语。

5 黑色丝线

清晨，道坤一个人来到了发现尸体的现场。太阳应当升起之处，呈现一片暗淡的金属灰，天地都好像被关押在一个只开了一道缝的罐头中。因为此地离安防司办公楼太远，为了方便侦查，他和韦一宸暂时住在三公里之外主要顾客为长途司机的廉价旅馆。昨天半夜他醒过来的时候，一个直觉突然占据了他的大脑：那具奇特尸体的布置方式，一直让他心存疑惑，因为尸体倚靠的这棵高大粗壮的树，虽然没有什么特殊价值，但却是一个显眼的地标。对于这直觉，他心里没底，所以凌晨四点四十五分，他瞒着依然熟睡的韦一宸，独自徒步出门。

他来到枯树附近，观察四周，仔细确认没有其他人在附近——不能排除凶手会监视抛尸现场的可能性。然后，他背靠着枯树，在尸体被发现时的位置，以相同的姿势慢慢坐下来。十余秒后，他在记事本上写了点东西，然后打开微型手电，仔细观察尸体曾倚靠过的树干表面。在查看过每个角落之后，他绕着圈，把整个树干相同高度的位置都检查了一遍。在这过程中，也许是冷风带来的错觉，他数次感觉到，似乎有视线投向他的后背。再度确认周围没人之后，他才继续检查。

一个半小时之后，道坤和韦一宸坐在旅馆房间的窗户边，一边吃早餐一边说话。道坤说了他的发现。

“尸体被移动过。”

“你具体指的是？”韦一宸说，“我们早就知道发现尸体的地方不是作案现场。”

“最先报案的是路过的卡车司机。宸哥，你记得他当时是怎么说的吗？尸体就这么背靠着大树，面朝行车道，那个司机当时其实已经开过去好十几米了，他是从后视镜里看到的，想着这里怎么有个哥们儿醉倒在这个地方了，说不定会被冻死，就下车去看了两眼。走近了，才发现这家伙怎么光着脚丫子呢，不对劲。再一看是个死人，就报了案。这条路上除了长途车司机，一般没什么人，若夜里只是开着前车灯的话，哪怕这尸体就靠着树对着大马路，也不太可能被发现。但是只要天亮，可以说它必然很快就会被过路人发现。这一点很不自然。”

“我们已经讨论过了，凶手没有隐藏尸体的念头。而且现场地面没有可疑的脚印、车辙印，也没有尸体被拖拽过的痕迹。所以老陶才说，有可能是‘运送途中意外抛尸’。”

“这些痕迹其实都是可以隐藏的，所以我换了一个思路，仔细检查了一下那棵树本身，然后我发现了这个。”

道坤掏出了一个小证物袋。韦一宸接过去，就着窗户透进来的光，仔细查看。里面装的，是细微得几乎看不见的黑色纤维。

“这是什么？”

“这是我在树皮上面找到的。严格来说还是需要送回实验室看看，但我九成可以肯定，它们都是从死者穿着的黑色腈纶大衣上面刮下来的纤维。它背靠着又粗糙又开裂的树皮，所以在上面留下了痕迹。真正有意思的，是我发现它们的地方。那就是在……”

道坤突然握着一双筷子在桌上敲，越敲越急促。

“行了行了，你别制造悬念了，快说吧。”

道坤最后使劲敲了一下，给这一连串“鼓击”收尾，然后说：“尸体被发现位置的对角线上。我用手机画了个图，宸哥你看看。”

他把一张手机图片发送给韦一宸。

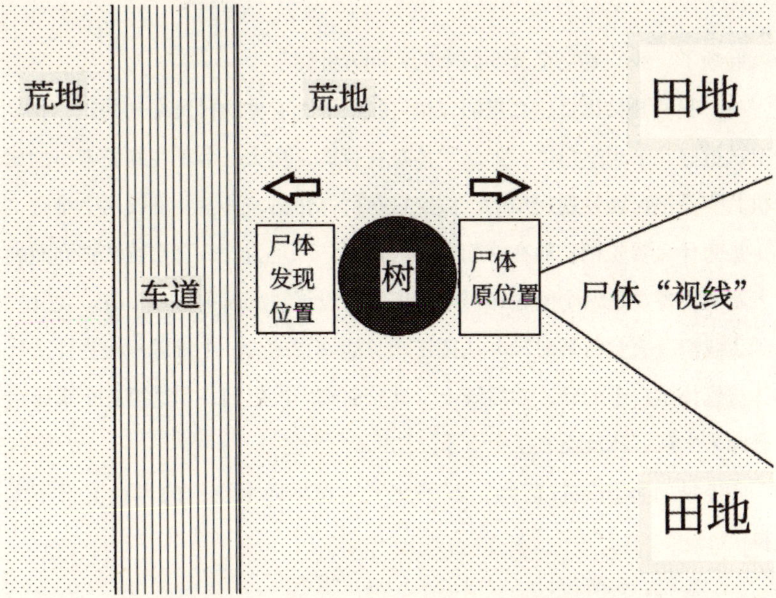

“我看明白了。”韦一宸说，“正好是在树的背面。”

“对头。只有这两个地方可以在树皮上发现黑色腈纶，而且它们所处的位置高度基本是一致的。”

“所以你的意思是，尸体本来是背朝大路，但是可能被转移成面朝大路，所以卡车司机才会第一时间发现。”

韦一宸停下话头，回想了一下调查尸体的首日。虽然枯树离村庄、工厂等有一段距离，但是离田地很近。当时，田地上还有少量农民在工作。因入冬，他们在改造稻田、养殖青虾。

“如果尸体原来真的在你所说的位置，同样可能会被村民第一时间发现。”韦一宸继续说，“难道凶手有意选择了目击证人？”

“有这个可能，我建议对那个卡车司机做更详细的背景调查。但另外一个可能性是，凶手不怕村民发现。或者说，他非常肯定，哪怕田里的村民发现了，他们也不会报案。”

“那就是群体作案了。”韦一宸停顿了一下，继续说，“如果是这样就麻烦了，我们要完全改变原来的询问方针。”

“我一开始也是这么想的，也许我们那天看见的村民都是共犯。我早上试过好几个观察角度，如果尸体藏在背面，那么一个正在驾驶卡车的司机其实是不可能发现尸体的。假定这是群体作案，那就要解决两个难题，一是为什么要先把它放在背朝大路的位置，二是为什么它会被转移到面朝大路的位置。这两个问题在群体作案的假设下，反而更加难解决。我又想到，我们一直觉得暂时没办法搞定、只能搁置的头一个难题——为什么尸体被挖掉了一半的脸，然后缝上了硅胶面具。没想到，和这第三个难题结合起来之后，我反而有了个点子。”

道坤身体稍微往前倾，双手交叉搁在桌面上。他的声音变得不太自信。

“宸哥，你听说过‘双宿灵子’吗？”

“那是啥？”

“一个校园传说，在小学和初中女生中传了好几年了。我之前也不知道，是我女朋友告诉我的……”

“等一下，在小学和初中里流行的传说……你女朋友几岁？”

“二十一！她不玩这个，也是听来的。总之，校园传说嘛，都是得先有个差不多的事，只要一两个细节就可以了，然后越传越夸张、荒谬。‘双宿灵子’是这么个玩意：你对它许愿，它可以满足你想要和任何人互相迁宿的愿望。”

“这和我们的案子有什么关系？”

“关于‘双宿灵子’到底是个什么东西，有很多种说法。但最常见的，说是它附身在一个人体解剖课的教学模型上。就是……”道坤一边说，一边把手指竖起来，在自己身体中线上比画，“这种模型的呈现方式……和那具尸体的感觉很像。”

虽然没有坚实的证据，但韦一宸很快理解了道坤的说法。他刚才一边听，一边在手机上搜索“双宿灵子”，有了大致概念。如果道坤的假设是真的，那么他们看见的，可能是类似“双宿灵子”传说源头一般的事物。凶手之所以不害怕村民们发现，是因为这恰恰是他们所需要的——一个也许颇有年头的仪式。

韦一宸不由得感受到一阵凉意。

但是，并非一切都是阴暗、令人恐惧的。也许有一个人——同一个仪式的参与者——不能忍受这一切，他趁所有人离开之后，冒着生命危险，偷偷地把尸体转移到了能被外人发现的位置。因为能力、胆量所限，他只能做这么多，但已经足够了。

韦一宸更愿意把焦点集中在这个偷偷转移尸体的人身上。

因为道坤的假设听起来相当离奇，所以两人商量过后，没有立刻向老陶报告。他们暂停了对事发地附近村庄的询问计划，把黑色纤维送到证物科检验，同时兵分两路：韦一宸在他俩居住的旅馆附近地段，小心地询问离事发地有一定距离的、年纪较大的居民；道坤则查询公共档案，寻找关于事发地附近村落的相关资料，如果“双宿灵子”真的是一种仪式，那么除了校园传说，一定还会留下别的蛛丝马迹。他们决定用两天时间来集中完成这两项工作，然后综合意见，上报老陶。

在进行询问的时候，韦一宸表现得相当小心，因为对方并不是被关押在铁盒子里、承受森严目光重压的嫌疑人，一切都必须从闲聊开始。而且他要询问的内容——关于一种也许根本不存在的民间仪式——实在隐晦。何况他与主要询问目标，岁数长过岚沥市的老年人，在语言交流上也存在困难。他觉得自己像朝厚厚的木板里拧入一个又一个尺寸勉强合适的螺丝钉，手劲稍有差错就会走偏。这些工作内容，让他感受到了一种无法通过吃饱睡足去消除的神经性疲劳。

在这繁杂工作的收束阶段，他突然收到了周亢的信息：

“我从新加坡回来了，正好也约到了阿春，今天晚上你有空吗？”

6　错位的午夜

这天夜里，韦一宸和周亢、叶春璟三人再次相聚，地点是一家僻静、客人寥寥的小型爵士酒吧。晚上八点半，当韦一宸走进酒吧的时候，他稍有些讶异，因为这里并不是他们任何一个人喜爱的风格。进门没多久，他远远地看见了周亢在卡座中的背影。他朝那个方向一迈开脚步，突然感受到酒吧各处都有隐蔽的目光在跟随着他。他心生疑惑，临时停在原地，追寻这些目光的来源。与此同时，一名坐在附近，穿着黑色正装的男子起身，拦在他面前，低声说出韦一宸的姓名以及证件号，然后要求搜身。

“怎么回事？”韦一宸问。

“市政府安保。请配合。”

他拿走了韦一宸的武器以及手机，又把后者关掉。

“走的时候到我这来领取。放心聊，不会有人打扰的。”

黑衣人坐下了。韦一宸再次左右张望，估算了一下还有多少黑衣人的同事。去掉这些人之后，客人更是少得可怜，让他简直有点儿为正在演奏的钢琴家感到不值。

这时，他听见叶春璟的声音：

“快过来。”

她就坐在周亢身边。因卡座里侧灯光昏暗，之前韦一宸没有立刻发现她。他在两人对面坐下，腰挺得特别直，然后才仔细地看了看叶春璟。像所有平常而又理想的重逢一样，所有难以抑制的，对于“对方是否有所改变”的预期，都在眼神相聚的那一刻消弭了。她剪短了头发，这是韦一宸唯一能辨识的变化。两年多以前，叶春璟离开岚汸市，韦一宸和周亢前去送别。她分别拥抱了他们俩，并且对韦一宸说：“谢谢你。”他一时不知道该如何回答，她似乎也不期待回答，松开手，笑了笑就转身离开了，整件事显得很仓促。如果那是最后一次见面，那么它必然会窝在心底，不慌不忙地酝酿着长久的懊悔。

“没想到阿一你看起来挺清爽的。”叶春璟说。

“啊？从来没有人这样形容过我。可能是天天吹冷风，没什么血色吧。”

“我是说，以前总觉得你要么嘴巴是肿的，要么是熊猫眼，今天挺好啊，五官俱在。”她说到“俱”字就把自己逗笑了，转过头看着周亢，看似要征求她认同，“我的观察还算准确吧？”

“你得问他。”周亢看了看叶春璟，再朝向韦一宸，“最近有没有和人打架，只有他自己知道。”

“最近都只和老头子聊天，全是文明交流，说半句话鞠两个躬。对了，这是怎么回事？”韦一宸朝黑衣人那边看了一眼。

“他们不批准，我还出不来。”叶春璟说，“这一次不只我一个人，第三研究所一共来了五个同事。”

皮鞋摩擦地板的声音打断了叶春璟。那名收缴了他们物件的黑衣人转过身，把眼神投过来。叶春璟低声换了个话头：“……真讨厌。”

韦一宸看了看黑衣人，对方正毫不掩饰地用警示的眼神打量他。他索性站起来，径直走到那人面前，然后说：“不好意思，我和两年不见的老朋友聊天，你们能不能回避一下。”

比韦一宸高半个头的黑衣人也站起来，与他面对面，说：“请你配合我们的工作。如果你不愿意，我们只能提早把叶博士带走。你也应该考虑一下你的行为对你自己可能带来的影响。”

“听着，我知道你们几个也是照章办事，但是对做事的尺度，也该有点自己的把握。我知道你们不希望泄露秘密——”

“我看你们还是以后再聚吧。”

黑衣人说完，右手抬起来，似乎要下达命令。韦一宸突然紧紧捏住了黑衣人的右手腕，把它压下去。

“少给我装腔作势。我的名字和证件号你都知道了，我当了十年干员，你可以查一下我都干过一些什么活，为岚汸流过多少血。两年以前就是我保护了那位你们以前不屑一顾的鉴证师，现在我们只是想以朋友的身份聊聊天。你非要横插一腿，那就是不相信我的，也不相信那位叶博士的专业素养。换句话讲，你把我们看扁了。还有，别以为我不知道你们的来历。”韦一宸眼神投向两张卡座之外的另一个黑衣人，“喂，你，我一进来就认出你了，你是在T. I. S干活的，对吧？你换成这副打扮，看起来不怎么样啊。”

“放手。”眼前的黑衣人说。他怒意渐显，但右手腕上酸痛一阵一阵袭来，不断干扰着他眼神之中的火种。

“给我们两个小时。这样吧，当作是我欠你一个人情。如果你愿意把名字告诉我，这人情我以后可以还给你。”

黑衣人沉默了片刻，转过头，对手下们使了个眼神。他们纷纷站起来。韦一宸松开了手。黑衣人把手抽回去，连续做着抓握动作，让血液流动尽快畅通。然后他转过身，走向酒吧内另一个角落，离韦一宸等人相当远的座位，其他人也都跟上去。

“还有，”韦一宸说，“保管好我们的手机。”

他回到自己的位置坐下，突然没来由地觉得有些尴尬。叶春璟抬起眉头，给他鼓掌，不过并未鼓出声音，只是双手手指尖快速碰触，更像在给自己取乐。

“阿一，你是和他们商量好的吧？”叶春璟说，“专门表现给我们看。”

“他心眼哪儿有这么复杂。”周亢说。

“我学会了怎么让自己说话分量不一样。”韦一宸说，“关键是吐字节奏要控制好。”

“我倒是觉得你是准备好了要打架才过去的，结果他们真的坐下了，说不定你心里其实有点丧气。”周亢看着他说。

“那……那倒没有。”

没有人打扰、偷听，他们总算可以放心地聊天了。叶春璟遵守了规则，并未透露为何市政府史无前例地把五名研究所成员邀请到此地。叶春璟和同事们行动缺乏自由，她也不能保证，以后是否还能私下出来见面。但至少，市政府是有求于他们，并且会使用精锐力量保证他们的安全的。想到这一点，韦一宸总算能放下心来。

韦一宸还有一个不算意外的发现：这两年内，她们俩一直断断续续地联系着，并且在周亢开始发表旅行日记之后，几乎每天都会交流，有时候是通过日记的评论区，有时候是私人联系方式。在最近，岚汸市政府对第三研究所“有所求”之后，她们的交流频率才降低。

“我们的副所长是亢亢的粉丝！”叶春璟一边双掌并列，左手和右手的食指贴合，像一块搓衣板似的搓着周亢的右肩，一边仿佛很得意地对韦一宸宣布，“她自己爱看双宿人的社会学文章，也看了亢亢写的，还在开会的时候引用了几句。我说真的，亲爱的周老师，”她又转过头，笑眯眯地看着周亢，“下次有机会到我们所里去玩，副所长肯定欢迎，到时候你会有做不完的采访，正好把下一本书的题材给解决了。”

“算了吧，你们研究所，我感觉IQ不到两百的人都不让进去。”周亢说。

“没事没事，把阿一给捎上，加起来应该超标了。”

至少从兴奋程度来看，韦一宸没有从叶春璟身上发现两年前留下的阴影。他可以暂时安于这个事实。

他也想和她们分享一些令他兴奋的事情，可惜这些事要么关乎公务，要么暂时不宜透露。不过，他倒是没有什么失落感。他觉得，今天他在这里，是应当的，也是他应得的。

大概九十分钟之后，周亢暂时离席，去了洗手间。韦一宸抬头，看了看坐在远处的黑衣人。他们闲极无聊的模样，让韦一宸暗自觉得好笑，但他也记得，他之前说的是“给我们两个小时”。既然对方没有再打扰，那他也应该遵守相应的承诺。彻底的不尊重是不行的。

时间不多了。

因为兴奋地聊了很久，虽然灯光昏暗，加上摄入了酒精，也能看出来叶春璟面色红润。

不知道下一次见面是什么时候。

“阿一，”她稍微放低脑袋，眼睛低垂，手指尖摩挲着杯口，低声说，“阿一，我问你啊。亢亢她……”

“其实……我也有话想问你。”

“你先吧。”

“你先。”

“行了别磨蹭了。”

“好吧……是这样。有一个问题，我一直在想。除了你，我也没有其他人能问。”

叶春璟睁大眼睛，从发出银色亮光的酒杯口上方看着他。

“你觉得我……”

韦一宸清了清嗓子，仿佛要做好准备，和自己心脏剧烈跳动的声音做对抗。

“你觉得我是双宿人吗？”

叶春璟双唇微张，打算说些什么，韦一宸也听见了她把空气吸入口中的声音，但她又立刻把嘴抿上了，就好像急于为自己遭到的错误指控进行辩解，却因缺乏证据，哑口无言。

见她为难，韦一宸有些后悔。但是，今天的会面本来就是偶然，不知下一次见面会是何时。他又清了清嗓子，说：“你怎么想？”

"这个问题……应该问你自己。"叶春璟说，"严格来说，除非找到了和你交换迁宿的那个人，否则哪怕是鉴证师，也不可能百分之百确定你的情况。所以，阿一，你是双宿人吗？这么说吧，你有没有属于'另外一段人生'的记忆？"

"没有。"

"那么你就不是双宿人，只要你没有撒谎。"

"我十一二岁之前的记忆都很模糊，也不记得我的父母。还有，以前和你说过的，关于我的文身。我不知道它是什么时候文上去的，最重要的是，有人和我说过，我的文身图案……这些数字，是另外一个人独有的个人标志。"

"我没办法现在给你答案。你说的这些，都不构成双宿人的决定性条件。你说的童年记忆模糊是怎么回事？失忆吗？"

"我隐隐约约记得一些片段，但它们都连不起来。"

"正好相反，失忆恰恰更能说明你不是双宿人，因为双宿人要承受双倍的记忆。如果真的失忆，你应该先去检查脑损伤，而不是来问我。至于你的文身，我现在更没办法解释。为什么你非要急急忙忙的……"

"这些东西困扰我很久了。"

"阿一，你别说了。为什么要我把你当成鉴证对象？你真的这么困扰，就去正式给研究所提申请表，让他们安排啊。有了结果你也别告诉我，我不想听。"

叶春璟急促地说到这里，突然停下来，用双手捂住了眼睛，继续说：

"你……你不明白吗？我只是想和信任的两个朋友聊聊天，别的暂时什么都不管。幸好我在给亢亢做鉴证的时候，我和她还称不上是朋友，否则我一定做不到的。我是一个不称职的鉴证师。"

她把手移开了。韦一宸看见，她的双眼之中有泪光。

"我要把鉴证对象当成一个可能每句话都在撒谎而且完全没有罪恶感

的最可恶的骗子。最好不要把他们当成人！这是导师教我的第一件事。阿一，你真的要逼我这样看待你？”

“哎，你别……当我没说。”

韦一宸急忙找纸巾，但是拍了拍身上各处口袋并没有。他转过头，想看看旁边的卡座，而周亢正好回到了桌边。她担心地看看韦一宸，又看看叶春璟，轻轻地坐下来，从搁在椅子上的包里拿出纸巾递过去，然后说：“怎么了？”

“没什么。”叶春璟擦了擦眼泪，“亢亢，是我和你说过的，一个前辈一家人突然出车祸的事。我忍不住又和阿一说了一遍，把自己说得难受了。”

“别再想那些了。”

周亢轻抚叶春璟的脑袋，安慰她。没过多久，叶春璟对她挤出一个微笑，表示心情恢复了。在这之后，周亢才重新把视线投向韦一宸。韦一宸明白，周亢是在替他暂时隐瞒一个显而易见的事实：叶春璟落泪，和他有关。但是，这就像掩上窗帘，假装窗外没有冰雹——脆弱的玻璃上迟早会出现令人不安的、冰块碎裂的声音。

角落里，领头的黑衣人站起，朝他们走过来。虽然离预定好的两个小时还差一些，但是黑衣人注意到叶春璟情绪的变化，找到了提前带她走的理由。这一次的重聚，只能暂时到此为止了。

黑衣人把随身物品都还给他们，然后把叶春璟围在中央，走出酒吧。黑衣人如整齐列队的军蚁，而叶春璟在他们之中，一如皇宫中掳来、身份尊贵的俘虏，虽不会受到伤害，但是也没有任何自由可言。

韦一宸和周亢跟着他们走出酒吧。叶春璟最后回头对他们挥挥手，说了一声拜拜，黑衣人就把她请进了他们的车里。

载着叶春璟的车迅速驶离。路上没什么行人，导致路灯仿佛是为这辆引擎声巨大的防弹车开道才存在的。

韦一宸转过身，看着周亢。她显然有些冷，一出来就抱着双臂。

“我送你回去吧。”他一边说，一边稍微扭转身体，要引导她跟着他走。

“我有车，在那边。”周亢歪了歪头，表明自己的车在相反方向。

“你现在是不是还住在——”

“嗯，没挪地方。其实去年就想换个地方住了，但我不是正好到处旅游嘛，所以就还没搬。”

周亢的住处，和韦一宸此刻栖身的乡下小旅馆，也在相反方向。

“那我们下次再聊吧。反正，你最近应该不打算出远门了。”韦一宸说。

周亢没有马上回答，显然在想着什么。

“等一下。”她抬起头来，“你不急着回去吧？我觉得时候还早，我们再坐一坐好了。”

“行啊。”

“换一个地方，我不想回刚才那里。”

“当然，换。”

他们不太熟悉附近，一时没发现别的酒吧，最后选择了一家面积较大、几乎没什么客人的二十四小时西式快餐店，各自点了一杯热饮。店里的装修和摆设相当不用心，导致几乎每一道过于强烈的灯光，都恰好覆盖着正下方的一张餐桌，坐久了能把头顶烘热。在角落，有通过协助打扫来换取一时栖身之处的流浪汉，把两张凳子拼起来，在上面躺着，用报纸盖住脸。若仔细听，韦一宸能听见流浪汉熟睡后的鼻息，在报纸下方游走。

“他们把她看管得还真是特别严密。”韦一宸说，“两年多以前不闻不问，现在竟然亲自请过来了。”

“我猜是上头有什么要紧的人出事了，非得鉴证师帮忙不可。还一次请来了五个。”

“是啊。”

韦一宸抬头，喝了一口饮料。周亢主动要求他留下来，他反而一时没了话题。但在他放下杯子之前，周亢就开口了。

“其实我之前是故意走开的。”她看着他，“因为阿春有话单独想和你说。”

让韦一宸担心的，冰雹砸到窗玻璃上的一刻果然到来了。之前他和叶春璟单独对话，本是从她的一个疑问开始的，然而她根本没来得及完成这个提问。

“她想征求你的意见。”周亢说，“或者说，是想得到你的鼓励吧。虽然我也没完全问清楚，但是研究所的生活对她来说挺难受的，尤其是这两年。她在工作上进步了不少，但是情绪方面反而出了些问题。你是怎么和她说的？她怎么哭起来了？”

周亢的语气相当平静，看起来还没有因为叶春璟哭泣的事情而怪罪韦一宸。但韦一宸此刻就像喉咙里被塞了一粒仙人球一般难受。从周亢说的这些话里，根本拼凑不出他需要的信息：叶春璟到底想问什么？单看周亢这几句话，只能得出：叶春璟因为工作“心态”有问题，所以想“征求他的意见”。这根本毫无道理。

“不好意思，”韦一宸不得不说实话了，“你说的这些……其实当时，我插嘴了，她都没机会说出她想说的东西。然后你很快就回来了。”

周亢的面容立刻冷了下去，甚至让韦一宸略微想起了他们三人初遇时的气氛。

“是我不对。她到底想问我什么？”

“她想等这次工作完成以后，趁机留在岚汸，不回研究所了。但是如果我们俩不支持她，她可能做不到。”

“那我们可以一起商量啊。为什么你非要让她单独……”

“你真是……她想知道你个人的想法。如果我们三个人一起谈，而且我先对她说了‘是，我一定支持你’，那同样在场的你，肯定也会站在我们一边。所以她才想单独和你谈。这件事对她特别重要。她要对你说的这些，真的完全没有传达出来？你一开始就把话头给抢了？”

“还有机会。下一次一定能再约她出来的。”

“但是你今天为什么要……”周亢停顿片刻，叹了一口气，提高了声音，“你到底说了什么伤了她的心？”

韦一宸沉默了半分钟之久。

关于自己是不是双宿人，这个问题实在过于复杂了。他无论如何也不想用这个问题来烦扰周亢。文身、锡兵、记忆、仇杀……这些东西的一丝一毫，都不应该无礼地干涉他和她的交流。

“不能和我说吗？”

“现在还不能。”

“为什么？”

“和她的职业有关。方便的时候我会告诉你的。”

“……行吧。”周亢朝后靠在了椅子背上。椅子脚发出摩擦地板的声音，“那你最好想个办法，快点再和她联系上。我不希望阿春……”

“够了，我已经道歉了。”韦一宸突然急促地说。“你让我留下来，其实我希望这点时间是只属于我们的，而不是关于阿春的。当然，我知道自己的希望可能不切实际……是啊，我说了不该说的话，把她惹哭了，很后悔，但我现在坐在这里和你面对面，心里还是只有你。我不想在你面前，对着看不见的阿春道歉。如果你讨厌我说这些……”

他停下来了，因为突然发觉自己的声音比想象中还要大。覆盖在流浪汉脸上的报纸被吹起来了，报纸下的人发出“唔”的一声，探出头来。

周亢紧皱眉头看着他，不发一言。

韦一宸突然站起来，走出大门，沿着街道继续走下去。他走得越远，想回去的愿望就越强烈。讽刺的是，这愿望越强烈，他就越回不了头。

周亢握着杯子，没有动弹。上一次在书店重逢的时候，她已经从韦一宸身上感受到一种呼之欲出的情感，像一团在海岸边环绕的热风。她明白，利用身为被依恋者的优势，试图维持一种以朋友为名的平衡关系，对韦一宸不公平。她想：你啊，总有各式各样的理由，两年以前是心情还没调整好，而两年后是太忙。

也许唯一有意义的问题是，喜欢还是不喜欢。但随着年岁增长，周亢意识到这是一个多少有些自恋的讲法。尤其是这两年，在接触过许多采访对象之后，她察觉到要在“双宿”之后的时代寻找感情，大部分人都需要拿出更多的勇气。爱意是冲动，也是一种单方面付出的信任。

她突然意识到，在书店重逢的那一刻，她其实是想和韦一宸拥抱一下的。哪怕到头来，那只是一个表示友情的拥抱，但她终究是阻止了自己。

下次呢？也许——也许他会来电，或者短信，以某个更“正当”的理由要求再见面——然后他们再次有礼节地相处，并且做好准备把自己裹进各自的气泡里，直到韦一宸再次忍受不住近在咫尺却更显遥远的不协调感。然后，再一次让两人都难堪的情绪爆发了。

她不希望这样的事情重复下去。

那杯饮料只喝了半口。她突然希望手中握着的是一杯酒。

7　团结在王子身边

叶春璟回到休息室，放任疲惫至极的身体沉陷在灰色沙发中，但是因为这样影响呼吸，她又稍微坐直了些。她满头大汗，指尖甚至有些发麻。这并非因为做了太多体力活，而是过去近十八个小时，她的精神都保持着高度集中，紧绷到了极限，几乎没有休息。如果现在能洗个热水澡然后睡觉，她非常乐意，但最好能连洗澡所需要花费的时间和力气都跳过，身体自动洁净，然后就可以把脸颊贴在枕头上。

恰恰是这对睡眠的片刻想象，导致叶春璟真的有那么一瞬间睡过去了。这时，她的导师，也是这次同行的同事之一，乔瑟夫·斯庇尔走进屋来，大声叫醒她。叶春璟猛然抬起头来，脖子骤然间酸痛不已。她眼前迷迷糊糊的，还交叠着短暂梦境中的影像：周亢和韦一宸的面容。

“还有一个疗程，坚持一下。”乔瑟夫说。

“……再让我休息十分钟。”

“来。”乔瑟夫把手中的一杯水递给她。叶春璟接过来，只是润了润嘴唇。

“我知道你很累，大家都很累。”乔瑟夫在她旁边坐下，“但是我们的时间……准确地说，他们给的时间不多了。”

“我已经尽力了。”

“不不不，你还可以再加把劲。春，”乔瑟夫像被针刺了一样，身子突然猛地一弹，提高了声音，“你是主治医师。你比我们所有人都更有潜力，更何况‘空心人’的仪式化行为重塑，本来几乎就是专属于你的学科。如果不是因为你大胆的前驱研究，哪怕违反了校规……”

“是‘迁宿失衡症’，怎么你也说成‘空心人’了。”

“空心人也好，什么症也好，反正我们私下说话，你说是什么就是什么。关键是，这个病例的‘重塑’我们一定要完成，而且只有当你完全发挥潜力的时候，我们才有可能成功。一切都靠你了，春。我有信心，这一次的五个人，就是未来的弗尔甘第四研究所的基石。我们的名字会被写进历史！”

“你能小声一点吗？”叶春璟喝了几口水。

“……不好意思。我太兴奋了。听着，”乔瑟夫更加靠近，把声音放低了些，“我看得出来，你为什么会这么累，是因为顾虑太多了。有时候不用那么小心。记住，我和你说过很多次的，你一定要坚强起来，不要把病例当作人类来看待。”

叶春璟把水几乎喝光了，突然在杯底发现了一些沉淀物。她皱眉，抿抿嘴，舌尖有一种奇怪的触感。

“这什么？你给我喝什么了？”

“不用担心，只是可以让你快速恢复精力的东西。”

叶春璟连忙把旁边的废纸篓拿过来，弓着腰朝里吐唾沫，仿佛要把舌尖上的不适感都吐出去。这突如其来的动作，加上疲劳，突然产生了刺激，引发了干呕。乔瑟夫上前，探出手，似乎想安抚她，但是被她挥手一把打开。

在他们两人都不知其所在的另一房间内，有一名五十余岁、穿着一丝不苟的男子，正通过大屏幕监视他们的行为。

他叫诺萨万·冯，是岚汸市的副市长。看见叶春璟和乔瑟夫发生争执，他皱起眉头。这两人是他亲自邀请来的研究所团队的核心人物，他不希望他们之间出现裂隙。

就在不久前，副市长还不知道“空心人”“仪式化行为重塑”等概念。眼前发生的一切，是他在极不情愿的情况下促成的，但若能达成好的结果，反而将成为他个人的，也是岚汸市的一个重大契机。

多年来，岚汸都和邻近大国陀洱国保持着重要的友好贸易关系，努力维护这种关系对岚汸的安稳发展非常关键。诺萨万·冯的私人朋友以及重要客人，陀洱国王位的第一顺位继承人巴育王子，过去三个月一直在岚汸游玩。某日清晨，仆人发现他突然癫狂，语无伦次，还似乎说出了一种拉丁语系的语言。当夜，他失去意识，无法唤醒。在副市长的安排下，巴育王子被秘密送往医院进行检查，医院一一排除了中风、脑肿瘤等医学上可能的原因，状况让人一筹莫展。直到有一名曾经在弗尔甘研究所实习但后来放弃鉴证师职业生涯的医生提出他的看法：巴育王子可能经历了迁宿，并且患上了稀有的“迁宿失衡”，以后将无法保有任何人格，如植物人一般生活。

副市长不能接受这个结论。巴育王子是他的私友，在岚汸游玩的行程也是由他来负责安排的。虽然大家都明白双宿现象是不可掌控的，但是若这件事传出去，那么副市长以及岚汸市的未来发展，都将受到极大的影响。更麻烦的是，陀洱现任国王已病危，巴育王子随时都可能继承王位。如果岚汸市背上引发陀洱王位纷争的罪名，那么后果更不堪设想。

副市长一筹莫展，直到有一个男人提供给他一条极其稀有的信息：弗尔甘第三研究所针对“空心人”有一种几乎不为人知的治疗手段。此人还知道，具体是研究所里的哪一名鉴证师，拥有相关的治疗经验。这里所谓的“治疗”，不是让“空心人”痊愈，而是让他恢复社会技能的一部分，至少能完成许多仪式化的、固定的行为。若能完成这样的所谓治疗，让巴育王子渡过加冕仪式这一难关，从维护副市长的利益来说，也许就已经足够了。副市长相信了此条信息——时间紧迫，不得不信——他与弗尔甘第三研究所联系，证实了那人的说法。他对这些概念和研究的存在，感到非常震惊，随后很快用重金请来了相关的鉴证师。

“没问题吧？”副市长说，“他们俩好像关系不太好。”

在副市长背后，房间的角落里，坐着一个枯槁、苍白的男子。他就是把相关情报提供给副市长的人。

“不用担心，可别小看了那个小姑娘。”他说，“哪怕把她关进笼子里，她也一定能完成治疗。”

“你什么意思？”

“没什么。”男子似乎干渴已久的喉咙，憋出一种半是刺耳笑声、半是咳嗽的声音。“她治好的‘空心人’，我可是亲眼见过的，当时还吓了一跳呢。”

“安静点。”副市长一边说，一边按按钮，转换了监视屏幕上的影像，“他们回到治疗间了。我要继续仔细看。”

"遵命。"

这名男子，对于自己提供的情报，是有所求的。但副市长还不会轻易满足他的需求。

对于这一点，坐在沙发上的男子——杜谦，完全心知肚明。不过，他还可以等。他觉得，他现在比人生中的任何一个阶段，都更擅长耐心等待。他的心十分平静。

8 旧日面孔

第二天早上，韦一宸面临一个新的麻烦：他客房厕所的马桶堵塞了。他用搋子弄了几下，并无效果。经历了心乱如麻的一夜，一大早就碰见这问题，就好像是生活本身对他发出了一声尖锐的嘲笑。韦一宸今天的原计划是抓紧时间，先和道坤讨论一番，然后赶回办公楼，找老陶报告进度。但如今，他心情实在糟糕，变得固执起来。他找到旅馆的前台，同时也是老板娘，要求她立刻找人解决。一脸不快的老板娘让韦一宸自己去寻找二〇一号房的长久住户——她的丈夫，同时也是旅馆的男主人以及勤杂工。于是，韦一宸前往二〇一号房，使劲敲打房门。依然在沉睡的酒店男主人把门打开，脸色非常难看，但还是回到屋里，去寻找疏通工具。就在这时，韦一宸看到了房内墙上悬挂的一张黑白摄影图片。客房装饰画的样式一般都是固定的，这一张却不一样。

照片里，是荒原上一株枯树，光秃秃的枝杈刺入天空——正是他们发现尸体的地点，但有些微不同。树周围的土地之上，连如今那简陋的车道都没有，完全被野草和乱石所占据。

韦一宸的思绪，立刻因为这张照片而变得高度集中。这桩案子里一直困扰他们的，就是发现尸体的地点。根据目前的调查结果来看，这棵树虽树龄相当长，但并不具有特殊历史、文化意义。然而当它和一具倚靠其躯干的尸体结合起来，立刻又呈现出了一种令人产生不愉快遐想的特质。眼前这张照片，并无尸体，但摄影师依然抓捕住了它的上述特质。那些枝杈和它们之间形成的光影，仿佛空气中的黑色裂缝。韦一宸在附近询问了这么多人，第一次看见有人要把这棵树有目的地“记录”下来。

“老板，”韦一宸说，“你墙上这张照片挺有特色啊。自己拍的？”

“不是不是，很多年以前一个客人送的。我也记不清，至少二十年了吧。”

“这和我们客房里挂的画风格都不太一样。”

“那当然。把它送给我的客人是一个摄影师，名人，他自己拍的，我都不舍得挂前台。”

“你还记得这位摄影师的名字吗？”

这时，老板已经背上工具包，从屋里走到了门口，一脸不耐烦地看着韦一宸说：“不是要修马桶吗？带路啊！”

最终，韦一宸还是问出了这名摄影师的名字。幸好，就如旅馆老板所说，此人颇有名声，如今就住在岚汸，网络上有他的公开信息。了解这一切之后，韦一宸打电话给老陶，说有这么一条新的线索，今天要赶着去验证一下，提交报告的事情能不能推迟。老陶在一番“怎么不早去”的责备之后，答应了他去调查新线索的要求，但是仍要让道坤去做报告。

一得知自己要独自去找老陶，道坤一脸愁容，把双手深深地插进外套口袋里，对韦一宸说：“宸哥，一定要这样安排吗？昨天晚上我才刚刚失恋。”

“你失恋的事情我也解决不了，要不你去找老陶谈个心试试？”

“我上次失恋的时候你陪我喝了一整夜，怎么这次变得这么冷冰冰的了？”

我这是一种心理自救的手段。韦一宸这么想，但没有说出来。

于是，韦一宸和道坤再次分头行动。他先电话联系，确认摄影师人在家中，然后以最快速度，驱车来到这名摄影师所居住的高级住宅区，敲开了他的门。他姓汤，年逾六十，独居。屋内很整洁，墙上随处可见黑白摄影作品，以及一些单色的小型木雕挂饰，暖气足得几乎有些闷热。对于干员为何登门，汤先生毫无头绪，稍微有些紧张，想替韦一宸冲杯热茶，却一时找不到茶叶罐。韦一宸坐在客厅沙发上，简单陈述了来意，隐去了杀人案的骇人细节，然后把自己拍摄的尸体运离之后的现场照片递给他看。

汤先生把挂在脖子上的眼镜戴起来，仔细端详韦一宸递出的照片。他皱眉，下唇紧紧地朝上挤压着缺乏血色的上唇。

“你们在这棵树下发现了尸体？”他说。

“是的。尸体背朝大路，靠着树干。我在旅馆老板那儿看到的，据说是您送给他的照片，拍的是同一棵树。”

“嗯。我记得。”汤先生把照片还给韦一宸，“你说什么旅馆老板我倒是不知道，不过我确实曾经把一张照片送给了那时候开摩托车载我去拍照的一个当地小孩。可能是二十三……二十四年以前的事情了。”

“关于这个地点，您还知道别的什么吗？或者，还有没有别的照片？”

“有的。稍等一下。”

他在里屋忙活了一会儿，再回到客厅的时候，手上多了几本相当古旧的相簿，其封套显然遭受过小虫蛀咬，还有多处泛黄、纸页粘连。他在韦一宸对面坐下，把这一沓相簿放在桌面上，一边翻阅一边说：“我那时候刚刚辞掉工作，一心想做一个自由摄影家。结果辞工第二天就开始后悔，我盯着我的作品，觉得全部都不值一提，全是垃圾。然后我就带上家里存着的所有胶卷……”

韦一宸觉得，这位汤先生似乎很久没有和人聊天了，慢慢沉浸到关于自己人生选择的自言自语之中。虽然没什么和案情相关的，他也只能静静地听着，不时应和一句。

在揭开倒数第二本相簿其中一页的时候，汤先生突然不说话了，就好像在相簿中突然发现了会动弹的蜘蛛一般，身子突然朝后一靠，眼神开始不安地闪烁。

“嗯。”他点点头，“是这张。取不出来了，你就这样看吧。”

他把相簿倒转方向，推给韦一宸。

“这棵树，我前后经过了三次。第一次，只是路过。后来我觉得它有点儿意思，就去了第二次，拍了一张照片，应该就是你在旅馆老板那儿——就是当年那个小孩儿——看到的那张。后来我又去了一次，躺在不远处的一堆石头后面，想等合适的天光，没想到睡过去了。等我再醒过来的时候，却发现……然后，就拍了你现在看到的这一张……”

哪怕是对摄影没啥常识的韦一宸，也大致能看得出这是一张失败的作品。汤先生当时手抖得厉害，成像模糊，构图倾斜。但也许正好是这些瑕疵，放大了照片内容本身给人带来的情感效应：焦虑，甚至毛骨悚然。

还是那棵树，另一个角度，拍摄点更远，但它似乎不再是构图主体，连它标志性的广大、纠结的树冠都没有入画。真正令韦一宸移不开眼睛的，是照片中的人。人群。枯树的一侧，或站立，或下跪，有着十名左右的成年人，可以推测画面之外还有更多。不理想的拍摄角度和光线，让他们看起来矮小、漆黑，如同枯树枝杈的阴影，艰难地摆脱大地的束缚，向着天空爬行。有三分之一的人，转过头来，望向拍摄者的方向。虽然照片已经过了二十多年，其中人物的姿态，依然充满着一种一触即发的癫狂感，仿佛他们的目光，依然还能无情地刺向照片此刻的观众。

“他们发现您了？”

“就是在他们发现我的一瞬间，按下的快门。我不知道他们在做什么。一开始所有人都朝着大树的那个方向，我一起身，就有好几个人望过来。”

“他们后来有没有接近您？”

“我吓得魂飞魄散，肯定就是因为心里害怕，不小心按下的快门。然后我就没命地跑，根本顾不上背后发生了什么。从那以后，我再也没有去过那里。”

“他们的脸怎么了？”韦一宸用手指指着其中几个人的脸。一开始，他以为这些人只是露出了愤怒、惊讶的表情，又因拍摄模糊，所以面部看起来有些可怕。但越仔细看，就越觉得不是这么回事。

“对，主要就是因为他们的脸，我才被吓着了。有好几个人——至少一半——他们的脸有问题。他们两边的脸不一样。”

“……不一样？”

“一开始我以为是他们发火了，但不是这么简单。”汤先生的声音变得低沉，就像要提防着附近有人偷听，“也不是说他们五官有什么问题。而是两边脸不平衡。有一边脸，很明显，要比另一边僵硬、萎缩。好几个人都是这样，就好像有半边面孔里的血水都被榨干了一样。”

“我这么问吧，我不是在质疑您的记忆有问题。您能肯定这些人，就是您提到的，半边面孔存在问题的——都是活人吗？”

“总不能是鬼魂吧？”汤先生笑了笑，但笑得苦涩、谨慎，并未缓和气氛，“我能肯定。他们不是同时朝我看过来。应该是有一个人先发现了，然后其他人再转过脸。当然都是活人。至于他们到底是谁，在做什么，我就完全没头绪了。那一天之后，我做了很久的噩梦。我不敢去黑的地方，至少一个月，睡觉都开着灯。这张照片洗出来之后，我好几次想把它扔掉，但又做不到。”

“汤先生，这张照片能借我几天吗？它对我们的调查应该会有用。”

“不用还给我了。”汤先生摆了摆手。

周亢驾着车，在盘旋的山道上行驶。搁在一旁支架上的手机屏幕突然亮起，她看了一眼，突然紧张起来，腾出一只手迅速把手机取过来，又在一瞬间松了口气——她看错了，来电人是她另一个姓“韦”的前同事，并非韦一宸。这名前同事久未和她联系，这一次打电话来祝贺她签售顺利。对方想约见，周亢有点儿没心情，以“要不你再多拉几个人聚一聚”为转折点，结束了对话。

车子停下了。周亢到达了目的地：父亲的大宅。

她轻步走进会客厅。下午时分慵惰的阳光透过深色窗帘，像碧绿水潭表面的幻影一般，虚虚实实地映照着她的长发。她看见父亲周霆坐在惯常的位置，但那张真皮实木座椅之上，多加了一层软垫。那令他本人也自豪的侵略性气质，已然消失无踪。他逼人的眼神不见踪影，眼角的皱纹仿佛在表达，仅仅是看透咫尺之外的空气就已不容易。曾经宽阔的肩膀，仿佛正在朝着胸腔的方向退缩。

周霆已确诊癌症晚期，预计寿命不超过六个月。

这样的父亲，不再是屋子里最显眼的事物。若有生人进屋，多半首先会关注右侧。在那面墙壁上，挂着由周霆迁宿后的妻子——宿体是一名乌兹别克斯坦妇女——亲手织就的，破损严重的铁锈红色布哈拉地毯。

两年以前，叶春璟回到研究所后找出了这张地毯，按照她所承诺的，寄给了周亢。一开始，周亢没想过把收到地毯的事情告诉父亲，但还是在一次简短的对话中脱口而出。她自己也弄不明白，她是把这当作一种示威，还是有意想让父亲不愉快。但是周霆竟然很快表示，希望由他来保管地毯，并且举出了一系列难以辩驳的理由：周亢的公寓太小，而这种地毯不适合卷起来的存放方式、他的宅子有足够的空间、他可以安排地毯养护专家……于是，它就在周霆大宅会客厅的雪白墙壁上安家了。而周亢不得不承认，关于地毯养护专家一事，父亲的确并非只是说说而已。

“我回来了。”周亢说。

“一路上还好吧？”周霆的嗓音很无力，如发自充满泥沙的水底。

“还行。这个给你。”周亢上前，从包里拿出了一本精装版《想象中的狼与篝火》，要放在周霆身边的桌子上。但是在她离桌子还有三步距离的时候，周霆缓缓地伸出了双手。于是，她稍微改变方向，把书递到父亲手里。周霆接过书，先后端详封面与封底，然后又轻轻拍击封面，像在抚触夸赞一只看不见的小动物。这时，周亢已经回到了原来的位置上。

“装帧不错。”周霆说，“我眼睛不好使了，让秘书读给我听吧。你还回不回报社上班？”

“我还在考虑。”

“不回报社也没问题。我已经处理好遗嘱了。我知道你对继承我的产业完全没有兴趣，但是以后生活费用什么的，不用操心。我卖掉了六家公司……当然，这栋房子以后也是你的。”

“你不用给我……那么多。”

“那我应该给谁？如果你不需要，就捐掉吧。”

周亢是在回岚汸之前一个月接到父亲助理告知病情的电话。当时，她对父亲来日不多这件事，并无足够的真实感。哪怕是现在，也一样。他这么急着交代遗嘱的事情，就好像在忙着烧掉一本无人翻阅的旧书，一次撕下数页，快速掷入火中。

“我去找过她。”周亢说。

周霆抬起眼睛，身体坐直了一些。

“鉴证师不光把妈妈做的地毯还给我了，还提供了一些地点信息。所以，我旅行的时候，抽空去了乌兹别克斯坦，试着去找她。”

“然后呢？”

“不行……什么都没找着。”

那一段带着强烈目的性却没有丝毫成效的寻觅之旅，在周亢的记忆中留下一些模糊的、如玻璃碎片发光一般的景致：阳光下红得耀眼的砂石，畜群焦急的落蹄声以及混杂其中的枪声，夜空中紧密得像要发生碰撞的繁星。这一段旅程，她并没有写进日志。

“这也是没办法的事。”在不知不觉间，周霆的右手握成了拳，大拇指摩挲着并在一起的食指和中指，“现在你过得怎么样？以后有什么打算？”

“我还不知道。”

“嗯。如果你有什么打算，尽早告诉我。”

“……应该会试着写下一本书吧。”

“喔，又要出远门调查了？”

“不是。还没有出版计划，只是自己写了几行字。算是一本小说。”

“小说？那很好啊，我记得你在做记者之前，好像更想做一个小说家。小说是关于什么的？”

一位父亲因为妻子成了双宿人，对身边人产生了强烈的不信任感，甚至包括女儿。他雇用了一名鉴证师，要来对女儿进行双宿人的鉴证，以干扰其工作和生活。它就是关于这些的。周亢已经完成了十来页，虽然她还没有打算给任何人看。

父亲看着她，等待她的答案。短短几秒钟内，周亢就经历了说或不说的数次想法变化。她仍未决定。周霆还在等。周亢心里突然涌起一股巨大、尖锐的悲伤，就好像有无数冰柱向外猛然生长，几乎就要穿透她的皮肤。她不敢相信，垂死的父亲正在用所剩无几的时间，等待她说出一些或许本质上无关紧要的话。

“爸，这个故事是关于你的。”周亢说，“关于你……还有我。”

“真的？”周霆微笑着说，“那你可得写一个好一些的结局。”

9　荒村一日游

韦一宸将摄影师的照片带回分部，和已有的资料进行比对，确认了照片中那些诡异人群面朝的方向正是枯树朝向大路的那一侧，即道坤所推测的尸体本来所在的位置。另外，关于照片中人扭曲面孔的问题，他咨询了法医。

“太模糊了，看不清楚……可能是烧伤，可能是中风，也可能是面肌萎缩。”法医停顿片刻，继续说，“嗯……后一种可能性大一点。”

“面肌萎缩？”

“顾名思义，一侧的面部肌肉无力、抽搐、痉挛，严重的话抬眉、闭眼都做不到。”

“为什么会这样？”

“病因不一定。肿瘤、创伤、先天发育不全……种种原因都有。这照片里的这些人，如果真的是面肌萎缩，那就属于特别严重的。嗯，我越看，越觉得就是这么回事。”

“这东西是会传染的吗？要不然，这照片上这么多人，怎么同时都有了这毛病？”

“不传染。但他们可能有近似的病因，比如遗传问题，或者集体中毒。”

将法医的说法加入等式之后，韦一宸和道坤觉得似乎看见了曙光。用仪式对抗一种无法抵御的集体病症，并不稀奇。虽然尚未确认死者的身份，但他应该是不幸承担了牺牲品的角色。他的半边脸被剔除，换上了与另一面完整对称的面具，与期望祛除病魔的愿望，具有合理的关联性。而摄影师照片历史之久远，恰恰说明了这仪式是有传统的。如果同时有这么多人参与犯罪、隐藏犯罪信息，那案情中一些不顺当的部分也说得通了。

他们接下来要做的事情——至少是第一步，也变得清晰起来：在附近寻找有面肌萎缩症状的居民。如果发现有群体性症状，那会是一个关键的突破。

当然，按照现在的分析来看，这样的突破同时也伴随着巨大的危险，因为凶手们会集体行动。和老陶讨论之后，为了不引起注意，韦一宸和道坤决定扮演成电力公司的工程测量员。他们选择白天行动，戴上工程帽、穿上电力公司制服，用背带绑着电子测距仪以及支架，两人为此还特地临时学习了测距仪的用法。

这天早上八点，他们到达了那棵枯树附近。韦一宸绕着树，观察了一下，然后四处张望，附近并未发现人影。

“宸哥，我们朝哪边走？”

“先等一等。”

韦一宸在尸体被发现、正面朝向大路的地方，模仿尸体的姿势，靠着树干坐下来。随后他站起，绕了个半圈，来到枯树的“背面”。

“你推测的尸体原位置就在这里，对吧？”韦一宸问。

“是。”

韦一宸又靠着树干的这一侧，就像道坤当初做的那样，慢慢滑下去，直到坐在地上。然后，他抬起头来，回忆着照片中那些诡异人群的数量、分布密度，尽量在想象中重现那一场景。道坤比韦一宸更紧张，他时刻关注着远处是否会出现朝着这边迈步的人影，而近处的水塘、田地中，又是否隐藏着关注他们动向的眼睛。

韦一宸所花费的时间，比道坤想象中要更久。他回过头，刚想说“宸哥快点”，就发现韦一宸站了起来。但出乎道坤意料的事情发生了：韦一宸尚未站直，就倒了下去——不是有意，而是如昏迷一般，全身无力地瘫软。道坤反应迅速，立刻冲上去，双手搁在韦一宸的腋下，接住了他。道坤喊了几声名字，韦一宸闭着眼睛，毫无反应，道坤只能轻轻地把他放在地面上。而几乎就在韦一宸后脑碰触到地面的同时，他就猛然弹起来，额头差点撞到了道坤的鼻子。

“宸哥，你刚才怎么了？”道坤问，“哪里不舒服？”

除了心跳有些快，韦一宸并未感觉到不适。

“我……我出什么事了？”

“你刚才不是模仿尸体坐在那儿吗，然后一站起来，突然就倒下去了。”

“我昏过去了吗？昏迷了多久？”

“那倒没有很久，两三秒吧。你也没在地上坐多久啊，怎么只不过是坐下去又站起来，就好像低血糖似的，整个人突然瘫了。你身子没这么虚吧？”

道坤的这番话中，韦一宸最难以接受的，是他只昏过去“两三秒”。他很难形容，但就像经历了一次饱满而深沉的睡眠，只有醒来之后，才能凭身体的感受去估算所经过的时间，而他还以为自己失去意识至少两三个小时。他是在模仿死者，并且想象死者可能见过的景象，但他不记得自己“突然站起来”。有那么一瞬间，仿佛有冰冷的刀片插进了他的大脑，然后把他的意识完全冻结。他隐约记得——想象中，那些正要“拜谒”他这名牺牲者的村民们，其模模糊糊的影像突然变得极其真实，他几乎可以碰触到他们歪曲的下颚嘴角，看清他们脏兮兮皮肤上的毛孔。

似乎有一瞬间，他成了那名死者。

“算了，走吧。”韦一宸站起来。

“行。没事就好。”道坤说。

韦一宸想，一次出乎意料的短暂昏迷，不宜深究。他们的心态没有受到这小插曲的不良影响。于是，他们开始深入眼前的山区。有的稻田、工厂已经纳入岚汸市的管理范围内，但若继续深入下去，必将进入目前岚汸市地图上还找不到的陌生居民区。事实证明，打扮成测量工程师是正确的，并没有什么人把好奇或者疑虑的目光投向他们。只有在需要考虑接下来走哪一方向的时候，他们才把测距仪架起来，摆摆样子。

临近中午十二点的时候，他们已走遍了六七个村落。大致上，位置越偏西北，海拔越高，村庄受岚汸城市文化辐射的程度就越低，甚至没有电力，也没有自来水。到目前为止，尚未发现任何可疑的事物。

“宸哥，我们什么时候往回走？准备在山上过夜吗？”

“没这个打算。”

“你说，我们是不是整个安防司里，头两个到这么远的地方来工作的人？这也算得上功劳一件吧？”

突然，韦一宸发现不远处的一个小石丘上站着一个十岁左右的小孩，小孩直勾勾地看着他们。韦一宸拍了拍道坤的肩膀，道坤中断话语，把头转过去。

那小孩戴着一副只有左侧的面具。他右侧面部特征不明显，脸颊冻得发紫。左侧的面具上，画着称得上色彩活泼的花纹。他一发现韦一宸和道坤都看着自己，就转过身飞快地跑了。

韦一宸和道坤交换了一下眼神，必须追。

眼前并无人工开凿的道路可走，他们在做的事情是“登山”，而这山也许数千年来其风貌和地势都没有太大改变。小孩的身影若隐若现，似乎总是会在他们视觉的极远处露出一截胳膊、一小块背脊，引诱着他们向前。这不是偶然的，韦一宸和道坤多次呼唤，小孩却没有任何停下来的念头，也没有语言回应。他所做的事情，就是带领着他们深入——不是向下，而是向着山脉的高处去。他们两人都感受到了寒意，不仅是生理上的，更是一种发自内心的不祥感。

山是垂直生长的迷宫，顶峰即是其终点。追寻小孩的路途越长、越陡、越曲折，韦一宸就越觉得自己所拥有的“安防司干员”这一代表着人类文明社会的身份标识在渐渐剥裂、脱落。他不太确定自己是否一直是在朝上方走，因为在追随过程中还有下坡、迂回，但确实已经离山脚很远了。在一处崖边朝下望，车辆细小如蚁，他要解决的“凶杀案”似乎也蜕变成了一种残忍但无奈的自然选择。不知不觉间，他们两人已经把身子挤入了一处山崖外壁自然形成的狭窄走道中，眼前的路就像岩石皮肤上一道深深的鞭痕，而他们的左侧就是约四十米落差的悬崖。

“宸哥，”道坤突然从后面扯住了韦一宸的一边袖子，同时说，“不太对。这条道，我们两个几乎得弓着走，就算上面真的有人住，这也不可能是唯一的下山路。要不要回头，看看还有没有别的办法？”

“我知道，他应该是特意带我们朝不方便的地方走。但是时候不早了，现在往回走就只能下山了。你先把枪拔出来，以防万一。用交替式搜索。”

道坤立刻拔出了手枪，而韦一宸则暂时使用非致命性的Byrna HD Slim。

“交替式搜索”，全名“致命—非致命交替式搜索阵型”，是由姜黎参与开发和推广的搜索方式，用于尽量减少在处理事务过程中不必要的伤害，避免开火。在二人为一组的情况下，其基本做法是两名干员都要同时携带致命武器、非致命武器各一件，发布命令的组长在前方，首先持非致命武器，组员在后方跟随，持致命武器。如遇敌袭，优先由前方的组长使用自己的非致命武器，且在组长下令之前，后方的组员不得开枪。组长需要快速、精准判断局势，当枪战已经无法避免的时候，首先由后方的组员开枪还击，为组长替换成致命武器提供掩护。与之配套的是一系列口令和手势，让组长可以灵活应变。韦一宸和道坤此行，虽然是深入平民村落，但因为涉及多人犯罪，预计会出现险情，所以采用这个策略相当合理。

他们继续前行了一小段距离。若偶尔步伐大一些，就会把微粒碎石踢下山谷。高处寒风更为凛冽，韦一宸面颊上有轻微的针扎感。在前方，走道朝着右侧有一个急转。两人同时听见了一种沉闷的撞击声——霎时间，有一团明亮的、熊熊燃烧着的环形物体从那急转处出现，朝他俩滚来。他们若不行动，不出五秒，燃烧物就会撞击过来，无处可避。韦一宸立刻转过来，背部紧贴岩壁，对着有些慌张的道坤喊了一声“不要动”，按住他的一边肩膀以强迫他略微放低身子，从道坤背上抽出带着支架的测距仪。下一瞬间，他立刻利用支架，抵在前方侧面的岩壁上，横向拦住了火圈。韦一宸这下看明白了，那是一只燃烧着的轮胎。他朝侧面下方看了一眼，发现下面是光秃秃的石坡，没有树木和住家，就放心地一挥胳膊，用支架把轮胎撬了下去。它熊熊燃烧的声音，在寒风中变得越来越模糊。

“没事了。”韦一宸一边说，一边把支架还给道坤。道坤接过去，发现测距仪在岩壁上砸坏了。“这东西不便宜啊宸哥！我们要赔的！”他皱着眉头说。“是它值钱还是我们的命值钱？正好，把它扔了吧，碍事。要赔多少，我们对半分就是了。”道坤只好无奈地把器械扔了下去。“未必是刚才那个小孩干的。”韦一宸说，“继续用交替式，不要放松警惕。”

因为有此先例，不排除前方还有陷阱，所以他们非常小心地接近拐角。幸好走过拐角之后，并无异常，眼前是一个小斜坡。斜坡上的野草还残留着一些刚才燃烧过的痕迹。道坤想继续往前走，但是韦一宸伸手拦住了他，示意他不要出声，朝后退。韦一宸一边后退，一边观察右侧岩壁。因为前方就靠近斜坡的出口，所以只要加把劲，就可以从这岩壁爬上去，抵达一个平台，这比选择敌人可能已经暗中注视着的斜坡出口更为安全。韦一宸让道坤踩在他肩膀上，先把道坤送了上去，道坤双手扶着上方平台边缘，观察了一下，确认没问题之后，双手一使劲把身子提上去，然后再回头朝韦一宸伸出手。

眼前是半山腰相对平坦的地带。他们看见了零星分布的一些茅草屋，每一个都相当破败，甚至部分已倒塌，看似已无人居住。平地的尽头又是缓缓升起的斜坡，上面也杂乱地分布着破屋，和杂草共生，似乎成了这座山永恒的一部分。他们还看见了一些畜类的骸骨。看来，这是一座荒村。

无论它有没有被完全抛弃，它就像不知名的野草一般于这邻近山巅处孤立存在着，而山脚下受着岚汸市辐射的所谓现代文明世界和它完全没有关系。

韦一宸用手势指示道坤，让他跟随着小心前进。他们搜索了好几间屋子，没有发现那小孩的踪影，也没有发现其他任何人存在的痕迹。简陋的木制家具以及锈蚀得乌黑的铁制炊具，几乎已看不出有人使用过的痕迹，仿佛它们打从被制造出来，就一直只能和风沙以及寂然的岁月做伴。他们还走到岩壁的几处边缘，确认了刚才那狭窄的斜坡及与之相连的窄道，并不是唯一进入这荒村的入口。看来，那小孩果然是巧妙地误导了他们。搜索近二十分钟之后，他们在视线前方，发现了一座保全得相对完整、占地也较大的草屋。真正吸引他们的视线的，是草屋四周的支撑柱，每一根柱子上都挂着一张半张脸的面具。在这样的古老村庄中，像这样拥有特殊装饰的屋子，通常是村中长者或领导人的居所。

他们先确保周围无人埋伏，然后进入了这较大的草屋。里面大概有十五平方米，依然空无一人。光线从屋顶和四周的茅草缝隙之中射入，像有无数细微的冰冷丝线，迫使屋中的黑暗如碎玻璃一般分裂。他们暂时把枪插进腰带皮套，掏出微型手电，查看屋内状况。手电富于侵略性的光芒扫过，直抵草屋最里侧。道坤突然惊叫了一声，又骂了一句脏话。本来在搜索其他角落的韦一宸，立刻转过身去，观察同一位置。

手电的光芒照出了一个人形。之所以说“人形”，是因为他们只勉强辨认出了颅骨。他们非常小心地靠近。那并非毫无血肉的骸骨，也不是新鲜的尸体，而是另外一种东西——一具端坐于角落、有一半身体已经垮掉的木乃伊。已经化为深灰色树皮一般的皮肤，还贴附在骸骨之上。它的左边面颊上曾经有半副面具，但现在已经被虫蛀得不剩下什么了。它的下颌已经歪斜，黑色的嘴巴不自然地张开着，像是永恒地处于一次惨叫之中。

韦一宸在木乃伊面前蹲下来。

“宸哥，”道坤说，“我们该回去了。这个地方绝对有问题。我们拍几张照片回去交差，下次多组织一些人来搜索，你说怎么样？我们今天算做得到位了。”

但韦一宸并没有回答他。

“宸哥？”

就在道坤眼前，韦一宸突然毫无预警地倒了下去。道坤连忙扑上去，把韦一宸的身体翻过来，让他面朝上躺着。他的眼睛是闭着的。道坤用手电筒对准韦一宸，要分开他的眼帘，观察瞳孔。就在此时，草屋右侧突然爆发出了狂怒的吼声，以及茅草瞬间飞散、落下的声音。有人埋伏在茅草和草席搭建而成的“墙壁”之中，如今他杀了出来，韦一宸的突然昏迷为此人提供了绝佳的时机。道坤出于直觉，赶紧把韦一宸朝后方拖走。裸露上身的埋伏者一斧头砍在地面上，发出刺耳的“铛”的一声。如果不是道坤即刻拖走韦一宸，斧头可能已经没入了他的躯干。敌人试图再次举起斧头，但道坤大喝一声，踢中了他的手腕，然后又一脚踢中其侧脸。这一脚的打击感非常扎实，但因为光线不足，道坤还无法确认是否制服敌人，想再补上一击，然而正在此时，又有一个敌人从他背后侧面的墙壁中高举斧头冲了出来。道坤立刻转身，摆出拳击架势，轻易闪过了这一凶狠但路径过于明确的挥舞，一个上勾拳击中敌人下颌。敌人的动作迟滞了，道坤要趁机夺走斧头，但头一个敌人果然并未失去战斗能力。他忍着面部剧痛以及被鲜血遮蔽的一只眼睛，以几乎是把自己整个身体都投掷出去的姿态，砍向道坤后背。

道坤突觉一阵冷风从背后掠过，虽然在那一瞬间并无痛感，但他听到了衣服撕裂的声音，感觉到布料被砍碎之后对皮肤的拉扯。敌人砍中之后，整个人也往前扑倒，肩膀撞到了道坤的腘窝。道坤往前倒下，又撞到了被他击中下巴的敌人，于是三个人一同歪歪扭扭地倒在地上。道坤觉得自己的右臂似乎恰好按住了一柄斧头，但不知是哪一柄。躺在他后方的敌人伸出手，紧紧勒住了他的脖子。与此同时，道坤也开始感觉到了背后传来的疼痛，以及血液流出时黏糊糊的不适感。他看见前方被他踢碎了一侧颧骨，面容扭曲、血流不止的敌人，像野兽一般蹿起，执着斧头再次朝他劈来。道坤想着用脚来反击，但身后的人勒得更紧了，使他的大脑眩晕起来，视线中泛起一片模糊的白光。数秒之前，背部遭砍中之时，他就有一种心脏一沉、整个人也即将沉入冰湖之底的感觉，而在这一刻，他几乎觉得脚趾已触及了冰冷的湖面。

在敌人的身后，蹿起了另一个身影。是韦一宸。他挥棍，再度直击第一个敌人已毁损的面部。道坤感觉到，勒住自己的手松开了，但这第二个敌人，尚未做出反击还是逃跑的选择，就被韦一宸以最快速度击倒。短棍从道坤的头顶掠过——他感觉到有一阵迅疾的冷风——背后传来了短棍和肉体接触的闷响。

确认敌人无法反击之后，韦一宸立刻拿出止血纱布，帮助道坤脱下衣服，给他包扎。

“冷静些，”韦一宸说，“没有伤筋动骨。”

“我挺冷静的……不光很冷静，而且确实觉得整个上半身都很冷。”

“别瞎想，你冷是因为气温低，出血量没有那么大。”

“宸哥，你刚才又怎么了？”

韦一宸没有回答。他也无法回答。在接近那木乃伊的时候，他又突然失去了意识。但这一次，他非常清晰地记得，昏迷之前的一瞬间他看到了什么。他仅仅是蹲下观察而已，却似乎真真切切地看到了一只陌生的手臂，伸向那木乃伊——他自己的两只手明明就停留在身旁。那影像是如此明晰，他根本不觉得那是一种“幻觉”，而是正在发生的现实。思维的中断，就在那之后。

“不知道，你就当我低血糖吧，等我们安全回去了再研究。”

包扎结束之后，韦一宸帮助道坤穿好衣服，扶着他站起来。

“还行吗？”

“头晕。不过可以走。”

“好。你先在这等下。”

韦一宸打算在扶着道坤离开之前，自己先探查一下附近的情况。毕竟不确定是否还有敌人，而且在这里不可能叫增援，所以必须步步为营。

他抬起头，看见那名引他们来的小男孩就站在门口。他眼中没有惊恐或厌恶，可以说没有任何激烈的情绪，仿佛是在思索该不该参与到一场由陌生小孩发起的游戏之中。

“小朋友，”韦一宸轻声说，“附近还有大人吗？”

他不回答。

“我们要回去了。你就站在那儿不动，也不要跑，也不要叫嚷。行不行？”

他依然不回答。

“哥哥现在要过去了。你可以就这样站着，不要动，我从你身边过去。”

小男孩突然把手探进身边的茅草墙壁之中。韦一宸能看见，他细瘦胳膊上的肌肉隆起——他用劲做了一些什么。韦一宸和道坤都听到了“咯哒”一声，以及古老部件转动时发出的声音，就好像粗麻绳围绕着泡软的木头，慢慢扎紧。韦一宸和道坤脚下一空，房屋的木地板朝下一翻，开了一个大洞，韦一宸、道坤，以及被击倒的那个敌人，一同坠入黑暗之中。

这一次坠落，让韦一宸的感官体验到了一种诡异的错位。洞坑之下没有任何光源，头顶上射进屋内的有限光芒似乎是在缓慢地离他而去，但坠落本身又是一瞬间完成的——他撞击在冰冷的水面上，然后下沉。落水的声音巨大，因为落下的不止他一个人。韦一宸凭借水压和落水时的声音判断，这地下水虽然能没过他们头顶，但并非深不见底。

很快，韦一宸浮了起来，且幸运的是，在坠落时他本能性地屏住了呼吸，所以并没有受淹没之苦。咳出几口水之后，他大喊：“道坤！”

“宸哥！”

道坤的声音比想象中要近。韦一宸感到后面有人拍了自己一下。他一转过身，碰到了另一个人的手。这里一片黑暗，但方才袭击他们的人是赤裸着上身，而他和道坤都穿着同样的服装，所以碰触一下就认出了对方。道坤突然笑了笑，边笑边咳水。

“你笑什么？”

“我们刚才互相喊对方名字，喊那么大声，好像失散十几年似的，结果两人其实背对背，你不觉得好笑吗？再说，劫后余生，笑一下是正常的。”

韦一宸倒也认同道坤的说法。其实在下坠的时候，有一瞬间他脑袋里突然闪出血淋淋的一幕，下方是布满尖刺的陷阱。他不是第一次死里逃生，但如果再缺乏预警，连一点点象征性反击手段都无法使出就死去的话，那就会成为所谓的“冤魂”吧。

头顶上有光，但几乎无法照射到他们所在的水面。两人凭借对话时的回音，确认这里空间并不大。韦一宸伸出手，摸到了边缘，从手感上来看是曾经打磨过但是已生满苔藓的石头。

“你的手电筒还在吗？”韦一宸说。

“不在手里了。我也不知道有没有掉下来。”

“我的好像也不见了……你先把身上重要的东西都掏出来。步话机、手机、枪……”

韦一宸脱下自己防水性强的外套，翻转过来当作一个包裹，把两人的武器、设备都安置在里面，再把“包裹”挂在背上，两条袖子在脖子前方打了个结。

“行吧，这么办。我们从这个地方出发，”韦一宸让道坤和他停留在同一位置，“各自往反方向，摸黑走一圈，慢慢来，不急，看看到底有多大。每过五秒钟，我会随便喊一声，你要回答我一下，这样可以判断我们彼此相隔有多远。手臂张开一些，尽量捞一下掉下来的东西，还有，也找一找是不是有可以爬上去的地方。你别再沉下去了，我感觉这些水很脏，伤口进水就麻烦了。”

他们照此办理，扶着岩壁，朝相反方向摸索。

五秒之后。

韦一宸说：“一。”

他听到道坤的回答：“二。”

又过了五秒。

韦一宸说：“一。”

道坤答：“不应该是三吗？”

韦一宸说：“……有区别吗？快闭嘴，等下一个五秒。”

经过这样摸索，在两人重新遇上之前，韦一宸就已经确认这水池的确不大，和房间中央陷阱开口的大小差不多。但是只知道这件事，并不能增加他们的生存概率。在把东西收进包裹之前，他试过了通信设备，并无信号。他俩到此地来调查的事情，老陶是知道的，若两人到下班时间还没有联系分部，老陶应该会发现有问题，但增援赶来，并在一夜之间找到此处的概率，微乎其微。更不用说，尚不能保证敌人不会再落井下石。字面意义上的。

突然，韦一宸感觉到有什么冰冷滑腻的东西接触到了自己的手指。他的心猛地向上提了一下。他想了想，把袖子挽到肩处，用裸露的手臂在水中摸索。又一次，有东西掠过他的上臂。他想再试一次，结果错过了计时。

“宸哥，五秒过了。”

道坤话音未落，他所在的位置，突然爆发出水花猛然掀起的声音。

韦一宸听到人的肢体撞在岩壁上。然后，更多不祥的噪音：水花、搏斗、喊叫。韦一宸猛然想起来了。除了他俩，至少还有一个敌人也一起掉了下来。敌人当时必然昏厥了，但没有受致命伤。他朝自己身边的岩壁蹬脚借力，一瞬间冲向道坤那一侧。他很快碰触到了一只在疯狂挥舞的手臂，显然属于那个敌人。他正在和道坤缠斗，似乎暂时占了上风，要把道坤的头往水里按。韦一宸制住了敌人手臂的关节，将其朝背后扭转。敌人惨叫了一声，道坤趁机缓过来，用手肘猛击了他一下，然后协助韦一宸，两人分别控制住了敌人的一边胳膊。

“别挣扎了！你冷静一下！你真的想死在这里吗？”

韦一宸交替用他所知道的语言吼出这几句话，直到发现对方对当地一种方言产生反应。于是，他立刻用该方言说：“我们不想杀你！在这里反抗对你一点儿好处都没有！冷静！冷静!”

十余秒后，对方渐渐冷静下来。

“好了，就这样。我们是安防司干员，来这里是想调查一些事情，没有主动攻击任何人，是因为你埋伏我们，我们才反击。先不管你为什么要对我们下手，我再问你一次：你不想死吧？”

“你们是……”那人咳嗽了一声，继续说，“怎么掉下来的？”

“房子中间有个陷阱，有人动了机关。你难道不知道？”韦一宸说。

“是谁动了机关？”

“我不认识他。是一个小孩，戴着面具。这一路上，都是他把我们引过来的。”

“他……他是我的儿子。”

韦一宸清晰地感觉到对方反抗的力度在降低。

“他看见亲爹躺在那儿，还是一不做二不休地把你和我们一起给扔下来了？”道坤说。

韦一宸很想瞪道坤一眼，但是毫无光线，瞪了也没用。

“行了，我知道你不想死。”韦一宸说，“你叫什么？”

“邦卡。”

“好，邦卡。我问你，这水坑有地方可以出去吗？”

“没有。如果一直没人来，我们都会死在这里。”

“如果有人回来，比如你的儿子，”韦一宸说，“你愿不愿意呼救，让我们都能得救？”

“我想得救。但是其他人愿不愿意救你们，那就不一定了。”

“行，算你坦诚。那你觉得会有人来吗？”

“埋伏你们的没有其他人了。西贾拿，他被你们打得很惨。他可能已经死了。就算他醒过来了，他也一定不会想救你们。”

韦一宸判断，“西贾拿”应当就是他从昏迷中苏醒过来的时候，击倒的头一个人。当时，那人面部已经血肉模糊了，应当是先遭到了道坤的攻击。

“所以，你们还有同伙，”韦一宸说，“只是不在这荒村里。”

邦卡没有回答。

“邦卡，我再问你一次。这水坑，真的没有别的出口？”

“没有。除非你可以爬上去。”

“但是，刚才有鱼从我身边游过去。”韦一宸回想着之前滑腻之物掠过皮肤的感觉，“既然有鱼，它们一定是从哪个地方钻过来的。既然你想活着见到你儿子，那么如果你知道鱼是从哪儿来的，那就快点告诉我。如果你真的不知道，那我打算自己潜水下去找。为了防着你闹事，我现在要把你铐起来。总之，既然大家的目的是一致的——都想活着出去，那我希望你尽量配合。如果做不到的话，那我们就不能保证你的人身安全了。”

邦卡没有回答，但也没有强烈的反抗意愿。于是，韦一宸拿出手铐，把他双手给铐上了。

“哪怕为了你自己，也要保持体力，不要闹事。”韦一宸警告他，

“水这么冷，我们坚持不了太久。”

“宸哥，”道坤突然兴奋地说，“我好像找到手电筒了。”

“给我。”

韦一宸接过防水的手电筒，打开。在黑暗的冰冷水下逗留十数分钟后，他们终于看到了一束鹅黄色的光线，仿佛连身体也连带着温暖了些。循着光线，韦一宸果然找到了几条小鱼。水底比较浑浊，所以他无法仅通过小鱼的游动判断它们的去向。他想了想，命令道坤看管好邦卡，然后在水中游走，手脚并用，尽量掀起较大的水波。

“宸哥，你干吗？不是要保存体力吗？”

韦一宸没有回答他。他持续地尝试着，看着这些水波顺着自己的动作涌出，撞击岩壁，又弹回来。因为身体长时间泡在水中，致使呼吸不畅，时间一长，他也开始疲乏起来。但他没有放弃，还是一心一意地重复着。

突然，他发现有水波在击打岩壁之后，弹回的力度要比周围都弱。他靠近此处，手放在水下，又持续朝前拨弄了几次。没错。这里水的流向，有明显不同。并不是所有的水波都弹回来了。他憋住一口气，潜水，伸出双手，仔细感受岩壁浸在水面下的部分。

他摸到了一个手臂可轻易穿过去的缺口。他在水下打开了手电筒。那是一个至少有半米高的洞口。他发现似乎有一块石头基座比较松，就伸手去掰弄了一下，没想到竟然还真的把这石头掰了下来，洞口又扩大了一些。突然，有一条扭曲的青绿色管状物从石头后面窜了出来，水蛇！他急忙捏住蛇的七寸，然后从水中浮起。

“我找到了一个洞口。”韦一宸呼吸了一大口空气，然后说。如果不用刚才的那个办法，而是直接潜水搜索，他也不认为自己的体力足以支撑。

“……你手上是什么？”道坤疑惑地看着缠在韦一宸手上的水蛇。

“新朋友。”

韦一宸不顾道坤的抗议，放走了水蛇。然后，他再次潜入水中，穿过洞口，游过那水道，水道的长度为七八米，然后从洞的另一侧探出头来。他惊喜地发现，对面果然有出口。眼前不仅有开阔的空间，更有人曾经驻足的气息，看起来是一座大半被水淹没的地下牢房。

十余分钟之后，他们三人都游了过来。为了预防邦卡心怀不轨，道坤先游过来，拿好武器在出口守候，然后韦一宸解开邦卡的手铐，让他游过来，最后才轮到韦一宸自己。

“宸哥，这都能被你找到，平常看不出来你这么冷静啊。”道坤说。

“还好，不如被活埋刺激。”

“啥？”

“……没什么。”

对于水坑竟然和这地下建筑物连通这一点，邦卡也很震惊。他抬着头，四处张望。

“你也不知道这个地方吗？”韦一宸说。

“我小时候听说过。但是从来没有想到竟然就在这儿，这是祖辈们打仗的时候避难的地方。”

邦卡的眼神中几乎已经没有了对抗之意。韦一宸甚至觉得，已经没有必要给他上手铐了。

他们向着地面行进，在大概半个小时后，回到了地面。邦卡承认，荒村中已无人居住，他的族人其实散居在其他的村落中，有的人可能会来巡山，再次对韦一宸和道坤造成威胁。于是他领着他们，从另外一条路下了山。这一路上，邦卡把他所知道的事情都说了出来。

他们是数百年前为了逃避战争而到这山上定居的。他们的族群，一直被一个重大的问题所困扰：不知为何，族人们会普遍患上面肌萎缩的毛病，而且相当严重。面对无法解释的苦难，自有无法解释的解决办法：他们每隔十二年，会挑选出当时年纪最轻的一名患者，挖去他犯病的半张脸，换上和完好的那一侧脸相同的面具，然后在同一株大树下对着这牺牲品进行祈愿仪式，驱散病魔。

“可能是山上的水源有问题。”邦卡说，“岚汸市政府来管理这附近的土地之后，我们慢慢都移居到山脚下，用上了自来水，这几十年犯病的人越来越少了，虽然并不是完全没有……所以我们——至少是我们之中的一部分人，还是觉得应该尊重祖上的传统。这一次会被安防司发现，我们也没想到。其实，你们这一路上山，已经有不少眼线注意到了你们。”

“所以，你们就这样，每十二年杀死一个同胞？”

“是的。”邦卡点点头，“但是……以前也出过麻烦。六十年前的那一次，村里出现了一个只有七岁就发病了的小孩。在这之前或之后，都没有这么年轻的病例。我听祖父辈说，他们都觉得那孩子是罪魁祸首。他们是非要杀死他不可……但是他却逃跑了。听说那个孩子，逃到更远的西边，成了一个雇佣兵，应该已经战死了吧。现在村里还有老人说，之所以现在还有人患上这毛病，是因为那小孩在作祟。”

晚上七点，天色已黑。他们三人快下到山脚了。如果说韦一宸和道坤是从南侧上山的，那么现在就位于西北侧的下山处，就直线距离来说，比上山时离枯树旁的马路更远。山的这一边植被更丰富，窄路两旁是树林，还能听到溪流的声音。

“雇佣兵？”邦卡最后一段叙述引起了韦一宸的注意。

“只是听祖辈这么说过。还有人觉得，这个逃跑的小孩一定会回来找我们报仇的。但我想这怎么可能呢，如果他还活着，已经是一个六十七岁的老人了。”走在最前面领路的邦卡说，“对了，长官，你们要把我带回安防司吗？”

“这样对你更安全。你的其他同伙知道你和干员碰过面，现在干员跌下陷阱，却又不见了，他们会需要你的解释。”韦一宸说，“而且，我们还有些话想要问你。如果你到了这一步还不愿意配合，那我只好又把你铐上了。”

“我不想被铐住，手很不舒服。而且我觉得，还是和自己人待在一起更加安全。”

他一说完，手指放进嘴里，吹出刺耳而充满穿透力的哨声。狭窄山道的前方两侧突然蹿出了十几名男性村民，后方也出现了四五人。他们有的人拿着柴刀、斧头，还有人握着土制的猎枪。比起遭到背叛，韦一宸更惊讶的是，他其实一直在注意周围动静，但没想到这些村民隐藏得如此不留痕迹。他想起邦卡所说：他们一族为了躲避战乱，而在山上避世数百年。在山野间打猎和设伏的功夫，看来已流淌在他们的血液里。

“邦卡！”道坤高声说，“我们刚刚才救了你！”

“别假装好心肠了，你们只是自救。我不可能为了你们两个干员的命，就背叛这么多家人。”邦卡丝毫不怕韦一宸两人会动手，转身走向村民们，说，“长老，他们随你处置。”

韦一宸注意到对方队伍中央站着的一名不持武器的老年男子。他应该就是邦卡所说的长老，也就是这伙人的实际领导人。

“别拔枪。”韦一宸按住道坤伸向枪套的手。

“我……我知道。”道坤说。他没有撒谎，他明白这不是拔枪的场合，但是脑袋变得晕乎乎的，动作有点儿不听使唤。他有伤在身，又浸过了不干净的冰水，开始觉得四肢乏力、前额发热。韦一宸也发现道坤不对劲，看见了他脸上的冷汗。观察下来，持枪的村民一共五人，但他们的土制猎枪精度和射程都不会太理想。如果只有韦一宸一个人，在制造一番混乱之后，趁着黑夜逃跑不是没有可能，但是现在的道坤就做不到了。

邦卡继续朝前走，想回归队伍。韦一宸突然说：“邦卡，你这是什么意思？你前几天就找我们自首，坦白了是你故意移动尸体方向，让它被外人发现。结果你最后还是要陷害我们？”

邦卡猛然转过头，眼神中满是困惑。

“好吧，我明白了。谁让我们无能呢，被这桩案子整得头大，只好出了悬赏，能提供决定性线索的，有十万美元的奖励。怪不得你急着问，安防司是不是已经批准了你的赏金。挣了钱还不算，你还想利用你这一大家子人的手把我们灭口，免得我们口风不紧。你这心机真的不一般啊。”

“我……我没有！别信他说的！”

邦卡快步走向长老。长老伸出一只手，阻止他接近。

“长老！”

“邦卡，我不是不相信你。但我本来就想趁着这两位干员先生在，弄明白一个问题：是谁动过赛富米的尸体？所有知道这件事的都在这里了。干员先生，你是不是在骗我？真的是邦卡背叛了我们吗？还是另有其人？在我们完成仪式后，那天负责值夜的，一共三个人，包括邦卡。另外两个人也站出来，和邦卡站在一起。”

人群中一片沉默。

“快！”长老高声说。

有两名男子极不情愿地出列，走向邦卡。

“干员先生，如果真的有人移动了尸体，那就是这三个人之一。也许你们在发现赛富米的尸体之后，觉得我们做的事很残忍、可怕……但我们只不过是每十二年一次，遵着传统，让我们这些后人能从恶疾之中得到拯救的仁慈仪式而已。我们也没有打扰这座山之外的其他人，那位成为仪式之柱的赛富米先生，也是出于自己的意愿，为大家牺牲的……为什么你们一定要穷追不放？这样对待我们很不公平，让我心里很难受。所以，干员先生，如果可以，请你们帮一个忙，说出这三个人之中真正的叛徒。”

韦一宸想，也许目前长老真的相信了，是有人移动了尸体，然后向安防司通风报信。但长老应该没这么好骗。无论如何，长老都没有放他们两人走的意思。从长老的角度来说，杀死两名干员，把这个流传世代的秘密再藏匿十二年，相当划算。他甚至怀疑，长老故意让这三人在他和干员之间站成人墙，就是为了保护自身的安全。现在如果想抓长老做人质，难度更高了。

“干员先生？”

“宸哥，”道坤稍微靠近韦一宸低声说，“我拖累你了。”

韦一宸看了看充满歉意的道坤，没说什么。要说这种话，还不到时候。他依然想着，换个角度来说，人墙也保护了他们俩。如果能在短时间内把道坤身后拦住他们退路的几个人干掉，那么未必全无机会。虽然他并不想主动开枪杀人，但是在万不得已的情况下……

突然，在人墙和长老之间的树上蹿下来一个小小的黑影，说着：“是我。”

正是把韦一宸二人引上山又让他们落下陷阱的小孩。他依然戴着半脸面具。

“维亚吉！”邦卡喊，“你来干什么？”

“爸爸，是我把赛富米哥哥搬到大树另一边的。”

所有人都把视线对准了小孩。

“你胡说什么？”邦卡十分激动，“小孩子别来捣乱！”

“我说的是真话。赛富米哥哥对我很好，你们不应该这样对他。而且，本来被‘戴面具’的人也不应该是他。”

维亚吉说完，摘下了脸上的面具。如林中突然飞起群鸟，众人之中有人发出惊呼，有人窃窃私语。维亚吉面具遮挡的那半边脸，已经明显出现了面肌萎缩的症状。他健康的那一侧，又粗又黑的眉毛和富有神采的大眼睛，令人联想到夏日水面的蜻蜓，或典礼上音色澄明透亮的鼓点，充满只属于孩童的、无须辩解的活力；而另一侧，眼睛似已不堪眼皮重压，眼角颓丧地耷拉下来。如果仅是眼睛有问题，那可能只是肌无力，然而维亚吉的整半张脸都在呈现类似的症状。

仪式的一个核心，就是找出族群里最年轻的面肌萎缩患者，把他牺牲掉。

成为牺牲品的赛富米，虽然也很年轻，但已年逾二十。

“维亚吉！谁让你摘下来的！快戴上去！”邦卡高声喊着，“你这样大家会弄错的……长老，这孩子他不是……”

“爸爸一个月以前发现我得病了，把我藏起来，然后催着你们，快点杀了赛富米哥哥……”维亚吉稍停了一下，再开口的时候，已带着哭腔，“……我只是想，做完仪式之后，赛富米哥哥就会被扛上山……一直一个人坐在那儿……我想让村外的人看见他，这样至少会有人帮他修一座墓，让他有地方躺着……”

韦一宸顿时明白了，他们在山顶上废屋中看见的那一具木乃伊是什么。那是十二年以前的受害者。在进行完“仪式”之后，他们会把牺牲者的尸体运上山，将之替换掉。到这一步，这十二年一次的传统才算圆满完成。邦卡说过，上一次有小孩出现症状，已经是六十年前的事了，而且如今患病的人越来越少。这为他在短时间内成功掩藏儿子的实际情况，提供了有利条件——没有人想到，如今还会有这么小的孩子患病。

窃窃私语的人更多了。长老身边，有一两人在和他低声说话。既然杀错了人，这就是一个不成立的仪式。他们在考虑怎么办，他们动摇了。

“你这孩子……等我回去教训你！长老！仪式已经完成了！先祖也一定听到了我们的声音……难道不是吗？你说呢？你说呢？”

邦卡开始使劲拉扯身边的人，试图恳求他们接受他的观点。他不觉得儿子的病症可以永久隐瞒，但是只要找到替死鬼，成功避过了这一次，那么至少就可以保住儿子接下来十二年的性命。

“邦卡。”长老说，“这一次的仪式还没有真正完成。我们还没有让赛富米‘归山’。他的身体，现在在安防司。”

“那……那也不是我们的错啊。总不能……再举行一次仪式吧。这样不是愚弄先祖吗？不行，不可能。”邦卡狂躁地抓着自己的头发，然后突然抬起头来，眼神变得凶狠。

“对……从头到尾都是这些家伙的错！长老你也是这么说的，这一切明明都是他们——”

邦卡朝韦一宸冲了过去。韦一宸拔枪，用枪托挥击，正中邦卡的鼻梁，致其倒地。几乎所有人都能听到邦卡的鲜血溅在地面上的声音。韦一宸左手又从道坤的枪套中拔出枪，向天空两次鸣枪警告。

“所有人都不要动！”

这是唯一的机会。就在维亚吉出现之前，这些人深深相信着自己行为的正当性，这种信仰化成一种毁灭性的力量，让他们毫无疑虑地跟随着长老的指示，随时准备把两名干员置于死地。这力量的根源，就是他们的“传统”。作为传承仪式的核心人物——长老，其言语的力量是绝对的。但现在，事实证明他们的仪式充满可鄙的漏洞以及可笑的尴尬。方才还充满威严的长老，不再滴水不漏，显露出了遭到愚弄的一面。他们产生强烈动摇的一刻，就是另一权力象征——安防司能够介入的时刻。

道坤身后，有一人举起猎枪。韦一宸连发两弹，击中此人手臂。人群有所骚动。他再次高喊：“我最后说一次，别动！”

邦卡捂着破损的鼻子倒在地上；而试图使用猎枪暗算他们的人也跪在了地上，手臂鲜血直流，呻吟不停。

在干员的权力已经在人群中撕开裂缝的情况下，竟有一人想要偷袭，恰恰给了韦一宸施加影响的机会。一个本就没有足够号召力的人，偏偏选在这时候偷袭，是愚蠢的行为，无非是让剩下的人想着：我可不想吃他那样的苦头。

“你们十二年一次、神圣得不得了的仪式，竟然被你们自己人给这么轻易地骗过去了。你们长老的判断力也差得太离谱了吧？他肯定和你们说，有这么多人，对付区区两个干员，不用怕。我告诉你们，这么想就错了。你们有多少人，十四五个？在你们能动手之前，我一个人就可以先干掉五个，还用不着我搭档出手。哪怕你们能靠近我，还是有人会死。不要以为那个人不会是你。自己回想一下，今天出门的时候，有没有先和自己的老婆孩子说再见？因为如果你们敢冲上来，那死在我们手下的就可能是你们其中任何一个人——当然，除了他，这个连掌管十二年一次的仪式都会出差错的、只能躲在你们背后的老头子。你们就是他的人墙！”

说到这里，韦一宸双手分别持着手枪，渐次指向所有人，就好像在暗示任何人都可能会是下一个倒下的人。

“你们都看看维亚吉，多好的孩子。他应该不到十二岁吧。那么他是你们之中，唯一一个没有经历过仪式的人。但他愿意站出来，告诉你们，是他爸爸为了保护他，间接操纵了仪式，让你们牺牲了一个错误的人。要我说，维亚吉比你们更加尊重这个传统。”韦一宸暂停片刻，继续说，“但我从一个干员的角度来看，就不是这么回事了。你们之中，有人犯了谋杀罪。不是所有人，是一些人。有的人是教唆、有的人是旁观……从法律上说，并不是所有人都会受惩罚。但是你们却在这里围堵我和我的搭档，要把事闹大。实话告诉你们：事实和所谓的长老告诉你们的，恰恰相反。你们要是胆敢在这里对我们俩人动手，那就连之前没有参与杀害赛富米的人，也会被牵连进来，这辈子恐怕是没有一天安生日子可过了。你们已经搞砸仪式了，真的还要听长老的话，再多做一件挽回不了的蠢事？”

没有人说话，也没有人动弹。

“很好，看来你们是听明白了。我和我的搭档现在就离开，你们不要轻举妄动。想想诚实的孩子维亚吉，想想本来应该还活着的赛富米……想想你们的家人。”韦一宸望向维亚吉，继续说，“维亚吉，他们有任何人敢欺负你，和我说。”

“不……不用你插手。”邦卡说。因为鼻血未止，他呼吸和说话都相当困难。“我……会管好自己的孩子。”

“那最好不过。”

韦一宸维持着双手举枪的姿势，对道坤使了个眼色，让道坤先进入旁边的树林，他则面朝着人群，逐渐后退。当确认基本安全之后，他转过身，把道坤的枪还给他，两人一同在夜色下的树林中撤离。

“宸哥，厉害啊。”道坤说，“对付这种情况有什么要诀吗？”

“没什么啊，就是土法子，擒贼先擒王。他们的‘王’就是那个老头，而这个没啥大本事的老头，恰恰就是他们的弱点。我本来就打算针对老头的，只不过小孩突然蹿出来，说了那些话，正好就击破了老头的权威，剩下的事就简单多了。还有，双手持枪可能也派上了用场，虽然这样射击精度很低，但主要是威吓了这些外行人。幸好没有真的打起来。”

“哎，但是我心里有点不舒服。就这么把那小孩留在这……”

“我也担心他，但他不会跟我们走的。没事，我们立刻叫增援，把他保护起来。”

维亚吉的脸也在韦一宸脑中不断浮现。他刚才夸赞那小孩更加“尊重传统”，其实也只是为了给大人们一个台阶下。维亚吉也许对他的父亲邦卡恨之入骨，所以在山顶的时候才会不顾父亲的安危，打开机关，把他们三人都扔到了水潭中。而他刚才跳出来，影响了局势，可能是因为他惊觉父亲竟然从陷阱中逃了出来，所以，不得已在众人面前说出真相，从而完成他对父亲的复仇。这并不是说他真的愿意成为牺牲者，维持这“传统”，而是说明，他不希望任何人因此而死。说白了，维亚吉不理解，并且极其厌恶这仪式，而不是韦一宸故意说的“比你们更加尊重这个传统”。

在这一瞬间——这一天之中，韦一宸第三次感受到奇怪的眩晕，仿佛有刀片刺进大脑。戴面具的小孩——木乃伊——枯树的影像，似乎在一秒之间于眼前闪现了上万次。但这一次，他没有昏过去。

10　叶春璟：狩猎之梦

七岁半的时候，叶春璟爱上了鹰，也是在同一年，她知道了鹰的眼睛原来是可以被缝上的。

外公是纳西族人。就读的小学放假，妈妈带叶春璟回山野里看外公，那是第一次也是最后一次，契机是老师要求以祖辈的生活为主题，做一份暑假报告，可以用文章、绘图、剪贴簿等自由的形式。

七岁半就升到五年级的叶春璟，在学校里没有什么朋友，每天主动和她说话最多的小伙伴，也许是叮麦。叮麦长着宝石形的红色小脑袋，两只手长短不一样，还有三只腿，它是叶春璟自己编写的电脑桌面小宠物，会在屏幕边缘爬来爬去，会追逐鼠标光标，会抓取屏幕上出现的文字补充自己的台词库。给叶春璟做在线语言教学的外教，如果发现叶春璟又没有看着她，而是盯着屏幕角落，努力咬着嘴角隐藏笑容，那就是注意力又被叮麦拉走了。有一次，叶春璟以用U盘拷贝讲义为借口，把叮麦安装在了班主任上课用的笔记本电脑里。于是下一堂课，投影仪把班主任电脑的图像放大在白色挂帘上，所有人都看见叮麦像小陀螺似的绕着屏幕跑了一圈，然后吐出一个对话气泡：“没人，机会来了，快放屁！”出乎叶春璟意料，教室里没有任何人笑，班主任气恼而又尴尬地把笔记本合上了。那些已进入前青春期的同学们，之前把她看作不易靠近、不能欺负（否则会遭到校方严厉惩罚）的小天才，他们从这种观察角度，同时容纳了好奇心以及自豪——“我们班上有个天才”，但在这件事之后，他们更多地觉得她是一个不合时宜的、很快会离开这所学校的怪物。还有人说，她不是天才，是一个双宿人。班主任怀着善意，提议叶春璟的妈妈趁暑假带她去“看看大自然”，因为她担心无法和同龄人一同成长的叶春璟，会越来越脱离现实，应该去多接触那些曾经在时光中一时苦熬、一时起舞的事物。

叶春璟妈妈并不完全认同。她当然明白那些关于天才的故事：早熟的童年，光芒四射、广受嫉妒的少年，以及被期待压垮、回归平庸的成年。她相信女儿一定能成为少数逃出这怪圈的真正精英，这种笃信是不需要现实佐证，也不需要自我反省的。比起回老家探亲，她对别的事情更感兴趣：几所开设了早熟天才班的著名大学已经表示希望趁暑假和叶春璟见见面，给她做一个评估。

但女儿的恳求，和她在未得到批准之前就已溢出的兴奋感，还是让妈妈改变了主意。她放任自己被女儿的目光融化，紧绷多年的躯体和精神在这一刻也感受到久违的解脱。

那青翠山野中，在初见外公之前，叶春璟就首先看见了苍鹰。她下了车，小心翼翼地踩踏着被雪水擦洗过的草地，像一个小小的八分音符降落在绿色的五线谱上。天空漫溢纯净之蓝，自负而得意扬扬，仿佛曾与白云合谋，盗来了远方海洋的精魂。就在那高耸的树冠上，一只苍鹰展翼，轻灵，带着落雷一般的威严降落在树枝上。它的头扭转过来，叶春璟看到了苍鹰的眼睛。后来，她做了一个梦：有一只苍鹰在翱翔，而她也幸运地飘浮在天空中，能感觉到脖子后面的头发都被吹起来了，脚底凉飕飕的，但她心里不害怕。她问苍鹰要飞到哪里，她在心里感受到了苍鹰的回答：天色马上就要变黑了，我要献出我的双眼，否则黑夜之中将没有群星聚集。

那可真是毁灭性的一见钟情。

第三研究所的研究员们负责"治疗"陀洱巴育王子的地点，是一座已经不再营业的高级疗养院。负责此事的岚汸市副市长诺萨万·冯特意将此地做了紧急改建，防备森严。

"乔瑟夫，"叶春璟对乔瑟夫·斯庇尔说，"我有个东西想让你看一下。关于我们的工作。"

"很急吗？是时候了，我们应该马上准备一下，去跟诺萨万先生报告一下进度。”

“五分钟。”

乔瑟夫虽不太乐意，还是随着她进入了供研究员们娱乐休息的房间。这里充满着诺萨万认为的这些学者们一定会爱不释手的东西：各种棋类、桌球、乒乓球……这也是疗养院里极少数没有遍布摄像头的地方。她走到角落，打开一个装着大号棋盘和象棋的纸盒，里面藏着她的笔记本。

“你想让我看什么？”

“我做的一个模拟演示，”叶春璟一边操作电脑一边说，“你看了就明白了。”

乔瑟夫站在叶春璟背后，皱着眉头看完了演示。

“好了，”叶春璟说，“你怎么想？”

“为什么要给我看这个？”

“我用它预测我们的‘治疗’结果。如果按照现有的计划继续做下去，哪怕增加三倍的人工和疗程，最后恐怕也……”

“我知道，”乔瑟夫用左手使劲抓挠左耳后方，声音稍微有些哑，“你给我看了一个表达‘我们最终会失败’的演示。我问的是，你为什么要让我看。是想说你对目前的疗程设计，有什么改进的想法？不是？那我真是搞不懂了。为什么你要浪费时间做这样的东西？你想动摇我？”

“我们从来没有对副市长承诺过，这件事可以做成。但是我觉得你一直在给他留下这种印象。哪怕他提出了一些在我们考虑之外的问题，你还没有和我们商量研讨过，就急着对他说，一定可以解决。乔瑟夫，病人可能是陀洱国的下一任国王，陀洱国王可是掌握国家军队的人，你一点儿也不觉得心里不安吗？这背后到底发生了什么，我们根本不明白！在我们来之前，副市长承诺了高额回报，但没有对我们透露巴育王子的真实身份。所以我觉得，我们完全有正当理由，重新评估这个计划，然后……”

“我用最简单的办法和你再说明一次。”乔瑟夫拉来一张椅子，在叶春璟身边坐下。叶春璟不由得稍微往旁边挪了挪。“第一研究所完成第一例‘双宿社会性修正’之后，实际上已经是得到××共和国官方承认的国际性组织了。他们得到了拨款，接下来至少五年，没有什么他们想做但不能做的研究项目。他们抓到了一个机会，然后就坐在了王座上，但我们还在吃泥巴。明白了吗？”

“可是，他们做的事情，不需要冒这么大的风险。”

“那只是表面上而已。天啊，看来你还不知道。”乔瑟夫打断了叶春璟，露出一种无奈而又略显轻蔑的笑容，“他们大肆宣传，让全世界都知道的所谓‘第一例双宿社会性修正’，其实根本不是第一例。他们配合官方，尝试了五十多次，只成功了四例，而这是第一例在‘修正’之后，双方家庭心理状态都足够稳定，能放心让媒体报道出来的。你知道这代表着什么吗？”

“……他们没有看上去那么成功？”

“你的焦点完全错误，这说明他们双方的合作，本来就建立在更深的层次上，有更深刻的信任和更远大的目标，而这第一个公开宣传的案例，不过是让政府和第一研究所之间的合法合作关系在全世界得到承认而已。这也是我在努力尝试的东西——和岚汸，甚至和陀洱国，建立起一种有血有肉的互相信任。就算我们这一次不够成功，但是我们的投入度、我们的精神、我们的专业性……一定要让他们无法不服气。我在努力搭建通往我们真正梦想的阶梯。”

“我们的？”

“春，我不是诗人，你为什么要在这种地方挑我的毛病？也许是我措辞夸张，但我知道，你不想继续做鉴证师。提起这件事，你根本不知道我有多自责，两年前是我安排你独自到岚汸，谁能预料到竟然出了那么多事……你回来的时候，还拄着拐杖，当时还不确定能不能痊愈……看见你那个样子，我真的很痛苦，我想，如果你因为这件事而恨我，那也是我应得的，哪怕你的恨会让我生不如死。但你太善良了，春，你没有怪罪我。那时候我就决定，一定要让这个我见过的最聪明、最引人注目的女孩，再也不必遇上那样可怕的事，她应该有一个无比光明的未来，而那样的未来就在眼前了！”

乔瑟夫突然握住了叶春璟的右手，她能感觉到他的指甲磨过她的皮肤。她立刻把手抽出来：“别说得好像这件事全是围绕着我来的！”

“你……你别这么大声！要是有保安听见就不好办了。难道你真的一点儿都没有感觉到我的苦心吗？……哎，没时间了，我真的要去给副市长做报告了，回来以后我再和你说。我有耐心，春，在你面前我有无限的耐心。求求你，求求你把这个预测程式和结果都删掉，不要再给任何人看了。”

乔瑟夫站起来，用过分恳切的眼神看了叶春璟一眼，然后转身，小跑着离开了。叶春璟呼出一口气，从旁边的桌子上拿来一张抽纸，擦掉乔瑟夫留在她手背上的汗。她合上笔记本电脑，就这样坐着，看上去像在沉思，但其实几乎什么都没有想。然后，她把笔记本放回纸盒里，用右手拎着纸盒，走向大门。当她出门左拐的一瞬间，背后突然传来声音：“谈心谈得不顺利？”

叶春璟差点儿被这声音吓一跳。她转过身，眼前是那个她曾经见过数次，但依然不知道其名字的苍白中年男子。他的左肩靠在墙壁上，叶春璟也好奇过此人到底是谁，因为他不参与研究所的工作，从着装来看不是保安，看起来也不是副市长那样的高官。有时候，保安在他靠近身边的时候，还会严辞警告。他就像一个没多大危害，但大家也不希望沾染上其晦气的幽灵，偶尔出现在叶春璟的视线角落。

“……你听见了多少？”

“放心，”杜谦说，“我不会告诉别人的。”

这丫头果然没认出我，他想。他只见过叶春璟一面，那是他初次听闻了她的事情，为此头一次前往废弃度假村的时候。严格来说，当时他也没看清叶春璟的脸，因为当他打开禁闭房门的时候，浑身脏兮兮的她有气无力地躺在床垫上，连抬头的愿望都没有。后来，叶春璟成功地“唤醒”了曹海的身体，杜谦曾要求再次和鉴证师见面，但是被骏三赶走了。

叶春璟不想再理会，转身离开。

“他对你是真心的，”杜谦又说，“在我听来，他不是骗你。他是真心相信自己说的那些话。”

“随便他怎么说。”叶春璟停下来，没有转身，“我有不接受的权利。”

“那当然。你的导师可能把自己看成了松鼠或者水獭之类的动物吧。但他本质上是一条蛇。蛇说起真话来，可能比说假话更可怕。就在你的耳朵旁边……”

杜谦一说完，用舌头顶着牙齿，模仿蛇吐信的声音。

叶春璟连忙抱紧笔记本电脑快步离开了。

杜谦笑了笑。他是笑给自己听的。

在外公家里住的那段时间，叶春璟画满了一整本手账，画的全都是那只叫黑霞的苍鹰。她不是一个好的小画家，她试着一笔一笔往里头尽量精细地描绘黑霞羽毛的走向和排布，又不停更换彩色铅笔，想同时画出它在夕阳下、水面上空、树影间翱翔时的丰富色泽，但最后的结果是失去了整体比例，缺乏统一的色泽语言，线条又过于繁密。

让她内心不安的，倒不是因为自己画得不够好，而是她并没有画出鹰的全貌。黑霞的全部，并不仅仅是它的身体，它飞翔与捕猎时的姿态。它还有一部分并不属于它，那就是外公手上停鹰的皮手套。任何时候，只要外公召唤，或者不召唤，它都会回头，在皮套上降落。一个你随时可以回去，可以歇脚的地方，或者可以称为“家”，但叶春璟并不觉得，那是黑霞的家。它的家应该在云上的某个地方。

后来，她问外公：为什么黑霞总是愿意乖乖地回到皮手套上？

外公说，鹰性子野，一定要熬鹰，把它的野性子给熬掉。

叶春璟当时不想继续问下去，她隐隐约约觉得自己不该听得太明白，但是忍不住问了："怎么熬鹰呀？"

如果说她真的是天才，那么其表现之一，就是她拥有强大的记忆力，且记下的不仅是言辞，还包括言辞在大脑中高度形象化之后形成的情景。于是，随着外公的叙述，她记住，并且看见了，黑霞是如何在主人的逼迫和干扰下，度过了饥肠辘辘且不能睡觉（哪怕一秒钟也不可以）的数十天。如果见它要睡着，外公就把它拍醒。如果外公熬不住，要睡觉了，那么就让别人来换班，一个人舒服地去睡觉了。换来另一个人，继续在最近的距离监视着黑霞，随时准备拍打它。这样十几天过后，黑霞的家，就不再是天空中的某处，而是外公的皮手套。从此以后，它的翱翔，它的捕猎，它飞过河流时水面上的倒影，都不再是原来的它。

第二天一早，外公非常兴奋，要带叶春璟到市场上去，看看山民们兜售的鹰。外孙女把猎鹰的事情问得那么透彻，外公当然高兴，他觉得早上去逛这么一趟，外孙女一定会更高兴。叶春璟本来不太想去，但听外公说，市场上的鹰都还没熬过，她就又产生了兴趣。

外公在这条街上，算是一个不大不小的放鹰名人。一到集市没多久，就有鹰贩子迎上来，主动兜售新网到的鹰。叶春璟一看，眼睛又亮了。这只尚未经历折磨的鹰，似乎毛色比黑霞还要光滑、鲜艳。外公要仔细看看面相，叶春璟也随着外公转了个方向，看见了这只漂亮的鹰的正脸。

叶春璟的心停跳了一拍。

她看见鹰的眼睛是缝起来的。

后来，外公又告诉叶春璟，说鹰刚捕回来，就一定要封住眼睑，带到人多的地方去逛逛，让它习惯，卖出去之后再由买家给它开眼。

叶春璟不想听这些细节，但她还是听了，记住了。

那天夜里，她做了一个梦：黑夜里，天空像被剥下来的树皮，光秃秃的，只有黑色的丝线、云雾、波浪在涌动、挣扎，连一颗星星都看不见。

她还见证了黑霞是如何离开天空，离开这世界的。

外公说过，哪怕熬得再狠，训得再久，猎鹰可能有一天还是会突然飞上远方的某个枝头，叫不回来，然后朝更远的地方飞去。

他说的这段话，在黑霞身上应验了。当时，叶春璟也在旁边。黑霞在完成当日的捕猎之后，本该在手套上好好休息了，却再次一飞冲天，无论如何呼唤也不回来。它消失在树林高处的枝丫之间。

叶春璟钻进了树林，妈妈在后面喊着“快回来”，但她不听。黑霞要逃向天空了，她怎能不见证这一幕?

她在树林中跑着，没跑出多远就气喘吁吁，身上、鞋子上沾满灰尘，衣服也被刮破了。她抬头，并没有发现黑霞的踪影，但她出奇地发现自己并不焦急也并不害怕，它一定就在天空中的某处。毕竟，天空是那么广大，她迟早会再次和它相遇。那时的它，说不定已经遗忘了那些久远的惨痛经历：眼睑被缝合（那该多么痛），眼前一片黑暗却又被扔进人群中（多么吵闹），至少十天十夜的饥饿和无眠！这所有的不敬，它会统统忘了，统统忘了，就像曾经落在羽毛上的一滴雨水。

叶春璟冲出了树林，累得头晕目眩，撑着膝盖，半天都没缓过气来。

低着头的她，突然听到前方传来一种沉闷的拍击声。

她抬头，看见有一对年轻男女，男的正在用棒球棍向着地上的某个地方砸。

球棍落下的地方，有鹰的羽毛飞散。

砸了几下之后，他兴奋地用双手把地上那物拾起。

那是脊背已经被打断、头部耷拉在一边的黑霞，眼睛还睁着，光芒还在。它的爪子，深深嵌进了一只野兔的身体里。

“厉害吧，这叫一石二鸟。”男青年说。

“乱用成语，这明明是一鸟一兔。”女青年说，“这鹰也是有主人的吧？”

“管他呢，谁捞着就是谁的。”

“哎，那边有个小姑娘，咱们是不是吓着她了？”

“磨蹭什么呢，快回车上。”

他们是游客。放鹰人的鹰飞到平常的捕猎范围之外后被游客打死，是常有的事。

至于外公，本来也不是非得靠着猎鹰才能过日子的放鹰人。那样的生活方式，早已经过去了。如今，他主要是一名很受游客欢迎的和蔼老爷爷。

叶春璟见证了猎鹰第一次自由的捕猎，以及它为此付出的代价。

从此，叶春璟再也没有梦见过黑霞。

11 荒野之王

夜里十一点三十五分，明月当空，幽深树林中猫头鹰不厌其烦的叫声恣意回荡，恐吓着屈身躲藏于树洞之中的小动物。矿山区卫兵彭巴莫戴着虎皮纹毡帽，穿着黄泥板结的皮大衣，手握步枪，正在林子边缘站岗。突然，前方紧贴着地面，出现了一抹迅捷的黑影，掀起片片树叶。彭巴莫举枪，那是一只黄鼠狼。它停下来，一条前腿悬在半空，与彭巴莫对视。在黑夜中，只能看见它眼球边缘一道又弯又细的闪光。它很快逃走了，从它离开的方向传来一种仿佛在讥笑着谁的尖厉声音。彭巴莫早已知道，这些响动并不预示着危险，他只不过是找个理由动动手指。接下来，他又听见后方传来脚步声，这也是他所熟悉的。他转过一半身子，看见另一名年轻卫兵朝他走来。

“迈扬？还没到换班时间。”

“我特意早点溜出来的，偷了点好东西。”迈扬挥了挥右手中的一个小布袋，“咖啡。”

“我更想抽烟。”

“忍一忍。队长说了这三天不配发烟，能偷偷煮一点咖啡就不错了。来帮忙。”

他们一同在地面上清出一个小坑，生火架上小锅子开始煮咖啡。在等水沸腾的时候，彭巴莫注意到迈扬穿着一双不合脚的棕色皮鞋。

“这是你的鞋？”

“一个矿工的。就是前几天想提早引爆炸药、趁机逃跑的那家伙。队长命令我把他带到悬崖那儿去处决，他说他在旁边的树底下埋了一套西服，还有皮鞋，本来是打算逃跑成功之后带走，但现在他只想在死之前穿上。”

“然后呢？”

“我同意了，不过我看上了这双鞋，就不准他穿。他也没什么办法。”

“你已经行了善，他可以瞑目了。”

泥浆色的咖啡在锅子里沸腾。

“好烫。”彭巴莫要把锅子从火上移开，手一碰触到锅子把手，不由得往回缩。

“喂，”迈扬突然转过头，站起来，“是谁？”

黑暗中突然出现一道银光。迈扬感觉到有什么东西刺进了自己的咽喉。刚刚忍着高热把锅子端下来的彭巴莫抬起头，看见迈扬瞪大眼睛，双手紧紧捂着自己的脖子，指缝间不断流出鲜血，发不出声音。彭巴莫立刻举着步枪站起来，侧面的树丛中飞出一道铁链，其前端的金属圈套中了步枪枪管，彭巴莫没来得及开枪，武器就被那铁链拉扯离手，飞在半空中，而他放在扳机上的手指差点儿折断。下一秒，曹砥冲上前来，用铁链绞住彭巴莫的脖子，终结了他的生命。然后，她揪住两名卫兵的后领，把两具躯体轻轻地放倒在地上。

苏垂木也从树林中走了出来。他用脚把迈扬的身体翻过来，发现还没有彻底断气，就把脚跟踩在迈扬的脖子上。那把如半枚叶片一般大小的飞刀——正是苏垂木所亲手掷出——完全没入了体内。苏垂木从来不回收自己的飞刀。他弯下腰，端着那一小锅咖啡，站起来。

“喂。别这样。”曹砥皱着眉头，轻声说。她已经预料到苏垂木会做什么了。

苏垂木倾斜手臂，把滚热的咖啡浇到两具尸体的脸上。“这是你们应得的，别浪费了。”他自言自语。当咖啡要溅到他脚边的时候，他朝旁边挪了一下。咖啡倒尽之后，他还把锅子反过来，上下抖了一抖，好像生怕浪费一滴。他在做这件事的时候，手上的动作细致得堪称温柔，脸上却完全没有表情，就好像是在友人墓碑前倒下一杯酒，同时完美地掩饰内心的悲情。

“行了。”曹砥说，“下一步。”

苏垂木没有看曹砥，也不像是接受了她的命令，仿佛他接下来的动作仅仅是时间顺序上的巧合。他抬起头，双手捂着嘴，露出一点缝隙，喉头一颤，发出一连串模仿猫头鹰的呼号。他弄出来的声音岂止是惟妙惟肖，还有足够的穿透力，如果不是他人就在眼前，曹砥也很难相信这竟然是人发出的声音。

这是暗号。在不远处，曹海带着主力部队，开始了行动。这就是他们的战术，趁夜深人静，先由曹砥和苏垂木配合，无声无息地消灭敌人的岗哨和眼线，再由曹海一举入侵。一开始，两人之间的合作还不能算作没有缺陷，主要是苏垂木的配合度问题。但是不久之后，他们两人的联合行动再也没有出过差错，这成为曹海能够顺利一次又一次轻松赢得胜利的重要基石。

但曹砥还是无比讨厌这个比她矮上大半个头的男性——单从外表成熟度来看，说是男孩也无不可。每次作战之前，她会详解作战顺序，但根本不清楚苏垂木有没有听进去。假若行动有五个步骤，他往往能精妙配合前两步，但之后就说不准了。但曹砥也没法指责苏垂木，因为说到底，他总是能完成任务，甚至比原先计划的还能少一个步骤，就好像在用行动证明他无须曹砥的指挥。

当然，这不是曹砥讨厌苏垂木的关键原因。更令她不适应的，是像刚才朝死者脸上倒滚烫咖啡这一类行为。曹砥知道，在这件事上，她没有立场看不起对方。她自己早已是一个彻头彻尾的恶徒，有折磨以及拷问的丰富经验，更没有什么“让对方快点解脱”之类的扭曲道德准则。她的残忍程度，只取决于任务本身所需，以及阻碍她取得战斗胜利的反抗力的强弱。但她自认不会做无意义的伤害行为，更不会对手无寸铁的人，尤其是毫无抵抗能力的未成年下手。有一次，苏垂木从敌人的警备室里，揪出了一个藏在里面，看起来不到十五岁的小女孩。曹砥要求他把她放走。苏垂木松开手，女孩头也不回地朝密林里逃跑，苏垂木一转身，就朝她后背掷出一把飞刀。飞刀钉在一棵大树的树干上，没有伤害到女孩，但曹砥看得出来，他是故意投歪的。苏垂木通过听命于曹砥，放了那女孩一条生路，但也间接地羞辱了曹砥。

苏垂木越过两名卫兵的尸体，一言不发地朝前走去。

在一个所有人都是恶徒的集体里，哪怕是身为曹海左右手的曹砥，也不会在没有其他人的漆黑树林中，毫无防备地把后背朝向同伙。苏垂木却无此顾虑，至少表面上看来是这样的。

曹砥觉得，她只差一个理由，一个哪怕不那么坚固的理由，就有可能在下一次的行动中，忍不住冲动，对苏垂木的后背出手。对于自己竟然有这样的想法，她怀抱着巨大的迟疑，因为她深知曹海如今对苏垂木有多么信任。

不管怎么说，今天晚上，仍然缺乏一个会引导她做出无可挽回之事的时机。

她加快脚步，与曹海的大部队会合。

黑夜中，足以让恶徒们自豪的征伐和掠夺不断上演。

占领这片矿区之后的第三天，在不远处山谷间一处背阴平地的中央，支起了数十座军绿色的帐篷。前一夜，山谷间还可听见零星的枪声，到了今天早上，嘈杂的、属于生活的噪音，在这些帐篷之内以及之间，逐渐升腾、满溢。

曹海带着两名保镖，走进这营地。四处可见清晨的炊烟，裸露上身的士兵们共用着一盆热水刮胡子，有妇女在溪流边洗衣，一边劳动一边聊天，有小孩挥舞着小木棍四处追逐嬉戏。若曹海经过他们身边，只有士兵会暂时放下刮胡刀，投来警觉但不含明显挑衅意味的眼神，而对其他人来说，曹海似乎只是没有任何特殊目的，偶然穿过这营地，要前往下一个目的地的路人。

曹海和保镖走到营地后方，一处占地面积最大的帐篷之前。两名持枪卫兵上前，给曹海搜身，要求他的保镖留在外面。曹海命令保镖照办，然后钻进了帐篷。这里充斥着一种强烈、甜腻的烟叶味。在帐篷中央，摆着一个军事沙盘，上面用泥沙、纸浆、草屑描绘出附近山脉的地图。在与曹海位置相对的地图另一端，盘腿坐着一个剃光了头的男子。他很强壮，但并非筋肉虬结的类型，而是显然从出生以来，就经历过难以计数的沉重劳作以及斗争，这一切都深深埋在他黝黑，似乎微微发出一些红光的皮肤之下，呈现出如木雕罗汉一般的沉着和威严。他年龄应当不超过四十五岁，但从两鬓连到下巴的短须，已经完全呈灰白色。他亲热地抱着一个七八岁的小男孩，那小男孩看起来有点腼腆、紧张。

“雍陀军长。”曹海说。

被称作雍陀的男子看了曹海一眼，竖起左手食指，表示“等一下”，然后对小男孩说：“你刚才走神了是吧？阿爹再问你一次。如果C山头上的敌人要冲下来，经过这条小道，那么我们应该把军队埋伏在哪个位置，才能成功地伏击敌人？”

小男孩咬着左手大拇指，从雍陀的膝盖上下来，拿起沙盘旁边一只代表军队的蓝色棋子，放在沙盘上那“小道”的左侧。然后，他忐忑不安地看着他的阿爹。雍陀看看沙盘，又看看小男孩，对他一笑，拍拍他的屁股，说：“好，去玩吧！”

小男孩飞快地钻出了帐篷。

“让你看笑话了，曹先生，请坐吧。”雍陀说，“这孩子总是没心思上早课，我实在是头疼。”

“我不是教育专家。”曹海像对方一样，在色泽鲜艳的坐垫上盘腿坐下，“不过我也算带过几个小孩。如果我真心想让他们老老实实学点东西，那肯定得让他们乖乖站在旁边，而不是坐在我腿上。”

雍陀笑了笑，双手同时在自己的左右膝盖上一拍，用响亮的声音说：“曹先生，没想到你已经把乌且普山的九个矿洞都攻下来了，比我预料中快了一个月。作为一个应该不是在军队中长大的人，你的表现令人惊讶。但是与此同时，你又愿意主动接受邀请，只带了两个保镖就到我们的营地里来。你有没有想过，如果我把你当成敌人，那你这样岂不是轻易地自己把脑袋交到了我手里？”

“我当然想过。但是为了委托我攻占这些矿洞，你付出的酬劳，尤其是军备支持，那可是够慷慨的，如果你真的把我当成敌人，那为什么不趁我势力还不够的时候就把我们干掉？再说了，如果你在这里对我下手，那一定会引发一场战争。我的手下会全力为我报仇。哪怕他们最后输掉了，你也要承受巨大的损失。说到底，和我们开战，对你一点儿好处都没有。而且在我看来，你们的人和枪都更多，但也有一个我们没有的弱点——”

曹海顿了顿，继续说，“这营地里，遍地都是妇孺。而我手下，只有战士。”

雍陀的眼睛一亮。

“怎么能说是弱点呢？在我看来，这恰恰是我们的长处。我们是一个大家庭，所有人互相爱护，互相尊重。毕竟，我们不叫‘某某某某军’。我们是‘锡兵之子’。”

关于眼前这组织的名字，曹海并未特别在意。他们叫锡兵之子，或者叫十字军，或者其他任何什么名字，对他来说都不值得深究。重要的只有这三点：首先，他们在因双宿而造成严重动荡的数个国家都曾征战过，显然得到了一些国际势力的资金支持；其次，他们的主要攻略目标与政治诉求、国境矛盾等问题关系不大，而是集中在夺取资源，尤其是矿脉，并且从矿石的交易中获得了巨大利益；最后，也是不容忽视的一点——他们的领袖雍陀，是个不好惹的人。

刚来到岚汸西部的时候，曹海并没有预料到会和这样的组织扯上关系。但是现在，如果再让他回到两年前，他也绝不会选择其他的路。在利用雍陀提供的军备，攻下这些矿洞之后，他的确产生过自己控制这些资源的念头，但是他很快发现，凭他现在的关系网，找不到安全的销售途径。几乎每一个可以触及的买家身后，都有雍陀的阴影笼罩着。

“在一开始拿到你资料的时候，我没有想过你竟然这么年轻，简直让我羡慕。”雍陀说，“甚至有点过于年轻了……你是二十五岁？二十六岁？怎么也不会到三十吧？我的好奇心，请你理解，毕竟像你这么年轻的人，可以号召那么多战士为你卖命，这简直是几百年以前的将士才能拥有的传奇故事。”

曹海不打算在这个话题上接话。对方很可能知道真相，此时只不过是在玩心理游戏而已。幸好，雍陀主动跳到了下一个话题。

“总之，对你们的实力，我已经有一定了解了。给你们的酬劳，算是物有所值。现在，我要问你一个重要的问题。既然你是在岚泈长大的，那你怎么看待它？”

在那一瞬间，曹海脑中出现横跨了近六十年的影像。但他将这念头压抑下来，然后说：“一个有很多机会，但已经容不下我这种人的城市。”

“我不同意。”本来双腿盘坐的雍陀突然右腿立起，手掌握住膝盖，仿佛立刻就要激动地站起来，“岚泈是一个幻觉。它不应该存在，至少不应以现在这个模样存在。而且它有一段非常……非常不堪、令人恶心的历史。它是在沙堆上建立起来的，而那沙子里混合着人和野兽的血。那些最有野心的，纵容岚泈成为现在这个模样的人，他们是没有任何尊严可言的骗子和强盗！他们偷走、抢走了根本不应该属于他们的东西。然后，才有了岚泈。但曹海先生，我不是来给你上历史课的。我想得到你的帮助。”

“岚泈没有军队，但是只凭我们这些人，也并不能把它怎么样。它不是一座单纯的城市，更称不上是一个国家，但附近的国家都需要它。难道你，或者你背后的人，想在全世界都看着的地方掀起战争？”

“没错，所有人都需要它。但是，这就像拥有一块黄金，你是想拥有一块金矿原石呢，还是把它炼成金条，藏在银行保险柜里？或者，把它打造成一条项链，送给心爱的女人？每个人都想用自己的方式，去占有一种特别有价值的东西。岚泈过去几十年能变成一块金子的最大原因之一，是因为它是双宿人的避风港。你肯定也知道，岚泈对双宿人的官方态度，是不提问、不辨认、不统计。所有经过迁宿，中了彩票，得到了远胜于过去的生活条件的人，他们都会想方设法前往岚泈定居——曹先生，相信我，这些人的数量，远超一般人的预料。他们的财富，就是建立起岚泈的一粒粒沙。但是这样的好日子快到头了。弗尔甘第一和第二研究所，正在合力建设全球级的双宿人检索和辨认网络——他们背后当然是有大国支持的。这一天若到来了，岚泈市给自己打造的幻觉就会崩塌。到了那时候，就是你、我，以及其他所有人，考虑该怎么把它吃下嘴的时候了。而对于我个人来说——这其中的原因，也许你还不能理解，但这也是我个人的复仇。”

曹海及其党羽目前四十余人，暂居在山间的简陋村舍中。原居此地的民间武装，已被全数消灭。通过翻阅他们留下的一些账目，曹海怀疑这些团伙，以及这一段时间以来他受雍陀所托而消灭的多个私人矿山武装（主要成员多为他国人），也一度将出产的矿石卖给掌控外销渠道的雍陀，以此谋生。但是近半年来，他们开始自行开拓其他的销售渠道，试图获取更高利润。如果让他们尝到了甜头，就有可能整合成一支规模更大的武装力量，与“锡兵之子”抗衡。所以，雍陀要先把他们各个击破。曹海的团伙显然来自岚汸市区，所以雍陀并没有立刻将他们视作与私人矿山武装一样的敌人。曹海想，在雍陀决定雇用他之前，必然已经暗中观察了一段时间，收集情报，确认有合作的价值，而他并未发觉曾遭监视。

曹海时刻提醒自己，山与林不是他诞生的世界。这里是雍陀这类人的天下，而不是他的。他必须步步为营。如果说毫无担忧，毫无恐惧，那是显而易见的谎话，除了在内心安抚自己身为恶党的自尊，并无其他好处，而这种安抚极可能麻醉自己的判断力。在年轻的时候——想到“年轻”这个词对如今的他所具有的讽刺意义，他暗自笑了一下——他确实需要对自尊心的狂热维护，才能生存下去。但是，哪怕是在上一具躯体的人生中，他也早早明白了这个道理：在爬到顶峰之前，就把盲目炫耀自尊心摆在第一位的人，一定会遭殃。如果没有巩固起这样的认知，他就不可能在杜谦身边做了五年司机。

于是，在这一次帐篷中的会面之后，曹海选择了与雍陀合作。雍陀的首要目的是阻止岚汸继续向西扩张，要组织一些警示性的骚扰式袭击，但是又不能引起整个岚汸以及周边国家的大范围警觉，需要更熟悉岚汸情况的曹海来协助。这是一种在结盟和臣服之间的微妙状态。越微妙就越危险，而危险之中会酝酿着时机。他判断，“锡兵之子”应当是一些国家进行代理战争的工具，而雍陀也有可能正在数个势力之间周旋，并未真正把任何一方认作主子。从这个角度来说，雍陀和他面临的情况有相似之处。至于雍陀自称有什么“个人的正义”，曹海在追查到更详尽的信息之前，并不太关心——那多半只是一种增加个人魅力和神秘感，让追随者们更加死心塌地的华丽词汇而已。曹海回想起雍陀抱在怀里的那个孩子（他无疑还有很多个这样的孩子），或许他在理解四则运算之前，就要理解绝大部分成年人一辈子都无法触及、仿佛只存在于远古传说和电视屏幕之中的可怖事物。相比之下，曹海的童年或许还幸福得多。

为了向手下人宣布自己的决定，曹海准备了两套演说词。一套是说给所有人听的。他们大部分是从城市追随曹海而来的恶棍，所以对不得不住在山林一事，并非没有微词。所以，他需要给足承诺。比如，曹海告诉他们，离营地不远的地方有一个小镇，与其说是小镇，不如说是荒野之中不法之徒生存着的不法区域——只要报上他们新结交的哥们儿雍陀老大的名号，在那里就能得到最上等的招待，这些都是真的。随之还承诺他们，与雍陀结盟，只要再辛苦几年，就打开了一扇通向不敢想象的未来的大门，门后是未曾见过的海外风景、洒在豪宅台阶上的金色阳光、四十岁时庆祝退休的游艇派对，以及身边使用天价护肤品的娇妻。所谓承诺，不在于可实现性，而在于它给人带来的希望，所以但说无妨。

曹海的第二套演说词，则是说给五六名心腹听的。他和他们站得很近，几乎是围成一圈。他细细地对他们讲述，风险是什么，要注意些什么。话止于此。

半个小时之后，所有属下都离开了。曹海让曹砥单独留下来。

“砥，”曹海说，“你刚才走神了。我本来可以停下来，对你再讲一次你错过的东西，但当时除了你，所有人都听得很仔细，我不能为了你一个人而停下来。所以现在你给我讲讲，为什么会走神？”

“不好意思，曹哥，我……”

“你眼睛望哪里？嗯？”曹海又靠近了一步，声音变得愈加低沉，“难道你想和我说，‘我不知道’？我要听的不是这种话。如果你敷衍我，会让我觉得，我一定是做了非常愚蠢的事情，否则属下不应该这样敷衍我。说实话，砥，你走神的时候心里都在想些什么？”

“我在想……”曹砥后退，稍微拉开两人之间的距离，抬起右手，似乎要挥走一些什么，然后又放下了，“曹哥，我觉得我还没有适应。攻占这些矿场，和这些人做交易……这些不像是我该做的事。”

“你想离开？”

“当然不是！”

“那就尽量快点适应。我和大家都在适应，或许我还不是适应得最好的那一个。而且我觉得你做得相当好，砥，到目前为止你一次错误都没有犯。你是我最能干的手下，这一点从来就没有变过。就这样，你还说自己没适应？开什么玩笑？”

“我觉得自己有做得不顺手的地方。没犯过错的人，可能只有苏垂木吧。”

“是关于那小子？你看他不顺眼是吧？我手下这么多人，互相看不顺眼的多的是。但是为了大伙儿能保住这条命，平常有点什么看不顺眼，都给我忍着。实在忍不下去的话，我会处理的。我觉得你和他还没到那个地步。别绕弯了，我就问你一个问题：你是不是觉得我们应该回到岚汸城里？是还是不是？”

“……是。”

“果然。我就知道你会有这个想法。哦，曹海手下，跟着他的时间最长，杀的人也最多，甚至随了他一个姓氏的曹砥——受不了风餐露宿，风吹雨打了。她要回城里，那里有小小的、暖暖和和的公寓，窗户上养着一盆仙人球，阳台上的风景是对面人家晾的一排五颜六色的内衣。”

“我不是这个意思！”

“那当然，其实我知道你不是这个意思。但是我必须嘲弄你。如果不嘲弄几句，那你还是会继续藏在那种扭扭捏捏的‘我不知道，我不懂’后面，而不是表现出愤怒。对着那边的镜子，看看你的脸！因为我嘲弄你，你生气了！砥！这才是我想要的！你看这个，看这个。”曹海突然迅速地拍打自己的左侧面部，然后又拍打几次右侧，“这张脸，这么年轻。实话告诉你吧，砥。我不喜欢它。至少不像我一开始所想的那样喜欢。当重新得到年轻的身体之后，就像现在的你一样，我也觉得，好像有那么一个又小、又舒适的地方，在等着我回去。我可以跳得很高，我可以跑得很远，我可以把年轻时享受过的东西再重新享受一次，不管是美食、酒、雪茄，还是女人。我的确这样放荡了一段时间。但这之后，我才真正意识到……我失去的是什么。我再次变得年轻，但我也从人生的阶梯上滚了下去。我失去的是威严和荣誉。砥，我问你，你觉得土匪和国王之间有什么区别？”

“谁更强大？”

“不，这世界上当然有比我们现在更弱小的国王。以前，我们是土匪，因为我们遵从着别人定下的游戏规则。你驾驶着一辆车，红灯！停下！好，沿着这条黄线慢慢转弯……现在时速降到40！看哪，这一块又一块规范着我们的路牌，一直朝我们眼前飞过来！有时候我们会破坏，会绕过它们……但我们还是这样，在地上爬。但国王，他决定自己的规则。真正的国王，他制定规则，哪怕这规则只适用于一粒沙子。只要还留在岚汸，我就是土匪，但是在这里，哪儿都没有限制行动的路牌，我就能制定规则，成为国王。这才是我迁宿之后这么多年，真正想通的道理。”

曹海把双手按在她的双肩上。

“跟着我。跟着我到最后。当我坐在王座上的时候，你要站在我旁边。如果有一天，我们的王宫被攻陷了，或者有叛徒刺杀我了，你要从地面上把染着我血的王冠拾起来，成为下一个制定规则的人，下一个王。这就是我对你的期待，砥。”

曹海这番话，让曹砥彻夜难眠。她内心有一部分，希望能把这番话全盘接受，就像过去一样，不提任何疑问，只要满足曹海的一切要求就行。但另一部分——她不认为自己想成为王。曹海对王的定义，或许没有他说的那样宽泛，他想成为的王，没有野心和暴力是不行的。何况，规则真的是由人来制定的吗？她久违地回忆起了自己迁宿前的短暂人生，以及在裔特瓦里家乡的姐妹们。她们之所以只能半辈子干苦活，半辈子在病痛的折磨中经历一次漫长的赴死，并不是因为某一个“国王”制定了这样的规则。如果事情这么简单，那找到，并且杀死这名国王就好了，不是吗？她们的命运，是为某种更深入、更狡猾、更挥之不去的东西所决定的。

曹砥脑中突然闪过一个令她惊讶的念头：做一个对抗规则，而不是制定规则的人，让她更有活力。当年，在曹海的崛起时期，她从来不觉得曹海是“国王”。他是土匪，也是和安防司、富豪、地方官员对抗的人。他的暴力针对所有人，但在更多的情况下，他蔑视、践踏权威，正是这些时刻，让年少时的曹砥心潮澎湃。现在看来，也许那只不过是曹海满足巨大野心的过程中所必须经过的阶梯。

曹海消失、曹砥蛰伏的那几年，她避开杜谦的势力，远离所有黑道，好几年都在亚马孙公司的货仓里开仓储叉车。那长长的、无休无止的运货通道，以及通道两侧如有生命的冰山一般，仿佛随时会无限生长，直到封住整个仓库的货架，填满了她生命中最平静的岁月。她不觉得那一段经历是有价值的，却诡异地觉得，这么一段一成不变的生活，是她当时人生之中所必需的。后来，有一名仓储班长，有好几次趁曹砥从叉车上下来的时候，不怀好意地碰触她。三天以后，有安防司干员来调查，是谁严重伤害了那名仓储班长，并且把他扔在了仓库外面长久无人收拾的一堆碎玻璃上。受害者根本没看见犯人的长相，而且没有一个干员，在看见这名女叉车驾驶员的时候，生成过这样一个念头：她会不会是凶手？那是曹砥平静的几年之中，最让她充满活力的一刻。

如今，当完成一次又一次午夜突袭，冲进敌人控制的矿洞，看见矿工们那一双双惊恐而疲乏的眼睛，刚刚因为杀过不少人而血气上涌的曹砥，会突然浑身无力。这些眼睛——无论男女——和她在家乡裔特瓦里那些姐妹的眼睛重合了。为了曹海的野心而奋不顾身的代价，就是一次又一次与这样的眼睛相遇。

她的姐妹……对了，还有她的母亲。她觉得，自己已经没有资格在心中这样称呼她们了。

玛迪纳，就是曹海向手下们所承诺的，有烟有酒有女人的休假“胜地”。曹砥也来了，反正她没有更好的地方可去。那天夜里，她在玛迪纳到处都是酒瓶碎片、烟头的路面上行走，一直走到小镇最北侧，眼前是一面巨大的峭壁。她抬起头，在黑暗中这峭壁似乎望不到尽头，像一位苦苦遥望月亮的母亲背对着她静坐。曹砥感受到寒冷和恐惧，她转过身，快步沿来路走回，一直低着头，避开所有人的目光。

当夜她在酒吧独坐，有一名陌生的男性来搭讪。她有些惊讶，但没有把他赶走。借着酒劲，闲聊了一会儿之后，她觉得他说话不讨厌，声音动听，还有一股不错的气味。午夜，她牵着他的手离开了酒吧。在当时，她想不到能让这个令她心烦意乱的夜晚顺利收场的更好方式。

第二天早上，她醒来，没有看见那个男人的踪影。她没有想太多，也没有等他，洗了个澡，穿上衣服出了门。但下到一楼后，她突然又闻到了那个男人的气味。她凭着突如其来的直觉，绕到旅馆后面，看见那个男人站在角落，从苏垂木手里收过几张现钞。那人似乎不满足，苏垂木又给了他一张。然后，两个男人都发现了她。

曹砥冲上去，一把扑倒比她矮小的苏垂木，狠狠一拳揍在他的脸上。苏垂木伸手想挡住第二拳，但是没挡住。第二拳更狠，正中苏垂木右眼，在他的眉骨上开了一道口子。曹砥揍完第三拳抬起手的时候，有几滴血溅到她唇边。她厌恶地扭头吐了一口唾沫，双手抓住他的衣领，把他上半身揪起来。苏垂木的身体，比她想象中还要轻。这时，那男人已经跑得没影了。

“我要拔掉你的舌头，在地上踩烂。”曹砥说。她很久没有这样愤怒了。她的击打并没有用全力，并不是顾及对方的情况，而是气得发抖，拳头没法实实在在地握紧。

“等……等一下。”苏垂木艰难地说。他每出一口气，似乎就能听到歪斜的鼻梁里血泡涌出的声音。

“什么？”

“那个男的……人挺幽默的吧？还是说你不喜欢这一款？”他嘴角泛起笑意：“他告诉我，你身上疤痕也太多了，不过呢……”

曹砥没必要听完这句话，但这就像面对车祸或者火灾移不开眼睛一样，她又忍不住放任苏垂木把话说完，就好像内心的怒火一定要怒视这恶毒的一字一句，再把它们彻底烧熔。她听完之后，右肩朝后拉满，要给他不计后果的一拳。但在这时候，她感觉到左足后方一阵冰凉。苏垂木右手中有一片细薄的小刀，抵在她的阿喀琉斯腱上。

“……血……血都到眼里了，我看不见。”他发出两声近似咳嗽的笑，“这是哪儿啊？我也不知道。要不要割下去看看？”

曹砥松开手，站起来，后退了几步。苏垂木也歪歪扭扭地站起来，从上衣口袋里掏出一沓纸巾，擦掉糊住眼睛的血，然后按紧眉骨上的出血点。

“曹姐……你要我怎么和曹大哥解释？”

“就说你摔了一跤。”

“刚刚才被你打了，又让我在他面前撒谎？嘿嘿，原来你对自己人心肠也这么狠？”

“你为什么要做这种事？”

“是曹大哥让我和你搞好关系，可我实在想不出该怎么办……在被你发现之前，这一切明明进行得很顺利，不是吗？”

“……看来你还没有吃够苦头？”

“够了。”苏垂木把纸巾临时拿下来，折叠一次，又按上去，“曹姐，跟我来。我让你见两个人。”

一说完，他就转过身向前走去。

“你还要玩什么把戏？”

“跟我来就是。”苏垂木并没有回头，“我的耐心也是有限的。”

曹砥跟了上去，和他一直保持十五步左右的距离。

苏垂木带着她，来到小镇入口停着的一辆车后面。他掀开后车厢门，扭过头，对曹砥示意，让她上前来。曹砥照办了。后车厢里躺着两个被扒光了衣服、绑得严严实实的男人。他们一见到苏垂木和曹砥，慌张不已，被堵住的嘴发出呻吟。

“这谁？”曹砥问。

苏垂木取下一人的塞口物。那人马上艰难地把头转向曹砥，用颤抖的声音说：“求求你，大姐，饶了我们。”

“趁天亮，仔细看看。”苏垂木说，“她脸上有血，是从我鼻子里流出来的。她像是你们动得了的人吗？”

“我们错了！请……”

苏垂木把那块脏布又塞回去，然后关上车厢。

“你大半夜一个人在镇子后面绕了一圈，绕到尽头又转回来，他们两人跟踪你，你竟然没发现。至于曹姐你为什么那时候这么不小心，我就不过问了。总之，我想了个办法，让刚才那个男人把你引走，然后把这两个埋伏在酒吧外面的家伙收拾了。”

“你发现有人跟踪，为什么不直接通知我？搞那一套是什么意思？”

“那样不就没意思了吗？”

曹砥尽量忍住怒气。她还有话要问。

“这整件事在我看来，我最不愉快的，还是你在监视我。”

“这地方毕竟是雍陀介绍的。曹大哥当然不会放下戒心。但如果不来玩几次，又会显得对雍陀太防备。所以这一次，他和一半人都留在山上的地盘里，免得有人偷袭，放另一半人到这来玩一趟，把关照大家的任务交给了我。他特地和我说过，你最近精神比较紧张，放你来山外头休息休息。”

“被交托这种任务，我看你也不容易啊。难道你一点儿也不想放松一下？”

“这就不用你操心了。曹姐，你自己比我更清楚，我们这伙人缺了你，那会很麻烦。所以一边散步一边走神，还被这种小混混跟上……”

“……不用你教训我。不会有下一次。”

“这两个人就随你处置了，曹姐。我得赶快去找个大夫。”

苏垂木转过身，准备离开。

“苏，”曹砥提高了声音，“不管怎么说，我一点儿都不后悔刚才打了你。老实说，我觉得还打得不够痛快。但是这一次，我可以让你还我一拳。”

“真的？……也有道理。”

苏垂木转过身，走到曹砥面前。

“曹姐，你站低一些。”

“……干吗？”

“你刚才骑在上面打我，现在要我从比你低的位置还一拳，这样的角度使得上什么劲？不公平。愿意让我还一拳就老实一点。”

曹砥不得不稍微把上半身放低一些，双手撑在大腿上。

“再低一点儿吧。我又不是要亲你，紧张什么？”

曹砥只得再把脖子稍微低下去。

“来吧。”她闭上眼睛，咬紧牙关。

苏垂木走近，直到两人面颊平行的位置，突然伸出手，紧紧揪住曹砥后面的头发。曹砥几乎想发作，但是咬着嘴唇，忍下来了。苏垂木几乎贴着她的耳朵，清晰无比地说：

“我们相处也有两年多了，没想到你还是这么不了解我。让我靠这么近！有机会杀死一个不反抗的人，我会杀的，没什么不乐意，但这次我放过你。所以曹姐，以后脑子放清醒一点儿，不要给曹大哥丢脸。”

苏垂木把手一甩。曹砥感觉到发根处传来撕裂的痛楚。苏垂木转过身走远了，从张开的手掌中飘下来一缕头发。

他走远之后，曹砥转过身，双手狠狠地砸在后车厢上。车厢里的两人受惊，又开始挣扎，车身摇晃起来。她把嘴唇咬出了血，那血滴在地上，没入她的影子。

12 故纸堆

西城区花了大部分人力，以及两周左右的时间，查访了十二座村子，把“半面村”案件相关的人员彻查了一遍，最后找出有可能参加过仪式的山顶“半面村”后裔，总共一百六十七人。这其中约十九人曾经参与最近这一次正式成为命案的仪式，其中大部分都是曾经围堵韦一宸和道坤的村民。怎样处理这么多有犯罪嫌疑的人，要不要追诉十二年前的案件，让安防司非常头疼。

发生这样大规模的耸人听闻的事件，媒体蜂拥而至。大约是旅馆老板爆料，导致一些记者掌握了两名主要办案干员——韦一宸和道坤·帕玛哈乌的部分信息，结果他们有几次一出办公楼就遭到记者围堵，最后西城区分部督司不得不忍痛批了他们好几天的带薪假期，避避风头。在休息的时候，韦一宸听说当时有意移动尸体让安防司发现，又曾救了他们一命的小孩维亚吉，没有因为背叛族群而受到伤害，已暂时被安防司保护起来，这总算是一个好消息。道坤觉得自己办了一桩大事，相当高兴，请韦一宸去吃他最心仪的一家龙虾面，两人吸溜到一半，有一个打扮得很妥帖的人上来递名片，说自己是某某影视公司的制片人，想以“半面村”为题材拍恐怖电影，邀请他们俩做“顾问”。那人扶了扶眼镜，说：“毕竟两位是亲历者，如果这部作品要做得有血有肉，肯定要让你们深入参与到剧本创作的环节中。”韦一宸只好扔下那半碗面，把道坤给揪走了。

但事情来得快去得也快。两周之后，在其他热门新话题的影响下，这件事掀起的声浪很快平静下去，他们两人也终于能回去上班了。

回到办公室后，老陶给他们安排了一个比较清闲但枯燥的工作。过去两周来，安防司从山上的多个村子里，收集了一些村民们保存着的自装订书籍、记录本、手抄本等文献，记载了与这项仪式相关的祖训、实施记录等内容。安防司对于二十四年前以及更早的仪式，决定不予追究，但是希望找出十二年前的仪式有谁参与，辨明死者身份。他们俩要做的事情，就是从这一大堆民间文献之中，找出关于十二年前杀人仪式的蛛丝马迹。

分部的档案室本来就窄小，现在堆满了这些有相当年份的文献，更是显得空气污浊、沉闷。在翻阅这些残破、发黄纸页的时候，经常会掉出奇奇怪怪的脏东西，比如染血的古老毛发、已经干枯的虫卵。他们俩不得不把口罩戴上。

“宸哥，这么办吧。”道坤说，“我们优先要查的，只是十二年前的资料，对吧？那我们就从这些比较新的书卷里开始找起来。至于那些破破烂烂，一看就是在那个角落堆了半个世纪以上的东西，可以先不管。”

“感觉并不能提高多少效率。光看一眼就判断纸张的新旧，也没那么容易吧？不要说半个世纪，我都没见过几本放了十二年以上的旧书，你就见过了？”

“当然见过，我爷爷是开古书店的。”

“……行，你按你的办法来，我还是相信自己的直觉，反正每一本都得看完，到最后还是差不多。”

韦一宸心里明白道坤说的办法有道理，但他要做的事，恰恰相反。

他希望直接查看六十年前那一次仪式的相关资料。

在上一次行动中，他数次昏迷，出现幻觉。严格地说，他自己也分不清那是幻觉，还是白日梦。他要做的事情，确实是凭着直觉，但现在除了直觉，他没有别的东西可以依赖。

他挑出看起来最旧的一沓文献，仔仔细细地翻阅。这些文献都是手抄，加上年代久远，字迹模糊，看起来相当吃力，更不用说还有多种语言混用、错误拼写、过于潦草的问题。但这些内容吸引韦一宸的程度，几乎超过了他自己的想象。他看起来如此投入，以至于道坤也渐渐安静下来，不再打扰他。

第一天，他在档案室里待到晚上十一点。第二天，他本来打算十点半就走，但是不小心打了个盹，醒来之后已经是半夜十二点了。他索性继续看起来。这些文献之中，并非所有内容都和仪式有关，还有账本、日记、情书、涂鸦……他有一次看见，显然是由于下笔之人心烦意乱，书页上被涂满黑色的小圈，连续涂了五十页以上。实际上，他很久都没有找到自己所需要的内容，但不知为什么，他还是丝毫没有松懈。

第三天早上，他终于发现了自己想找的东西。他当时十分激动，差点儿把那古老的纸页掰碎。

他发现了一本日记，记载了六十年前那次仪式中的部分细节，提到了当年那名成为牺牲者的七岁小孩。

这本日记缺损的地方很多，文字几乎陌生到了韦一宸难以辨认的程度，他不得不一边看，一边使用手机查询生词。有时候，只能凭上下文猜测。

他的工作并没有完成。第三天下午，总部来了一些人，不由分说地把这些资料全部带走了，甚至不让分部留下任何影像副本。他们的说法是，这项工作将移交总部，西城区分部以后不用办理这桩案子了。

这样突如其来的案件移交很不寻常，因为从事件熟悉程度、地理位置，以及对周边风土人情的了解程度来说，西城区分部必然是最佳选择。总部却说，他们已成立特别组来进行处理。

对于这样的变化，韦一宸无法施加影响。虽然不能看全所有东西，但他记住了那本日记中的一句话：

“已经决定好仪式的日子了……（此处无法辨认）第二天。……唉，这样对那孩子也算是好事吧，他至少能先好好闹一个晚上。我已经把漂亮的鲤鱼灯笼给他扎好啦。”

关键词是能让孩子觉得愉快的夜晚，以及鲤鱼灯笼。

韦一宸明白，这里说的应该是当地的儿童节——中秋。

他查找电子日历。六十年前的中秋节。二××七年。

二××七年的中秋节，是西历九月二十五日。

依据日记中的那一行话，仪式应当是在中秋节的后一天——那个七岁，即将被牺牲的小孩，在仪式前一夜，可以“闹一个晚上”。

二××七年九月二十六日。

查清这些事实的时候，韦一宸在安防司的洗手间里。他隔着衣服，轻轻碰触了一下自己的腹部。他无须用眼睛确认，来历不明文身的第一排数字：0926。

13 泳池边的虎

下午三点。岚沥安防司培训基地中心礼堂，后台化妆间。

姜黎看着LED化妆镜中的自己，那是一张好看的脸。这里的好看，并非指她美艳惊人，能引发连绵起伏的口哨声或者无止境的羡慕，而是五官与神情在自信地叙说着：她有一段好的人生，令她自己满意，也令别人想怯生生询问她的人生进退之道。她无须通过模仿那些描述美好生活的杂志来重塑自己——她自己就是那一类杂志试图在文章中提炼的选题。如果有小女孩指着电视屏幕中的姜黎说，“我长大了想像她一样”，那么她的父母不会支支吾吾地说“你还小”，而是会充满自豪地抚摸女儿的脑袋。

在安防司里，作为最年轻的助理督司之一，姜黎拥有足够的威望和广泛的支持者，并且成为安防司用来提高女性报名率的招牌式人物。过去两年，她除了朝着标靶，不用向任何人或物件开火，更不会成为任何人开火的目标。因为有时间做针对性的健身，辅以恢复性瑜伽，她自觉身体比在前线的时候更健康，长期困扰她的腰部、脚踝的间歇性酸痛竟然消失了。成为干员以来，她第一次觉得自己的掌心和手背，相比前一年，竟然变得更柔软细腻，靠持枪、揍人养起来的老茧变小、变薄了。她和老徐的生活美满甜蜜，其重要原因之一是，她若加班，老徐再也不用担心她是在某个黑暗的小巷里亲身追捕亡命徒。老徐也从酒店辞职了，和老朋友合伙开了一家打边炉店，生意红火。最近，他把开分店的商业计划推迟了，因为他俩正在认真讨论领养一个孩子。

姜黎拥有好生活的又一例证是，今天这番为犯罪心理学系学生准备的演讲，预定的日期本来是昨天，但是姜黎让学校主办方推迟了一天，且无须详述改期的具体原因。昨天是乔修书弟弟乔修宇的忌日。从他去世的第二年开始，她每年都会去墓园看他。乔修书当然也每年都去，但是两人从不结伴。这也算是一种默契。但是乔修书离开后的这两年，姜黎没有在墓碑前发现他曾扫墓的痕迹。姜黎已经想明白了，如果她甚至不能在这特殊的一天，在这特殊的地点发现乔修书，那么他的确是没有归来，而她也不应该在这件事上消耗心力。

一切都不同了，而一切都很好。

一名女学生干部来通知她，时间到了。她站起来，在学生干部的引领下进入礼堂。半路上，女学生回过头，带着羞怯的笑容对她说，虽然学校没有准备这个环节，但是她希望在演讲结束后能得到姜黎的个人签名。姜黎对她微笑、点头，也为她高兴，这不是出于傲慢。

在座的除了犯罪心理学系的学生，还有许多看热闹的学生，放眼望去有接近九成的上座率。灯光集中在她身上。然后她开始了演说。她的主题是，身为一名干员，在安防司服务多年，数十次与死亡擦肩而过时，所感受到的责任重心的转变。她这两年一直强调的理念，就是干员应该时刻记住自己不是狼，而是防范狼群的人，应尽量减少对抗双方的伤亡以及市民的财产损失。这演讲的重要部分，是介绍非致命性武器的合理使用（她希望岚沩市政府在开发、引入非致命性武器上投入更多资金），以及她参与设计的“致命—非致命交替式搜索阵型”。这是演说之中她自己最喜欢的部分，因为可以谈论她丰富的实操经验，并且接受听众们的提问，从而进一步解释技术细节。

但是今天情况似乎不太对。进行到这一环节的时候，她发现礼堂听众席的后方，进来了一些像是学校老师的人。他们走到某些学生面前，俯下身，说了些什么，然后就有一大片学生被调动离席。一开始，她以为只是特殊情况，但不到五分钟，就有一半的听众离开了。她说话的声音，甚至数次被大规模离席的噪音打断。最前排尚未离开的学生，不断回头看。

曾经热情迎接姜黎的一名培训基地领导，突然在没有通知她的情况下，直接走到台上来，宣布因为安防司的任务安排，今天的活动提前结束，让大家给予掌声，然后有序地离开现场。最前排的学生们也相当困惑。姜黎想询问那名学校领导，刚开口，发现自己的话筒已经被后台关掉了。有两名陌生的干员，走到她面前，请她离场。

“怎么回事？”姜黎问，“我才说到一半。谁下的命令？”

“是总部的直接命令，我们也不太清楚具体情况。总之请您先离场，让学生产生误解就不好了。”

姜黎只能随他们回到后台走廊。

“接下来呢？”她继续追问，“我需要回去向哪位上级报告吗？”

“您先等一下，我们这就请示……”

正在此时，化妆间方向的拐角处，突然出现了一名戴着棒球帽和墨镜的男子。男子脚步急促，右手伸进口袋。凭着直觉，姜黎即将有所行动，但身边的那名干员比她更快一步。他大喊一声“小心”，把姜黎扑倒在地。棒球帽男子拔出一把手枪，朝着他们所在的方向连开三枪。姜黎久违地听见了子弹从自己头上呼啸而过。另一名干员也预先躲藏到了身边的墙壁后面，抓住机会拔枪反击。那名男子放弃反击，转身逃跑。姜黎起身，刚想拔枪，扑倒她的干员立刻提醒她：“我们去追，您注意安全！”留下这句话之后，那两名干员就追了上去。

姜黎明白，他们说得对。她把已经拔出一半的枪又放回了皮套。两名随她前来的属下赶到，要保护她撤离现场。她听见礼堂里传来骚乱，想留下来维持秩序，引导学生们撤离现场，但保安不让她这么做。在保安掩护着她离开的时候，她从先前找她索要签名的女学生干部身边经过。她们的眼神交汇了。女生缩在一根柱子后面，似乎不知道该朝哪个方向跑，眼神中充满困惑和不安。姜黎的心沉下去了。

那两名干员成功地抓捕了肇事者。第二天，姜黎得知，肇事者已经招供，他隶属于“锡兵之子”，其目的是暗杀像姜黎这样的安防司中拥有丰富作战经验的中上层领导人。

岚汸市南郊某处有一座引人注目的大型白色宅邸，样式前卫，在明亮的阳光下仿若飘浮于树木之上的巨型白色飘带，且每个角度各有各的形态，其设计师满怀自豪地把这座建筑物称为“The Ribbon”（丝带）。但这建筑物少为民众所知，因为其周边几百亩的土地，皆为宅邸主人所有，极少有外人被允许进入。

雷东胜督司，刚满五十二岁，是安防司特殊战术部门T. I. S的主管。这天下午，他的私家车在宅邸门口的绿草坪外停下了。他下车，没有带随从。草坪东侧边缘靠近树林有人造假山景致，而在假山之间，有一冒着热气的大型人工温泉。一名看起来怀孕约四个月的女子，正握着一名约四五岁的小姑娘的手，一同在温泉中央慢慢朝前走，看起来乐在其中。另有数名年轻人围一桌饮酒作乐，旁立陪侍，还有一人脚边卧着一头上了颈环的孟加拉虎。手握颈环的另一端、戴着墨镜的男子，看见雷东胜，手中举着酒瓶向他挥舞。雷东胜也朝他们挥挥手，没有停下脚步。孟加拉虎一直静卧着，耳朵也没有动弹一下，与其说是活虎，更像是打造到一半的大理石虎雕。

他走到门口，脱下帽子敲了门。开门的是一名用人。用人热情地欢迎了他，但是要让他在会客厅等一下，因为他要见的宅子主人，正在书房里和留学的外孙女视频聊天。他们两人进入会客厅，脚踩在地毯上，几乎不发出声音。雷东胜在沙发上坐下，端坐静候。眼前墙壁上，挂着一位水墨画大师的山水长卷。六年前它曾经一度出现在拍卖会上，以突破这位大师过往成交记录的价格被拍下，从此雷东胜眼前的青绿山水，再未出现在公众面前。他就这样端坐着。他把杯中的茶喝掉了三分之二，仆人要来给他斟茶，他拒绝了。

四十五分钟后，仆人再次来到一旁，说：“老爷可以见您了。”于是，雷东胜终于站起来，随着仆人，穿越一道走廊和另一个会客厅，进入了书房。

雷东胜一进入书房，就感受到空气湿度和温度的变化。它们是根据屋主个人的身体状况而调节的。老迈的屋主就坐在窗边的轮椅上。

“色西瓦秘书长。”雷东胜向老者致意。

“雷，”老者说，“你刚才听见了吗？西蓬娜说她想做一个宇航员。”

西蓬娜正是他刚才网络视频通话的外孙女。

“我没有听见。”

“她想做第一个岚汸出生的女宇航员，坐上火箭。她想登月。月亮上什么都没有，只不过是一块大石头，我心里是这么想的，但是没有说出来。这孩子多好啊，她花了半个小时，特别兴奋地给我解释什么是静海基地，还有它的历史……我不想让她留在国外，做什么宇航员……岚汸有什么不好？下次她要是回来，你给我说说她。我还是觉得，月亮只不过是一块大石头，还不如我的尿结石有意思，至少它们能让我痛不欲生。”

“请不要拿您自己的身体健康开玩笑。”

“行了行了，坐吧。”

雷东胜在椅子上坐下。

“我刚才收到了准确的情报。我们防卫线以西的矿山，有百分之八十，已经被‘锡兵之子’给拿下了。这样的速度超过侦察员之前的预期。但是更值得我们注意的一点就是，雍陀个人的军队，在近三月几乎没有行动过。有一支从岚汸市内逃窜到西部的队伍，似乎是与雍陀合作，担任先锋，拿下了这些矿山。”

“队伍？是哪家的？”

“没有正式名字，他们只简单地称呼为‘曹帮’。”

“曹帮？让我想起一个名字……嗯……那个臭小子应该已经死了才对。叫曹……”

“曹海。以前他曾经在岚汸北边相当活跃，但后来突然销声匿迹了。不过两年以前，被东城区分部和我手下联合捣毁的一个小帮派，应该就是曹海的旧部。那次行动结束之后，我们发现了曹海的尸体。但现在看来，他手下还残存一群势力逃到了西部。”

“用最快速度调查清楚这个‘曹帮’的头目是谁。能被雍陀看上的人，应该不简单。快点儿把你手下的人都调动起来，再想办法多从分部抽调一些能上得了战场的精英。你特别看好的那个小姑娘，叫姜黎是吧？我听说她最近变成一个鼓吹和平的人了，而且成天对培训基地里的接班人宣传这一套。让她停下来。现在不是说这些话的时候。”

“您放心，这些都已经在办了。”

“如果雍陀不出手，逼他出手。你要有一个动用手下的理由。这个理由要足够有说服力，好让我们能把他彻底打垮。需要说服的，不光是岚汸，还包括在雍陀背后支持他的人，至少要让他们没办法明目张胆地提出抗议。要万无一失。不能让这枚毒针一直刺在我们的屁股上。”色西瓦停顿了一下，继续说，“‘半面村’的事情怎么样了？”

“我们已经向媒体施压，想必不久这件事就会退出舆论焦点了。”

“牢记我说的。凡是和‘锡兵’有关的一切东西，要完全抹除，不留一点儿痕迹。我和‘锡兵’斗了快一辈子，已经很没耐心了。岚汸的未来……那么多战士、勇士牺牲自己，亲手打造的未来，一定要好好地守护住，不能给敌人留下任何可乘之机。”

雷东胜点点头，然后说：“关于‘半面村’，还有一件有趣的事情。把这件事挖出的干员，叫韦一宸，我对他有印象。两年半以前，歼灭骏三帮派，还有调查共鸣会的事情，他似乎都掺了一脚。这让我开始注意他，调查了一下背景，想看看有没有机会发展成一个得力助手。然后，我发现了一个问题。两年半以前，不知为什么，他去过‘佛塔’。”

“他去那里做什么？”

“不知道，但是我们找到了证人，指认他曾经为了前往‘佛塔’而问路。我派人去搜索过‘佛塔’，没有发现任何可疑的状况，毕竟它的自然损毁太严重了。真正值得注意的是，在前往‘佛塔’之前，他作为东城区分部的一员，在处理共鸣会事件的时候，应当是和一些杀手打过交道。现在我们已经确认，两年半以前，东城区分部以污点证人名义，秘密保护起来的一名拍卖店老板，是一个杀手网络的主要节点，负责帮他们联系生意。”

“‘杀手’和‘佛塔’……？你说的这个臭小子，和这两件事情都有联系？而且又恰恰是他找到了‘半面村’？”

“是的。”

“那你应该知道怎么做了。”

14 消失的风

某时，某地，一名银行女职员避免了一个尴尬的灾难。她本来将突然接到分手八年的前男友的电话，对方打算让她回答一个有关隐私的问题。幸好，前男友在即将拨完号码的时候，放弃了。

这位悬崖勒马的前男友就是韦一宸。他们交往一年半，那是一段说不上不好的恋情，充满它所应具备的活力以及快乐，也终结于不那么坏的理由，双方在那个年纪、那个状态下的投入度消耗到了极限，事情（幸运地）不是变得丑陋而是失去光泽，如此而已。韦一宸本来想问对方是否还记得，当他们在一起的时候，他的腹部是否有这么几排数字文身？单独来看，这句话确实像骚扰、戏弄，所以韦一宸才放下了电话。但就在三分钟前，他实在难以抑制打出这个电话的冲动。两人相处的那一年半，他的腹部有这些文身吗？他搜索自己的记忆，回答是“没有”，但这个回答很快就变成了“好像没有”，然后是“也许”“不记得”。这是他自己的身体，他明明比任何人都更有资格回答，但他是如此没有把握，以至于一时冲动，想从前女友那儿征得旁证。

韦一宸快要没法相信自己的大脑了。他一整天都很恍惚，容易陷入白日梦，甚至今天在处理一次邻里暴力纠纷的时候走神了，最后需要靠道坤来收拾局面。自从查出“0926”这排数字的疑似来源之后，他一直处于这个状态。他猜想，那些成功逃逸十几年，早已适应另一种人生的杀人犯，当他们重新在电视上看到自己的通缉布告的时候，是否也是这种感觉：那是我吗？我曾经做过这样的事情？我的脸曾经是这个模样？到了下午一点，韦一宸试图回忆自己早饭的包子是不是两肉一菜，其答案也从非常确定的“当然”，再次变成了“也许”。为了让自己能够正常行动，他在脑内自我麻醉，这一切只是巧合。这当然造成了反效果。他喝了一口盐汽水，舌头顶了顶嘴唇后方，怀疑自己失去了一部分味觉。

麻烦来得不是时候。他在办公楼外泊车的时候，有两名黑衣人接近他，展示证件。他们是总部监察处的干员，负责调查安防司内部的行为不端。很久以前，韦一宸和监察处有过接触，那是他把污点证人的脑袋抓去撞马桶的时候。黑衣人表示“有话要说”，希望韦一宸配合，因为他们选择在停车场，而不是进入西城区分部拿人，这已经给足了面子。于是，韦一宸上了他们的车。

韦一宸心想，应该是和“半面村”有关的事情。对于这件事引起的舆论风波，上头确实很不高兴，所以被这些人找上门来，倒也不是太意外。

在监察处的小房间里，两名干员收缴了韦一宸的手机、武器之后，把一张照片推到他面前。在看到这张照片的一瞬间，他就知道事情不如他之前所想的那么简单。

照片中是一具尸体的半身像。死者是经营当铺兼营地下杀手网络的刁老板。

“嘿，哪怕变成这样，你还是一眼就认出来了。”一名干员观察着韦一宸的表情，说，“两年半以前，你在东城区分部供职，他是你经手的污点证人。”

“这是什么时候的事？”韦一宸点了点那张照片。

“尸体是前天早上发现的。”

“感觉像被拷打过，而且手段很残忍。”韦一宸说，“现场有什么线索吗？”

“这案子是总部负责，我们监察处也不知道办案进度，更轮不到你来问。你更应该关心你自己的事情。两年半以前的八月十二日，东城区分部的鉴证师保护小组遭到犯罪分子袭击，张南秀干员牺牲，你也被敌人制服、掳走甚至活埋，但最后生还了。九月十九日，有犯罪分子袭击医科大学附属医院，残忍地杀害了郑江淑干员，你也受了伤，但是成功地击退了这名犯罪分子。在这两件事之间，你多次假扮成客人，去结识典当行的刁老板，最后逮捕了他。东城区分部呈交的正式资料是，刁老板是一个地下赏金杀手网络的联系节点。你们从他那里拿到了这些杀手的联系方式，他也用这条情报换来自身的安全。”

“你说的正式档案里都有写。有什么问题吗？”

“没有证据证明杀死张南秀干员和郑江淑干员的是同一个人，但从其手段来说，他们不像是一般的小混混。这两次交锋中，你都活了下来，但是没有任何人看见你如何从活埋中逃生，又如何在医院击败了穷凶极恶的对手。唯一的证据只是你自己的口头报告。而两年半之后，这位曾经和你，也和地下杀手有密切关系的刁先生，被折磨至死。我告诉你吧，他身上最后一件被剪掉的东西，是舌头。也就是说，折磨他的人，一定是觉得反正从他嘴里撬不出什么有价值的东西了，索性剪掉舌头，让他流血至死。这一连串事情，有太多让人费解的细节。”

“还有，”另一名干员说，“关于这两名凶手。第一个凶手，你说没有见过他的脸，第二个凶手，你一口咬定是一个女人。这当然都有可能是真的，但是结合上面这些细节，只能让我们得出一个结论，那就是你有所隐瞒。你们自称从刁先生那儿得到了地下赏金杀手网络的联系方式，然后呢？你们有一一追查这些所谓的杀手吗？”

“我们认为，仅仅是得到这个特殊的联系方式，就足以给刁先生提供保护了，而且这件事当时总部也是批准了的。关于那些杀手，如果我还在东城区分部，那我一定会查下去。我只能说，我知道的，肯定不会比你们知道得多。”

韦一宸尚不清楚监察处的意图，但他们至少还没说出任何能击破他防线的东西。他们只不过是在复述官方报告中的内容，然后通过组织语言，来显得像在复述一个阴谋。就韦一宸所知，覃元政如今不在岚洑，而这就是安防司最大的行动限制，他们在岚洑边境之外是没有任何影响力的。另一个部分知情者是乔修书，但是他显然也不见踪影。

“我不知道你们到底在怀疑些什么，能不能说明白？要不然，我觉得你们应该等总部把刁老板的命案调查得更清楚，再来找我问话。这样真的有点儿浪费时间。我又不会逃走。”

“我们和你是站在一边的。你从我们的角度来想一想……总部那边不和我们同步案情调查进度，我们也很头疼。既然刁先生泄露了地下杀手网络的联系方式，那么他这一次很可能遭到了杀手的报复，而且凶手之所以拷问他，多半是为了问出他把联系方式泄露给什么人了。这么一考虑，你现在正身处危险，而我们想弄清楚情况，根本上也是为了保护你。所以你能不能再配合一点儿？”

“我已经说过了，当年我们写的，已经在总部被盖过章的报告，就是我知道的事情全貌了。我还想问你们有什么新的发现呢。”

两名干员对视了一下，留下一句“我们很快会回来的”，就离开审讯室，反锁了门。

韦一宸抓了抓头发。他开始烦闷起来，但又有点感激这件事，因为这让他的精神再次集中。刁老板的死，他现在无法下任何判断。老实说，他在黑道上混了那么久，有什么样的下场都不奇怪。至于两年半以前的事情，所失去的那一部分事实，只有渊容而已。难道总部察觉到了渊容的存在?

还是说，监察处因为某些原因，真的在针对他?

他推测那两人应该一个小时内就会回来，但他想错了。

他最终在这小屋子里过夜。中途有一次被允许去上厕所，没有吃任何东西，也不允许联系任何人。

事情的严重程度远超他的想象，而他不明白是为什么。没错，两年半以前的报告是有漏洞，经不起监察处推敲的，但为什么他们今天才追上门来? 真的只是因为刁老板被害吗?

韦一宸在桌子上趴着睡，第二天早上清醒的时候，一侧手臂酸得厉害。没有早饭，也没有人进来。直到下午两点。两名干员进屋，把之前收缴的东西还给他，带他走到办公室之外。这里是二楼的走廊，他看见久违了的姜黎站在前方，脸色不大好看。

“助理督司，”干员说，“他就交给您了。”

韦一宸明白，这句话的意思不是“交给你处置”，而是“他的自由暂时由你来做担保”。看来，是姜黎动用自己的影响力，把他捞了出来。他走到姜黎面前。等到两名干员回到办公室内，他才开口说话。

“姜姐，你……”

姜黎却不说话，只是递给他一张小纸条。上面写着时间和地点。她转身，先一步下了楼。

四十五分钟后，韦一宸准时来到了一座商场的露天茶座。姜黎已经在等他了。

“没有人跟踪你吧？”姜黎说。

“没有。”他在她对面坐下，“谢谢你。你是怎么知道我碰上了这一遭的？”

“你的上司老陶让他们放人，不放，他就打电话找了我。我看老陶对你挺好的，而你平常没少让他发愁吧？”

“还好，还好。”韦一宸想起来，老陶说过，他曾经是刚入职的姜黎的上司。

“监察处的家伙很难缠的。我也和他们聊了不少。两年以前，你和覃督司偷偷摸摸干了点事情，我是有感觉的，而且你们把修书也给带上了，他还差点儿丢了命。到头来，连他也什么都不和我说。我看，你是肯定要连我也一直瞒下去了，对吧？”

韦一宸不说话。

“行吧，我也不怪你，不告诉我也好……”

“具体的我不能说。为了扳倒共鸣会，我们……借助了一个杀手的力量。”

“你……”姜黎又无奈又生气，“我都说了不告诉我也好，你发什么神经呢？这下我也是知情人了，更麻烦啊！”

“……对不起。这么久不见，我不想一开口就全是谎话。你就当没听见好了，我刚才说的是电影情节。”

“那，这个杀手后来……算了算了，还是别和我说。”姜黎叹了口气，然后看着韦一宸的眼睛，说，“一宸，不管你们搞了什么鬼，我就问一句。你是不是问心无愧？”

“是。”

“那有这句话就够了。其实我这边事情也有点变动。你听说过‘锡兵之子’吗？”

“没……没有。”韦一宸说到这里，突然想起自己刚刚才说的，不想一开口就全是谎话。于是他连忙说：“‘锡兵’我是听说过。‘锡兵之子’就没有了。”

“他们是一群不好惹、野心很大的家伙。他们正在骚扰岚汸西部，甚至派了刺客到市内来。我以后可能要参与负责对付这伙人的工作。我在想，既然你也在西部，可能也需要你掺一脚。”

为了应对西部酝酿之中的危机，总部有意设立一个特殊的战略部门，其首脑就是T. I. S的主管雷东胜。他网罗有丰富实战经验的安防司中层领袖，邀请他们加入这个尚未命名的战略部门，再由这些中层领导推荐绝对值得信任且能力优秀的下属。与韦一宸见面之后第五天，姜黎走进雷东胜办公室，提交了她拟定的六名下属名单。雷东胜看了看名单，把它平放在桌面上，用食指敲打。

“韦一宸不合适。他正在接受监察处的调查。”雷东胜说。

“我一开始就质疑这调查的合理性，而且他们根本什么都没有查出来。当铺老板被害的时候，韦一宸也有不在场证明。为什么我们还要在这上面浪费时间？”

“这个名单是要呈交给市长办公室终审的，就算过了我这一关，监察处也一定会插手，到时候受质疑的就是我们整个团队的判断力。没有别的替代人选吗？”

“我和他共事过。”姜黎声音变得低沉，“这六个人里面，他是最优秀的。”

“我知道他单枪匹马的作战能力很强，但这不是这次选择人手的重点。敌人擅长玩弄阴险手段，除了正面交锋，我们更要防范情报安全方面的问题。忠诚度和任务执行水准，比作战能力更重要。你必须换掉他。”

“这是命令？”

“是命令。”

姜黎拿回名单，站起来。

“当然，我也理解你的想法。这件事不是没有回转余地。等我们的战略部正式建立起来，而且获得了一定的成绩和上级的信任，再以补充人手为理由把韦一宸要过来，就没问题了。如果他的确是清白的，到那时候风头肯定也已经过去了。你说呢？”

姜黎只能认同雷东胜的说法。实际上，这番交涉的结果也在她预料之中。她离开了办公室。

除了韦一宸突然接受调查，近来事情的发展，还有多处让她觉得不协调的地方。她前些天在大学礼堂演讲的时候，到底是哪名长官下令中断演讲、驱逐学生，直到今天还没有明确的答案。随后，她要求面见那名以她为目标的“锡兵之子”暗杀者，也遭到了相关负责人的拒绝，理由是此人情绪极不稳定，暴力倾向严重，不适合让姜黎与其见面。她明白，在大敌当前的情况下，再让她四处宣传不要滥用暴力，确实会影响一部分人的士气。但是，上头的反应未免也太激烈了点儿。她把韦一宸加入名单，是一次试探。试探的结果告诉她，必须先低调行事。

此时，办公室中的雷东胜，让助理推迟了与下一个人会面的时间。他想，让姜黎加入新设的战略部门是必要的，因为除了指挥能力，她提振士气的能力也很强。但是，如果她自己尚未进入一种积极、主动的备战状态，那么她的这种能力也无法完全发挥。

目前看来，姜黎似乎还缺乏足够的投入度。

雷东胜接入长官使用的机密线路，开始拨打一个号码。

此刻，西城区工业园。

韦一宸和道坤站在一栋员工宿舍楼之下，抬头看。有一名男子站在七层楼顶边缘，似要跳下。因楼顶有冷风，他摇摇晃晃，脚步不稳，像一只偶然挂在栏杆上的黑色风筝。

“老办法？”道坤手里拿着扩音器对韦一宸说。

“老办法。”韦一宸说，“至少这一次他手里没人质。对了，让后勤组快点把气垫给撑起来。”

他们俩一商量完，道坤就抬头开始对试图自杀者喊话，而韦一宸进入大楼，朝上攀登。这是第二例了。此人自称是双宿人，要求进行“社会性修正”，否则就要自杀。因为韦一宸和道坤上次成功处理了这样的事件，所以这次分部一接到报案，就又派他们俩出场了。

就韦一宸所知，上次他们救回来的那名自杀者（比起自杀，更危险的是挟持了人质），如今因为绑架和暴力伤害正在服刑。至于他到底是不是双宿人，并没有人追究，而他在监狱中也不再强调自己的双宿人身份。那么，他到底是在撒谎，还是在遭受打击之后放弃了自己的诉求以及身份？想到这里，韦一宸又有些走神。他停下步伐，闭上眼睛，深呼吸一次，继续朝上走。

他来到了天台。不像上次，这栋建筑物的天台比较空旷，没有什么能帮助他慢慢接近的掩体，但幸好对方也未持枪绑架人质，只需要上前将其扑倒就行。韦一宸看得见楼顶边缘那试图自杀者的背脊——哪怕隔着冬衣，还是能看清他略带侧弯的脊柱和瘦弱的双腿。他果然不像是一个有能力搞绑架的人。据说，在岚汸市的其他地区，也出现了因同样理由，以自杀做威胁的“自称双宿人”。这样的行为，在日复一日重复着枯燥生活的人群中，容易被模仿。韦一宸突然觉得，对这些人来说，“自杀”也许是一种最无力的威胁。他们选错了办法。如果他们从一开始就是于生活中隐形的边缘人，那么“自杀”又能调动得起旁人多大的同情心呢？韦一宸脑中突然出现了影像：如果站在楼房边缘，大喊着“我是双宿人”的是他自己……

试图自杀者警觉性不太强。韦一宸逐渐接近。看来，这一次无须道坤假装与市长连线来吸引其注意力，韦一宸就能成功地将其扑倒。

但是，他突然感受到了异常。

从韦一宸来到天台开始，他就一直面朝着南边，而冷风是从北吹来，直扑他的后背。这也是试图自杀者步伐不稳定的原因。但是，突然间，韦一宸觉得风的强度降低了——准确地说，直吹他背部的冷风变弱，甚至是凝滞了，而左右胳膊外侧感受到的风力，却没有改变。

韦一宸猛然转过身。背后有人。正是此人的突然出现，遮挡了风，被韦一宸察觉到他的存在。他并非是从天上掉下来的，而是此前攀缘在天台另一边缘之外，确认韦一宸登上天台后，才发动袭击。虽然被韦一宸提前发觉，在敌人的意料之外，但他也并非等闲之辈。韦一宸转身和拔枪的动作是同时完成的。他未来得及把枪抬高，敌人已一脚踢中他的手腕。枪飞到半空中，韦一宸立刻借助转身时未耗尽的势能，右腿如弹簧刀一般踢出。对方左臂一甩，竟已事先脱下了外套，缠住韦一宸的右腿，猛然一抽动，把他撂倒在地。韦一宸无法以仰躺姿态反击，索性就地一滚，躲闪到旁侧。翻滚的过程中，眼睛一晃，他发现敌人拔枪了。凭着直觉，他伏地的足尖和双手用力，迅速撑起身子，一发子弹正中半秒之前他的胸部贴地处。不等敌人再度开枪，他已拔出短棍向前掷出。短棍击中了敌人手臂，第二枪偏离了轨道，因子弹击中地面而飞溅的水泥碎片划过韦一宸的侧脸。他抓准机会扑上去，把敌人的手臂扭到背后，夺了枪。他打算从后方立刻绞杀，这样战斗就结束了，他也的确是这么实行的，但是慢了一步。他的右臂从后往前绕过了敌人的脖子，但敌人的手腕及时抬起，成功地挡在了韦一宸的右臂和自己的脖子之间。韦一宸只能继续施加压力，迫使敌人把大部分力气都用来抵挡他未成形的绞杀。

让韦一宸心生犹豫、动作慢了半步的，是那名试图自杀者。他拾起了韦一宸一开始被击飞的手枪，惊恐地看着他们俩人，并未有射击的打算。

“放下枪，”韦一宸说，“放下枪，快叫其他人上来！我是安防司的！”

“这是怎么回事？”试图自杀者对敌人说，“我……对他开枪吗？我该怎么办？”

“对着他……开枪！”敌人艰难地开口，“他会……杀掉你……”

韦一宸突然反应过来了。这名所谓的试图自杀者，是敌人的同谋。但他显然不是一个能战斗的人。也许这名同谋收到的指令，仅仅是站在楼边假装自杀，吸引韦一宸上钩而已。

“喂！你听着！”韦一宸一边手上继续使劲，确保敌人一时难以反抗，一边高喊，“你收了这家伙的钱是吧！我知道你不是一个下得了手的人！把枪放下！”

但同谋还在犹豫不决。这种犹豫不决，也证实了韦一宸的猜测，他只是一个一时鬼迷心窍而被利用的普通人。他相信，此人很大概率不敢开枪，但是也不能无止境地让这情况僵持下去。

“你知道他为什么要偷袭我吗？”他说，“你也会遭殃的！他想偷袭我，然后把你也打死，再栽赃给我！他本来是打算一开始就从后面把我打晕的，你明白了吗？嗯？”

敌人想反驳，但是韦一宸几乎用尽了力气，让他难以开口。然而韦一宸也不想再继续把力气耗在说服同谋上了。每说一个字，就会有一分用来压制敌人的力气被浪费。对方的反制力越来越强。

“你滚开！”韦一宸突然高吼，“不想死就滚到旁边去！”

话音未落，他不等那名同谋有所行动，就松开了手。他明白，在松手的下一瞬间，就会再次遭到这名敌人的反击——他的技术和意志力都不可小觑。所以他做出了另外的选择。

他放低身子，从后面搂住敌人的腰，完全不顾自身的平衡，猛地往前冲。敌人本想反击，但是突然承受这样的冲击力，也把握不住重心，两个人如被鞭炮声激怒的野牛一般直直向前冲。

“放手！”敌人喊，“你想死吗?!”

韦一宸不回话。前方就是楼顶边缘，他没有丝毫减慢力度的意思。同谋看见他们以这个模样朝自己冲来，也不管手里有没有枪了，本来就没打算自杀的他立刻朝旁边一闪，然后看见他们跃出了天台边缘。

韦一宸就这样从后面抱着敌人，从七层楼跳了下去。冷风似乎要把耳朵和手指边缘都割裂。

如他所料，视线的前方，有一大片鹅黄色——救生气垫。在上来之前，他已经叮嘱道坤让后勤立刻铺设气垫，而刚才在缠斗之中，道坤已经通过微型耳麦提醒他，气垫铺好了。当时韦一宸无暇回答，但他已确认，只要从“自杀者”原来预定的坠楼位置跳下去，那么一定不会有问题。

在快跌至三楼高度的时候，他松开了手。他和敌人双双落在气垫上，两人之间只有不到一米的距离。他从气垫上滚落至地面，看见一脸疑惑的道坤，朝跌落的敌人那边走去。

“小心！”

韦一宸的呼喊，比敌人的动作慢了一拍，没有起到应有的警示作用。敌人落地之后，道坤正好迎过去。那人突然出手，从道坤的皮套里拔出手枪。道坤睁大眼睛，没来得及反应，对方就把枪口放进自己口中，开枪了。

15 破浪

周霆住进了晚期肿瘤临终关爱病区，再也不会回家。周亢大概一周去看他三次。而剩余的时间，她几乎全都耗在了父亲的书房里。这大宅里，所有和周霆名下仍在经营的产业相关的文件，已经都移交给相关公司负责人，而剩余的私人材料则归周亢处理。一开始，她并不想碰触这些东西，一度打算在父亲去世之后，把它们都付之一炬。有一次，她发现一本小册子从书架上顶出一个斜角，就像用尽了力气的藤蔓从岁月的高墙中伸手呼救。她把手指按上去，本想往前一顶，但最终还是把它抽出来，平放在书桌上，开始翻阅。结果从读第一个句子开始，她就很难停下来了，因为她读的不仅是文字，而是一段她不熟悉的人生。它们大多是周霆在从商早期亲手写下的账目、备忘录、书信等。她循着这些墨迹，渐渐踏入那广阔的黑色海洋，父亲的人生痕迹化作海螺、礁石、船帆碎片，在她脚边的浪花中沉浮。

她一直翻页，一直翻页，拾起这些带着久远潮气的小物件，打量片刻之后，把它们还给开始退潮的浪花。有的东西太陌生、太尖锐，会扎伤她的手指。比如有一页，周霆写下了那日要让秘书去采购的东西，其中要给周亢准备的生日礼物和他情人的项链在同一页上相邻。事实上，为了能继续读下去，她最需要克服的就是心中再度涌起的恨意。近三十年人生，她用来痛恨父亲的时间，远远长于对他的短暂依恋。自从双宿鉴定一事之后，他们之间称不上是在补偿逝去的时光，而只是在周亢母亲手织物的牵引之下，艰难摸索着如何在悬崖边缘相安无事地漫步而已。而如今，重温这些恨意，也让周亢想起那个曾经更加自私、无情的自己。阅读这些文字，就是重新和父亲对抗，也是重新和自己对抗。

她已经看过、未放回书架的文献，在桌面上越堆越高。晨光、晚霞以及月光交替跨越百叶窗的间隙。小小的壁虎爬到大宅客厅墙壁的高处，久久停留。已经拧紧的水龙头下依然发出清脆的水滴声，虽然两次响动之间相隔久远。

周亢往海洋的深处行。当海水漫过了腰部，一些更可怕的黑影在洋面下浮现。她看到了一些陌生的东西。在经商初期，周霆使用了许多可疑手段。周亢明白，父亲不可能不记得这些历史遗留，这些黑色海洋深处巡回的鲨鱼背鳍，就深埋于书房，而把这些东西全盘交给女儿处理，显然是他最后仅存的赎罪方式。或许，此刻在病床上意识模糊的周霆，已经无法意识到这也是他最后的残忍之举。

她发现，至少二十年前，父亲一度涉足岚汸市西部的矿山生意。这对她来说是一个新鲜信息。在这之前，她对此一无所知，而父亲目前的产业也没有与矿业相关的任何痕迹。

周亢明白，岚汸市的高速发展，离不开这些矿山的出产。但哪怕是现在，岚汸仍未全盘掌握西部的矿脉，至于二十年、三十年前，那深埋致命而诱人宝藏的山岳地区，更是如同战场。

自开始翻阅父亲旧资料，已过去了二十七个小时五十二分钟（包括一次五小时的睡眠），周亢在下一个瞬间，翻开了让她无法移开视线的一页。这一页，零零散散地记录了一些事项，每条事项后面跟随着一种描述行动的句子，似乎是代表针对以上事项的处理方式。而在"处理方式"之后，会有钩、叉、问号等不同符号，意指这些处理方式是否付诸实现，以及成功与否。这往后十数页，都是近似的内容。根据这些内容判断，她父亲并非这些矿场的直接经营者，而是参与处理一些麻烦和纠纷。

从这里开始，是从黑色海洋深入到无法折返的海底沟壑。

她发现了两行字。

她的手指长久停留在这两行字下方。

四号矿爆破工张、韦、韦儿（辰）失踪

搜索？放弃，人手不足

这天下午，姜黎来到陶冼家中，拜访昔日的上司。老陶的家面积不大，舒适整洁。最引人注目的是冰箱上的小相框，其中裱装着老陶唯一一次参演电影时的剧照——那个在银行劫案中试图见义勇为而被劫匪一枪打死的保安。当然，摄制组不可能为这么龙套的角色专门拍摄剧照，他是在剧组下班走人前，强行拉扯一名摄影师来帮自己拍的。他为这张照片安排的位置相当微妙，并不是挂在墙上，那样实在过于自恋，容易引发嘲弄，而是放在客厅冰箱上。一个所有客人必然会发现，但显得比较"家常"的位置。

“来来来，坐，坐。”老陶一边给茶几上的杯子里倒茶，一边对站在冰箱前的姜黎说，“那相片有什么好看的？老照片了。”

“没什么，只是很久不见了，我觉得比起这照片，眼前的你风姿不减啊。”

“算了吧。你说话再好听，我也只有这点东西招待你。”

简单的叙旧之后，老陶主动谈到姜黎即将前往西部矿区承担新职责的事情。对于自己到处宣讲了大半年干员应该少开枪，但以后可能又要重新熟悉对人开火这一讽刺性的事实，姜黎自嘲了几句，老陶表达了适当的安慰，并且祈愿一切平安。再接下来，话题自然而然地转到了韦一宸。

“我看得出来，他以前肯定不是一个老老实实听从上级命令，过安分日子的那种人。哪怕是这样，我还真没想到，‘半面村’的事情他刚刚立了一个功，监察处的人竟然就找上门来了。唉，小韦的搭档急得不行，我也是一时冲动就给你打了电话，现在回头来看不够谨慎，希望没有给你带来什么负面影响。”

“没事，他这小子以前是做过一点不守规矩的事，但是我心里有底，他是个好干员。”

“既然你这么说那我就放心了。”老陶给姜黎续杯，继续说，“不知道小韦现在怎么样？希望他们没有再为难他。”

“你不知道吗？”

“我只知道他回总部配合调查去了，也没通知我什么时候能回来。”

“是啊……情况确实很不寻常。他本来只是去救助一个要自杀的人，没想到竟然抱着另外一个人从七楼跳到救生气垫上，而那个人一落地，就抢走道坤·帕玛哈乌的枪自杀了。至少我刚刚说的这些，是确定无疑的，现场至少有四十个目击者。老陶，说实话，你应该第一时间赶到现场的，但你没有去。”

“我是这么打算的，但是总部那边很快就把这个案子的管辖权要走了……刚刚才经历了监察处找上门的事情，我也不知道该怎么做才比较恰当。”

“老陶，我可以告诉你一些我知道的事情。”姜黎停顿片刻，继续说，“在天台，有歹徒袭击了韦一宸。韦一宸和他搏斗，所以才从七楼跳下来。那个所谓要自杀的人，只是一个诱饵，至于他和歹徒是不是一伙人，现在暂时无法确定。因为韦一宸的反抗，歹徒其实没有成功地伤害任何人，但他却自杀了。他一定是处于一种非常极端的处境，才会毫不犹豫地选择自杀。他是打算杀死韦一宸吗？这一点，我们还不知道，但是他偷袭韦一宸，必然是听命于人，而且志在必得的。这一切发生之后，韦一宸留在现场，需要你过去拿主意。但他等到的却是总部核心部门的人。他们把他和道坤分别带走，但道坤很快就自由了，他们以‘保护’为理由，事实上软禁了韦一宸。现在，他在某个我也追问不出的地方，我猜至少有四个以上的人在看着他。”

“软禁？”老陶摸了摸下巴，“整件事是很可疑……既然监察处并没有放弃对他的怀疑，而且他马上又碰上这种事，那总部这么做也算情有可原。”

“嗯。但我真正的疑问在于……韦一宸为什么会出现在那个地方？一个有人假装自杀的天台，是一个专门为韦一宸而准备的陷阱。他没有主动跳进去。那么是谁让他跳进去的呢？是你，老陶。”

“你在暗示什么？我只是做分内的事。处理这种自杀，小韦和道坤有经验，所以我才安排他们去。”

“是的，但这件事不必是他们，也不必是你来分配这任务。接线员接到报告之后，在事发地就近有巡查，按照分配程序他们应该是第一批赶到现场的人。但是你立刻揽下了这任务，立刻给韦一宸和道坤下了命令。而且当天早些时候，发生了一起凶杀案，你也没有让他俩去处理。就好像……你需要保证他们在那一刻是空闲的。在那一天，他们俩有很多条路可以走。你偏偏指给他们通向陷阱的那一条。而且，这还不是逮着谁就算谁的陷阱，而是特别为韦一宸一个人打造的。我之所以这样问你，是因为我心底里一直尊敬你，在我什么都不懂的时候，是你教了我应该怎么走路。所以，请回答我：是不是有什么额外的原因，影响了你在这件事上的决策？”

老陶搁在膝盖上的双手往下沉，连带着双肩也松垮了。

“茶凉了啊。”他说。

“别在意，是好茶叶。我最近肠胃不太好，怕喝坏肚子。”

“难怪你一进门就先夸我的照片，然后又夸我。”老陶苦笑，“你就是想看见我现在这样泄气的样子。然后你就可以想着，看吧，果然逮着这家伙的尾巴了。”

“不完全是这样。我也想过你可能会火冒三丈。但是不管哪一种反应，对我来说结果都是一样的。你瞒着我一些事。你这个臭脾性，爱听人夸，越夸就越飘起来，飘高了被戳破就泄气，我是第一天就知道了。”

“我也是第一天就知道了，这个小姑娘，真没什么我能教得了她的。这么说吧，”老陶收起之前淡淡的、无奈的微笑，清了清嗓子。“我并不像袭击小韦的人一样，处于一个一旦把事情搞砸，就必须自杀的悲惨位置。我也不认识他。我只是接到了一些电话……让我保证把这项工作交给小韦来做。我没有想太多，姜黎，你一定猜不到我这辈子接受过多少这样的命令……听你这么说了，我才知道，可能我差点儿害死了小韦。他是个好孩子，但是我……我没有选择……没有人威胁我！但是，当那些电话响起，听见那样的声音，这早已经是我生活的一部分了。”

“我懂你说的。别太在意了。”

“不仅没有人威胁我，而且就算照做了，我也没有得到什么好处。我知道这不对，”他转过头，看了看自己在冰箱上照片里挺胸伫立的模样，然后把脸埋在双手里，“但我早就跪下了。做干员也好过日子也好，我已经没有什么盼头了。哪怕有人想扶我一把……姜黎，不要变成我这样。”

姜黎站起来，凑近，拍了拍老陶的肩膀。

“我要走了，老陶。谢谢你愿意和我说这些。”

“我帮不了你的忙。我真的没有更多的事情可以透露给你。对给我下命令的人来说，我根本没有到达那种‘位置’。”

“我相信你。”

“小心背后，姜黎。那些人，还有像我这样只能听他们行事的，到处都是。不管你去了哪儿，保护好自己。”

不知为何，此刻姜黎脑中，突然闪过一个遗忘已久的画面。黄昏时分的廉价小餐馆，乔修书和弟弟乔修宇坐在她对面。他们因为什么事情吵了起来。乔修书本来想站起来走掉，但是突然又坐下来，把烟头在弟弟的餐盘里摁灭了，就这么继续坐着不动。乔修宇很无奈，看了看姜黎，似乎是要寻求一个破除窘境的办法。她想不出点子，她想不出，就把服务员叫过来点餐。如果有那么一两道菜先上桌了，这两个人应该就不会继续吵了吧？

汕雅山脉，以横贯南北的帛河为界，河东侧的区域大多处于岚汸市矿业公司的控制下。说是以河为界，但是这河全年大部分时候仅算得上一道四五米宽的溪流，到了秋冬枯水期更是仿佛不存在。多年以来守卫岚汸矿区的（同时也等于守卫事实上的岚汸边境），主要有两股力量，一是国际武装安保公司“Summit”（顶级）的合约卫兵，他们战斗经验丰富、装备精良，但难以调动。二是矿区所谓的自卫武装，即民兵。为了避免引起岚汸市拥有“军队”的非议，民兵是不穿任何制服的。这也有利于提高他们的隐蔽性。

这天夜里，正是在帛河东侧，一处岚汸民兵的哨所遭到袭击，在一个小时之内就陷落了。战斗几近结束的时候，苏垂木和两名手下站在这哨所附近的山崖边，看着前方零星的火光。依然有少数岚汸民兵还在抵抗。两名手下兴奋地对空鸣枪，商议回到营地之后，如何在曹海面前邀功。

一名手下说："您也看见了，西边那个点可是我解决的，我一个人冲进去干掉了四个。能不能劳烦您在曹大哥面前提一嘴。"

"没问题。"

苏垂木话音刚落，突然右手一挥，刀子不偏不倚地穿透了这名手下的脖子。此人没说下半句话，倒了下去。另一手下惊恐地看看同伴的尸体，又看着苏垂木，支支吾吾："为……为什么对他动手……？"

"因为我想，所以就这么干了。这样不好吗？他的功劳，你可以揽在自己身上，去报告给曹大哥。快去呀。"他朝剩余的手下走近，右脚向前轻踢，掀起一片沙子，"去，去。"

手下完全不理解苏垂木的行为，有一瞬间想抬枪自卫，但是手指变得无力。他转过身，仓皇逃跑。跑出去没多远，曹砥出现在前方的拐角。

"曹姐！"逃跑者连忙压低声音呼救，"木爷他，不知突然怎么了，干掉了一个自己人……就在那边，真的……"

"你确定？"曹砥说，"还有其他人看见吗？"

"没有，就我。"

曹砥把枪口抵在此人的心脏前，开了枪。对方还没弄明白曹砥举枪的意图，就倒地身亡。

苏垂木走近了。

"这两个人应该够了吧？"曹砥说。

"够了。不过曹姐，一枪打中心脏，是不是太干脆了点。我那边那个，刚刚还补了几刀。"

这是曹海的命令。在这一次进攻中，如果行动太顺利，就必须制造出激战的假象，弄出几具自己人的尸体。这段时间以来，曹帮都相当于"锡兵之子”的先锋部队，但曹海说，这样的事情得有个限度，否则会被雍陀顺理成章地当成挡箭牌，而岚沥也会以为曹帮是敌军主力。如果变成这样，那可就是真的替人卖命了。所以，要在适当的时候制造一点惨状，教促雍陀出手。

在上一次争执之后，曹海再也没有从曹砥的行为和态度上挑出过毛病。

曹砥和苏垂木组织手下人撤退。按照他们的经验，民兵被击退之后，装备更精良的Summit合约卫兵部队就会赶到。这些硬仗，就留给雍陀来打。他若拒绝出兵，在自己人眼中会失去威信。而他若出兵，曹砥和苏垂木也会在事先选定好的位置监视“锡兵之子”的行动。这就是曹海对自己，也是对这两名左右手的要求：随时寻找机会。

曹砥低头看了一下刚刚被自己杀死的前同伴。她记得他，他曾经帮她解决车子引擎的毛病。

但大家都是恶徒。恶徒的脸，无论是在自己人，还是在受害者印象中，都会渐渐趋同。恶徒不值得占用他人的记忆。

不远处，在“锡兵之子”的临时营地中，雍陀已经嗅到了战争的味道。他盘腿坐在自己的帐篷中央，面对着一面镜子，闭目沉思着。

父亲，我再一次恳求，请把你的愤怒赐给我。

他睁开眼睛，从镜子下方的小抽屉里拿出针和缝合用线。

平常若不靠近，不容易发现，他的左侧脸庞上，以眼角为起点，脸颊喙突为终点，呈半月形分布着数个不会愈合的微小孔洞。他以针为引导，将线以特定顺序，一一穿过这些皮肤上的孔洞。有的孔洞，仍会流一点点血。操作完之后，他将多余的线剪短。这一系列动作完成后，他那张原来相当对称的脸，如今左侧看起来变得扭曲、塌陷。然后，他又戴上了一张能遮住整张脸的，以锡和皮革混合制成的面具。

一名属下进入了帐篷。

“军长，一切都准备好了。”

薪柴都堆好了。让我们把大火点起来。

雍陀站起来，走出了帐篷。

他抬头。山野的夜空充满繁星。

在他眼中，空中没有星，只有火。

过去数天，韦一宸一直承受着他当年看管过的受保护污点证人的待遇：身处阴暗、狭窄的旅馆客房，不得允许不可踏出一步，以及不知分布在何处的监视者。总部的理由是，有证据表示，韦一宸的敌人，即天台上那名袭击者的同伙，正在筹划下一次对他的袭击，虽然具体原因不明，但这一切可能和刁老板被杀有关。

但是，韦一宸被放出来的时间，比他自己想象中要早。他所不知道的是，在他并不知道其存在的巨型白色豪宅里，有人进行了一次商议。他们商议的结果是，虽然有必要查出韦一宸知道的所有信息，关于佛塔，关于消失的杀手，但西部情况紧急，不能舍弃姜黎的力量，更不能激怒她。何况，如果以后确实有处理姜黎以及韦一宸的必要性，那么在西部战场上，机会也更多，能处理得更自然。所以，韦一宸最终还是进入了姜黎所选择的第一批名单。

在市区西部和郊区的交接处，有一座年代久远的长途汽车站。韦一宸和其他被选上的安防司战斗精英，在这个午夜，就要从这里乘坐专用防弹运载车出发，前往矿区。之所以选择午夜，是想尽量不引起市民的注意。

韦一宸坐在三十五座运载车中央的靠窗位置。自从培训基地毕业，他很久没有过这样的“集体生活”了。周围有些吵闹，但他完全不讨厌这样的气氛。

这时，他耳边突然冒出一阵“嗵嗵嗵”的响声。有人在敲窗户。他转过头，心跳立刻加速了。

是周亢。

她看着他，又使劲敲了敲窗户，然后做了一个“下来”的手势。

韦一宸站起来，挤过还在找座位的一些人，下了车。

周亢神情焦急，喘着气，虽然天气很冷，但她额头上全是汗，有一些发丝黏在脸庞上。她并不知道韦一宸最近发生了什么事情，是先联系了西城区分部，再联系上道坤，然后嘱咐道坤，若有韦一宸的消息立刻通知她。道坤其实也是晚上十一点才突然得知这件事的，然后给已经入睡的周亢打了电话。周亢立刻驱车赶到此地。

“我……我一直找不到你……”她还在平缓呼吸。

“怎么了？”韦一宸看着她的眼睛。自从上次分别，他一直没有好好思考过要怎么再次面对她，他几乎做好了两人不再相见的准备。

“我从爸爸的老资料里……发现了一些可能和你有关的东西。”她把一个文件夹递给他，“这里是影印本。我本来打算……但是你突然要走……”

你本来打算什么?

韦一宸听见背后车上有人开始起哄。司机按喇叭，催促所有人赶紧上车。

与此同时，他感受到一些让他不快的目光。在视线角落，他发现了过去几天一直监视着他的监察处干员。他们在暗处盯着他们俩。

“总之……你先看看。”她说。

“你快回去吧。”他说，“如果有可疑的人在你面前问起我，你就说和我没有任何关系。”

这句话说完，他突然感到自己有点滑稽。他们俩之间确实没有任何关系。

他接过了轻若无物的文件夹。但是，出乎他意料，周亢的双手轻轻握住了他要收回去的手。

“阿一，照顾好自己。”她说，“不要太拼命。”

韦一宸第二次从周亢口中听到这句话。上一次，他觉得心中一暖，但也有些窘迫。这一次，他却感受到一种几乎强烈得陌生的悲伤。周亢明明比他个头矮一些，但他仿佛觉得他自己淹没在冰湖中，而她却站在即将融化的雪山上。

“别磨蹭了！”司机把上半身探出来，使劲拍了拍车身。

“再见。”韦一宸说完，转过身，上了车。他回到自己座位上，转过头，脸几乎是贴着窗户，但是发现从这个角度，看不见站在后方的周亢，假如她还在的话。

黑色的防弹车开走了。

离这车原来所在的位置不远，有一家二十四小时营业的饭馆，专供要在此乘坐长途客车的人用餐、休息。其菜色可以说是仅能入口，卫生条件更是差得惊人，贴着禁烟招牌但是完全无人理会。

有两个结伴的人，一胖一瘦，拖着大包大包的行李，在这饭馆里找了个地方坐下。他们是坐通宵大巴刚抵达岚汸的务工者。

“哥，我们真的要去矿山打工吗？就没个别的主意？”瘦子说，“西边好像局势挺不妙啊。你看刚才车上那些人，荷枪实弹的好像。我听说岚汸市里正在搞一个大型绿地公园，是铲平了一个叫什么嗣水塘的地方，再搭起来的。我网上看的，那边也急着招工，条件不错。”

“想那么多做什么，我们来这一趟，带的也就是开矿的活计。屁股没坐热，你就开始挑挑拣拣的。饿死我了……先点几个吃的。”

在他们背后的另一个座位上，突然发出一个有些沙哑的嗓音：

“挑挑拣拣，也没什么不好。”

胖子闻言，突然心生不愉快。他站起来，庞大的身躯挪动到那个座位旁边。

他眼前，坐着一个瘦削、扎马尾辫的中年男子。男子并未把头转过来。

“我和我弟讲话，你教训谁呢你？给我买点喝的，就让你来凑一桌。不然闭嘴。”

“行啦，哥……”

瘦子赶忙来把胖子拉开。

“嘿。”

胖子转过身，又听到背后男子发出了一声短促的笑。他还想发作，但是在弟弟的劝说下，忍住了。

“如果有办法，谁一辈子不愿意多几个选择的机会。”

乔修书说完，把烟头在窗台边缘摁灭了。

第五章　觅火者自辩

1　新的一年，又一年

韦一宸作为队长，带着一支小队，用水泥袋、石头把半山腰上被矿工们抛弃许久的砖石小屋，改造成简陋的地堡。下午四点，韦一宸倚靠在墙壁内侧的水泥袋上，用望远镜观察着对面的山丘。那边是敌人的据点。每天早上，对方都会朝这边进行一些骚扰性质的射击，一般不会造成什么实际损伤。接近日落时分，敌方将会消停。然后，是需要每四个小时换班看守的漫漫长夜。在这样寒冷且不知道敌人是否会偷袭的夜晚，很难得到充足的睡眠。

“今天是除夕啊。”屋内的副队长说。

“什么？”韦一宸把身子缩回来。

“今天是除夕，我刚刚算过。”副队长说，“我出来之前和爸妈夸口说，一个星期就能回去。现在光算上咱们躲在这里的日子，就有一个星期了。”

“我是社区业余舞狮队的，”另一名高个子队员说，“今年回不去，不能参加活动，明年就位置不保了啊。”

因为多国文化的交叉影响，岚沥市的新年过得相当隆重热闹，庆祝时间也较长。韦一宸突然想起来，去年新年的时候，他在对联摊位上用两种文字交替写了两副对联，两副都写得很难看，还被笑嘻嘻的摊主纠正握笔姿势。

“放心吧，快解决了。”韦一宸说，“这两天对面使用的弹药量也减了不少。虽然从这个位置看不见，但我们的援军应该已经在给他们施压了。”

“就算援军把我们救出去，那也只能回总部休息几天而已。天知道这仗要什么时候才能打完。”队员说。

“行了，你也考虑一下队长的心情。”副队长说，“人家家里漂亮老婆和三个孩子还苦苦等着他回去，我们还是少号几句。”

“哎？”先前的高个子队员说，“……不是说韦队长上车前，拿到的是离婚协议吗？”

“什么乱七八糟的。”韦一宸抗议。

这支小队里的人，大多都目击了他和周亢的分别。在这支仅有男性的小队中，这一类逸闻，必然会成为缓解紧张感的重要话题，而韦一宸也不太擅长利用权威来制止队友，哪怕他确实不太喜欢听到此类讨论，并非因为他觉得队友们的言语不够尊重他，而是因为这会反复提醒他，他有多么想念周亢。自从参与这场战斗，他们一直不被允许与市内联系。有时候，韦一宸宁愿她从来没有给他送行。

这时，第四名队员从房间左侧进入，没有理会任何人，朝右侧出口走去，也不说要去做什么。他是眼下这四人之中年纪最轻的，只有二十一岁。韦一宸叫了他一声，提醒他注意一下木炭存储的问题。在这里过夜，没有木炭是一定会冻僵的，虽然这房子的地下室有一些储备，但是先前发生了冰块融化以后雪水渗透的意外，弄湿了不少木炭，而这名队员正是被分配处理这方面的事。此刻，对于韦一宸的提醒，他并不回话，也不看他一眼，而是转过头朝地下室入口的方向走去。他的步伐和挥臂动作之中，满怀怨气。

韦一宸这支队伍出发之时，一共有六人，其任务是作为秘密侦察部队，绕过敌方一处据点，再占据一个可以观察敌军大部队动向的位置。等时机到了，也收集了一定的情报，就与援军汇合，并且占领之前绕过的据点。然而，他们在穿越敌方火力线的时候，牺牲了一名队员。三天前，一名队员听从韦一宸命令，为了寻找一个无线电不受地方干扰的位置，试着向山峰更高处攀登，但是被敌方狙击手发现，遭击毙。所以，现在队伍只剩下四个人。而刚才那个对韦一宸不理不睬的年轻队员，是第二名牺牲者最好的朋友。

这场保卫岚沩西部矿区不受侵害的战斗，比所有人预料的都要困难得多。他们是干员中的精英，许多人都保留着可以理解的傲慢。但是，他们不熟悉高山上寒冷的气候，不适应脚下并非总是平坦地面的射击条件，而最重要的是，过去通常最多只需要数小时就可以完成任务回家洗热水澡的他们，缺乏长期鏖战所需要的耐心。相比他们，与其合作的国际武装安保部队Summit合约卫兵，拥有更丰富的野外作战经验，而矿区民兵，则拥有多年磨炼的逆境生存能力，更不用说对地形更为熟悉。在战斗刚开始的前两周，直属部队没有打出应有的成绩，战略部内外都对他们颇有怨言。收费昂贵、理论上拥有最强战斗力的Summit合约卫兵，通常只会在上级的命令下，固守最具经济价值的重要矿区，哪怕这些矿区实际上远离前线，而让民兵优先冲锋陷阵，显然不人道，会引发巨大争议和反弹。归根结底，这是保护岚沩市的战斗，那么安防司必须承受最多的战斗，以及与之对等的牺牲份额。从目前结果来看，他们实在做得不尽如人意。

韦一宸能感觉得到他所受到的针对性待遇。就比如这一次秘密侦查行动，就不是最适合他的任务。姜黎也非常明确地对战略部总指挥雷东胜说过，韦一宸不适合发号施令。但雷东胜坚持要这么做，他的理由是发挥他的“潜力”。所以，如今牺牲了两名队员，韦一宸并非没有自责。但至少在安全回到己方阵营之前，他不能把这种自责表现出来。他们占据了目标位置，每天承受着敌人的骚扰性袭击，而为了避免暴露具体位置以及显然弱于敌方的火力，他们从不还击，等待着计划中的援军。援军的信号迟迟不来。

这时，对韦一宸不满的队员突然冲回了屋子，满脸仓皇地说：“信号弹来了。”

所谓的特殊战略指挥部，为了不过于引人注目，占用了一栋陈旧、不起眼的三层建筑物。它坐落于远在岚汸市存在之前就建立起来的古老军事基地，还曾经接待游客，但现在的它看起来，就像一只尴尬凸出地面的灰白色大拇指。

指挥部领袖雷东胜的办公室在顶层，相当宽敞。数百年前，殖民者们曾汇聚此处，饮着黄皮肤侍从呈上的美酒，欣赏主人家女儿的钢琴独奏。此刻，雷东胜正在和姜黎谈话。气氛不太愉快。

“Summit的人要撤离？”姜黎皱着眉头说。

“撤离？他们没这说法。”雷东胜说，“他们只有‘解约’。”

“现在正是最需要他们出力的时候，他们就这么卷铺盖滚蛋了？”

“他们会留下一些人继续履行合约。但是，让他们出兵越过帛河，那必然是不可能的了。你不用太惊讶，姜督司，你也知道，这个决定不是我们可以左右的。除了我们，Summit还同时服务于其他十三个国家和政治实体。在他们这决定背后，到底是谁在施加影响，这很难说。何况就算知道了，那对我们来说也是徒增烦恼而已。你也应该猜得到，除了眼前的敌人，还有一些其他的人，也不希望岚汸市得到胜利。”

“这些不是我们应该操心的事情。”

“当然。市政府也正在尽他们的努力。除了Summit，还有别的安保公司可以雇用。第三、第四批兵力也正在调动。”

“我们没办法快速解决战斗，这已经是事实了。所以我想弄清楚的是，更长远的目标是什么？以及为了这个目标，我们要做怎样的长远计划？总不可能把整支队伍都调动过来吧？哪怕是那样，我们也只有不到三百人，而且会让岚汸市内部治安恶化。”

“实际上，下一步，我们将更优先选择曾经在国外接受过正规野战训练的人。”雷东胜背部朝后一靠，“你问得太多了。你要做的，是用好手头的人。”

“如果不知道我们要朝哪个方向跑，是一百米还是马拉松，那么我怎么用好他们？”姜黎意识到自己过于激动，降低了声音，继续说，“这一次，因为您说过Summit会出兵，我们有更多的援军可以调动，所以我才接受让韦一宸队伍深入敌后的策略。但现在，我猜Summit是指望不上了。那么，请问我们还能抽调出别的队伍去援助韦一宸吗？他们已经坚持了一个星期，而按照计划，三天以前援军就应该拨出了。”

“我会和其他的指挥官联系，让他们尽快出兵。”雷东胜说，“与此同时，我希望你能更冷静、客观一些。我知道你在想什么，但我不可能让你亲自率领部队去援助他。因为你在过去两年半承担的宣传、教育工作，只要离开这营地，知道你名字的人，肯定比知道我名字的人还要多。呵，说不定在营地里也是一样。所以你应该明白，你出现在这里的战略意义。有的人是可以替代的，而你不可以。”

“雷长官，我不是橱窗里的假人。”

“那你可以试着演一下。这是命令。”

姜黎无话可说。她离开了雷东胜的办公室，走出这栋建筑物。

来到这里一个半月之后，她渐渐看清这是一场什么样的战争了。这并不是“消灭穷凶极恶的罪犯”那么单纯。通过人脉，她也私下了解到一些小道消息。岚汸市借助这些矿山高速发展的时候，周边国家还在因为双宿现象带来的混乱而自顾不暇。现在，以弗尔甘第一研究所与大国官方合作为分界线，世界的秩序逐渐重新稳定，岚汸市的地位和价值也将被重新估量，投入新的赌局。任何周边势力，若要占领岚汸，师出无名，必将遭到国际社会的强烈反弹。而“锡兵之子”的存在，将成为它们插手的最佳理由。姜黎想，或许当她的属下们正在一个个赴死，而在岚汸市内的某处，决策者们正在和不知来自哪个大洲能说会道的交涉者们，商议着矿产的特殊优惠价格和优先供应权。不要说一个半月结束战斗了，这样的小规模冲突，哪怕持续半个世纪以上，在历史上也不是没有先例。而那些自身无须赴死的人，无论他们是否是岚汸人，将一生无忧地享受战争经济的红利。

从这个角度来说，和雷东胜继续争吵，对她来说确实没什么好处。他不是问题的根源。

和部下们不同，姜黎这个级别的领导人，可以打电话回市里（电话内容会被监控记录）。昨天，老徐在电话里对她说，如果她短时间内回不去，那么他说不定可以过来，为大家做几天饭什么的。他当然对前线的危急情况毫无认知，而姜黎不能也不会告知他真实情况。姜黎只能对他说，找他这个水平的来搞伙食，那大家的待遇也太好了，会不思进取的。然后，她劝他除夕夜去朋友那里凑热闹。老徐拒绝这提议，说他不想把韦德单独扔在家里，它年纪这么大了，比以前更害怕鞭炮。姜黎说“行吧，你有你的计划，我不干涉你”，然后不等老徐回答就挂掉了电话。这句话通常是两人吵架的时候才会说的，但她不知道当时怎么就把它吐了出去。

这时，姜黎看见一辆大卡车驶进营区。司机很眼熟，他多次到此处来送补给，卫兵很快就放行了。姜黎让到一旁，方便卡车前往仓库。当卡车从她旁侧掠过的时候，她看见了司机的脸。她也曾多次见过这司机，闲聊过几句，他是一个挺有趣的人，对通过天象来判断山区气候颇有心得。姜黎随便叫了他一声，同时朝他挥挥手。司机似乎有一瞬间要转过头来，但却只是短暂地瞥了姜黎一眼，而且哪怕夕阳的光投射在他的脸上，他还是显得面色苍白。

姜黎警觉起来。她朝前方远处的卫兵打了个手势，让他们拦住这卡车。但是在卫兵接收到这信息之前，大卡车猛然转向，朝战士们住宿区冲过去。姜黎立刻拔枪射击，击中了车胎。卡车朝一边歪斜，撞上了院落中央历史久远、早已无人打理的人造喷泉的大理石围栏，然后竟然像一头头部突然中弹的大水牛，朝一旁侧翻了，发出巨大的响声。姜黎很惊讶，因为这种体格的卡车，仅仅因为失掉一个车胎然后发生小范围撞击，是不可能就这样侧翻的。唯一的可能性是，驾驶室里也发生了争斗，造成严重失控。

她有一个预感，在这预感的驱使下，停下了脚步。卡车从中段某处开始，在一瞬间发生了两次爆炸。这爆炸是如此剧烈，巨大的火球立刻席卷车身，姜黎视线中的影像模糊了，脚底传来地震般的颤动，上下牙齿不听话地相撞。那保存了数百年、无人欣赏的喷泉中央的欧式女神石雕，腰部以上瞬间开裂、溃散。一扇在瞬间被高温熔掉了一个角的卡车铁板，朝着姜黎飞去。

在年轻队员的指引下，韦一宸看到了三发信号弹的后两发。据队员说，第一发是黄色，而韦一宸看到的分别是红色和黄色。

他回到了地堡中，年轻队员闷闷不乐地跟随着他。

“刚收到了信号，”韦一宸说，“援军不会来了。我们得自己想办法。你们怎么想？”

剩余三人沉默了好一会儿。

“我的意见是，”见没人说话，韦一宸又开口了，“我们自己突破防线回去。今晚就行动。”

“这样会不会太危险了？”高个子说，“我们去找一个可以接收无线电的地点，再联系一下总部怎么样？”

一说起无线电，那名因此而丧失了一名朋友的年轻队员，发出一声短促的冷笑。

“我倒是理解队长的想法。”副队长说，“如果要这么做，当然是越早越好。如果不是实在没办法，总部不会不拨援军的。”

“我们来的时候就死了一个人。”年轻队员说，“现在弹药储备都变少了，而且可能敌人也增加了兵力。凭什么觉得这时候冲回去是安全的？”

“安全？当然不安全。告诉你们吧，我们有三台能用的夜视仪。”韦一宸说，“因为天气太冷，哪怕这几天没怎么使用，也一直在耗电。我检查过了，三台加起来的电量能支持的时间，不到一个小时。如果不趁早回去，就是在等死。”

房间里又沉默了。

“如果没有更好的办法，就这么定了。”韦一宸说，“大家现在收拾东西，只要不是必需的，扔在这儿就行。现在是……五点四十五，六点以前做好准备，然后我们分批睡一下，养足精力，晚上十点出发。”

无人提出异议。大家纷纷行动起来。韦一宸让其他人先睡，自己一边值守岗位，一边拟定路线。这几天来，他不断用望远镜观察周边地形，逐渐绘制了一幅简陋的地图，虽称不上精细，但也能派上点用场。

如果说不紧张，那是谎话。此行将决定生死。若死去，就是曝尸于荒山。临近八点四十五分的时候，他把岗位让给别人，然后试图入睡。他觉得自己是不可能睡着了。九点四十分的时候，副队长把他摇醒。

“我……我睡了多久？”

“你一倒下去就开始打鼾了。”副队长说，“还讲梦话来着。”

“是啊，”高个子队员插嘴，“一直说着老婆不要丢下我。”

“行了！”在起床气的影响下，韦一宸忍不住了，突然吼了一声。副队长对高个子使了个眼色。高个子道歉：“对不起，队长。是我瞎编的。”

“没事。”韦一宸说着，站了起来。

临行前十分钟，一直不开口的年轻队员突然提了个建议，说不如把一部分柴火从地下室搬到这里，然后点燃，且要注意火的大小，让它能燃烧较长时间，却又不至于把整间屋子给点着了。通过这种办法，可以让敌军以为他们还在这屋子里，从而引走他们的注意力，提高我方绕过据点的概率。副队长质疑这办法的效果，因为他们前几夜，为了不让敌军确认他们的位置，有意遮挡取暖的火焰，不让对面山丘的敌人发现。而现在突然燃起可见的火，反而可能让敌人提高警觉。如果他们因此而集中兵力，从多个方向展开夜袭，那就麻烦了。老实说，韦一宸对于这办法能否奏效，也持有疑虑，它确实很像一名二十一岁的新兵想出来的战术，低估了敌方心思的复杂性。但是这名因丧失同伴一直冷着脸的年轻人，终于试图主动做出一些贡献，从提振士气、保持团结的角度考虑，韦一宸采用了他的办法。

晚十点整，他们出发了。他们需要先下山，在山谷中行进一段时间，再爬山，越过敌人据点及其防线。下山过程中，他们没有遇见什么障碍。在山谷底部，韦一宸回头看了一眼。那小屋中的火焰在气息微弱地舞动着，但在这一刻，他却觉得这样遥远、一回头就能看见的火焰，的确能带给他勇气。

2　无名兽类

在向着敌人所占据的山头前进之前，韦一宸让所有人暂时集中在两块大石头形成的天然屏障之间。

“要上山了。从这里开始才是难点。”韦一宸说，“按照计划好的阵型，一定不要走散。如果遇上敌人，听从我的指令，千万不能随意开火。我们的目的是四个人都能翻过这座山，活着回去，所以只能不断前进。绝对不能做的——听好，绝对不能做的，就是被敌人冲散之后，因为一时害怕敌人的火力，回头朝着这山谷撤退。走回头路，也许可以让你多活十几分钟，但到头来还是必死无疑。如果有一个人这么做，其他人应该抛下他，继续前进。都明白了吗？”

大家互相看了一下，然后先后应承了一声，或是默默点头。韦一宸不觉得自己是一个擅长用激励人心的演说树立威望的人，他无法承诺成功之后会实现怎样的愿景，但他已经把自己认为重要的事情都交代清楚，剩下的就是队员们能不能执行了。

“好。”

在韦一宸要说“好，出发”的中途，副队长突然伸出一个拳头，摆在众人中央。他明白韦一宸不太会给演说收尾，就想添个彩头，没想到正好中断了韦一宸的话，场面一时变得有些尴尬。韦一宸看看副队长，副队长也看看他，韦一宸伸出拳头，于是另外两人跟上，四个人的拳头在中央若有似无地碰了碰。

开始上山。

山势陡峭，且山坡中段缺乏足够的掩体，可以说是相当危险。唯一的安慰是黑夜中浓云密布，月色暗淡，为行动提供了最低限度的掩护。他们要把电量所剩无几的夜视仪留在最关键的地段使用，目前只能依靠眼力。有时走到暗处，眼前的同伴看起来就像墨蓝色背景之上一片模糊的黑色剪影。在最前方的韦一宸，突然发现约十步之外有一丝异常的金属反光。起先，他以为那只是一块凸出的乱石，但其实是一名敌人的枪管暴露在月光之中。韦一宸拾起一粒石头，将其掷出，越过敌人的头部。石头撞在岩壁上，敌人闻声警觉起来，转过身，走向石块落点。引开他倒还不是最关键的，更重要的是周围没有其他人有所动作的声响，可见附近只有他一名敌人。韦一宸跟随其后，突然加快了步子，右手拔出安置在左腕皮套上的短棍。敌人连忙转过身，但晚了一步，韦一宸猛然挥击，正中其右侧太阳穴。头部突然受到如此重击，会一时无法朝四肢发送信号，韦一宸选择此办法，可避免敌人手中枪支走火，要是引发枪声就麻烦了。为防万一，副队长连忙跟上，从敌人手中夺走步枪。他们结果了他的性命，把尸体轻轻地放在地上。年轻队员和殿后的高个子跨过尸体，跟着两人继续前行。

继续谨慎攀登约十分钟后，他们突然听到了“啪”的一声，从山峰上方传来，在山谷间回响。这声音来自敌人的哨所——他们打开了探照灯。前几天夜里，他们从未在这个时间点打开探照灯，韦一宸心想，看来对面彻夜未熄的微弱火光，还是引起了敌人的注意。黑暗的山顶仿佛突然张开了一只巨人的眼睛，笔直的白色灯柱扫射着半山腰和山谷。嶙峋乱石尴尬地暴露了不雅姿态，像无数被盗掘又遭抛弃的灰白色棺材。四人立刻贴紧岩壁，尽量减少身体的可见范围，一动不动。灯光照耀到他们头顶，而因为上方岩石形成的突出角度，使他们逃过一劫。与此同时，借助灯光，他们竟然发现就在自己位置的下方有一名敌人正在巡逻，只要转身抬头，就会发现他们。但是敌人的目光追随着灯光，仔细观察那些被照亮的地点。当探照灯扫射至远端，他们借机前进，绕到了灯光所不及的岩壁后。

继续前行不久后，年轻队员拍了拍副队长的肩膀。副队长回头一看，拍拍韦一宸的肩膀。他们停了下来。

殿后的高个子不见了。

韦一宸让他们两人在原地稍微等一下。他继续向前走了十来步，确认前方没有敌人，折回。三人尽量用最小的声音进行讨论。

“我什么也没听见。”年轻队员说。

“会不会是在我们躲探照灯的时候？”副队长说，“我们三个人是拐了一个弯之后，才贴在那儿不动等探照灯过去。他是不是还没有拐过那个弯来？”

韦一宸和副队长都看着年轻队员。这个问题，只有和高个子相邻的他才有资格回答。

“抱歉，我……我真的没有注意到。”

从年轻队员的声音中，韦一宸能听到他的惊慌和自责。现在不是责备他的时候。

“探照灯已经关掉了，如果他没事的话，不需要我们的帮助也能跟上。”韦一宸说，“我们说这些话已经浪费很多宝贵的时间了。再等他三十秒。三十秒后还没有动静，就按照先前说好的，我们三人继续往前走。停在这里是最危险的。”

“但……”

年轻队员没有继续说下去。

韦一宸在心里计数。其实他只打算倒数二十秒。

在倒数至八秒的时候，他们就听到了散乱的枪声，随后是极其凄厉的惨叫。

高个子最早脱队的时间，和韦一宸的猜想一致。实际上，正是因为身高问题，他疑心自己采取同样的方式贴紧岩壁未必能躲过灯光，所以撤回到了前一个拐角后。他明白，只要探照灯还在扫射，那么前方的同伴也不会贸然动弹，所以他对自己能追上他们抱有信心。

探照灯来回扫射两轮之后，前面三人就继续前行了，但高个子没有立刻抓住跟上去的最佳时机。探照灯又扫射两轮之后才熄灭，高个子才得以继续朝前走。但是，他突然被什么东西绊了一下，身子不听使唤地朝前一冲，枪管撞在岩壁上，发出撞击声。他稳住了身子，没有摔倒，但心却突然高悬起来。附近并未立刻出现敌人的响动。在他之前，队友们早就经过了这拐角，似乎未曾遇见这样一个障碍物。而凭着刚才脚掌踢中此物那种厚实的触感，他大致察觉到了那可能是什么。不是水泥袋，就是人的身体。

他有些好奇。但现在不是让好奇心占上风的时候。记住韦一宸说的，继续往前。他握紧枪支，向着那拐角前进，当他离它还有不到两米的时候，突然有一个黑影猛然闪出，拦在他面前。他猛然一惊，马上抬起枪来，但是瞬间感觉右胳膊一凉，那种双手持枪的均衡感骤然消失了，枪的大部分重量都挂在了左手手掌中。下一个瞬间，一只有力得惊人的手掌掐住了他的脖子，把他抵在墙上。他身高一米八六，体重有一百公斤，但对方竟然能凭一只手摆弄他的身体。枪支脱离左手，掉落在地。他觉得自己的身体变轻了。

在微弱的月光下，他终于看见袭击自己的人，戴着棕色的面具。

袭击者举起武器。那是一把形状惊人的斧头，带着一种诡异的陌生感，在那一瞬间高个子甚至感受到了一丝敬畏，仿佛正在目击一次远古大地上的捕猎。不幸的是，猎物是他自己。

半分钟后，雍陀松开手。有几名哨所卫兵听到重物掉落在地的沉闷声音，冲了过来，但不敢接近。他朝他们摆一摆手，指示他们去追踪前方的敌人。

雍陀拥有多种身份。领袖，父亲，教育者，男主人，掌握智慧以及裁决力的人，等等。对他来说，这些身份都意味着某种他需要去承担的职责——他需要行使权力，也需要承诺和给予。但是，有一种身份，是他可以独享，不受他人掣肘的，那就是他最原始的身份：隐藏于山林间，散播恐惧的猎杀者。对他来说，不时和残忍、死亡以及鲜血进行一些最原始、最不加修饰的致密接触，他才能保持足够的活力和镇定力，去完美履行其他身份赋予他的重大责任。

韦一宸三人并未抛弃他们最初的战术——无论如何也要前进。听见高个子的惨叫声后，他们一直奋力前行。这是唯一合理的选择。在即将登至山顶，与敌方哨站位置几乎平行的时候，前方果然出现了敌人。他们在尽量不出声的情况下再次扳倒了一个敌人，然而这样的战法无法持续，因为敌人的数量和巡逻路线之密集，非上山之时可比。在不得不开枪击倒一名敌人之后，于无法辨明的近处、远处，都爆发出了追兵的声音。此时，他们终于到达了山顶，即将下山，也就是在这捉摸到一丝希望的同时，背后远处响起了密集的枪声。子弹撕破枯树枝，在岩石上击打出刺眼的火花。

韦一宸三人无法再维持先前阵型。当后方敌人过于接近的时候，他让副队长和年轻队员先走，他则以岩石为掩体，咬紧牙关，趁敌人枪击的间隙还击。哪怕是这样的情况，在还击时也需要足够的冷静，因为他不能毫无目的地乱射。那样虽可能会一时吓退敌人，但行为模式太容易预料，而且浪费弹药。他精准射击，成功击中了两名敌人，然后再追上另外两人的步伐。下坡路就在眼前了。他从年轻队员腰带上取下了一枚手榴弹（仅剩的两枚之一），向后投掷。他实在无暇关注这一下爆炸的效果，趁着爆炸的巨响以及烟尘，他们三人把奔跑的速度提升到了极限，就好像代表着胜利的长跑终点飘带就在眼前。经过严苛训练的他们，都熟悉这样一种情况——当体力第一次被榨干的时候，如果意志力充足，往往还能挤压出最后那么一点点力气。如果在这中途还能歇上那么几秒，这余力可能比自己料想之中还能更可观一些。而现在，为了冲破防线，他们就是在毫不可惜地透支最后的体力存量。

从声音来判断，敌人的位置似乎稍微远了一些。而这时，跑在最前面的年轻队员，突然“嗖”地一下消失了。韦一宸和副队长只能停下来，发现地面上竟有一个不算大的洞，年轻队员一时不慎，滑落下去。韦一宸立刻打开了一直节省电量到现在的夜视仪，发现那不是陷阱，也不是普通的下沉洞穴，下面似乎有足够宽敞的空间，高度近两米。副队长趴下去，要伸手把年轻队员拉上来，但后者似乎无法立刻站立。

“我腿受伤了。”他说。

韦一宸回头看了看追兵的距离，连忙使劲拍副队长的背部，让他索性也下去。副队长照办之后，韦一宸用皮带绑住洞口附近的一片书页形岩石，自己也跳了下去，然后拉动皮带，让那岩石几乎遮住洞口。随后，他立刻把皮带扯掉，让副队长抱着他的双腿，把他支起来，从下方抬起手来调整那岩石的位置。

这一切完成之后，他们就在黑暗的洞中静静地待着。韦一宸左右观察了一下。这里不像天然洞穴，更像一个遭到弃置的废矿。

这是一个暂且成功的赌注。他们一直躲在下面，不发出任何声音。头顶上不断传来追兵们经过的脚步声。

躲藏数分钟后，上面的声音消停了。虽然不能百分之百确认，但他们还是松了一口气，开始处理年轻队员的伤口——他的右小腿被子弹擦过。伤口不深，但是流了不少血，又在摔下来的时候扭了一下，肯定会影响接下来的行程。

年轻队员一言不发。接下来怎么办，他们暂时还没有具体的想法。

这时，韦一宸才想起来，应该关闭夜视仪，节省电源。

但是，就在他要这么做的下一刻，他突然看见旁边的一块石头后面，有一块金属板，露出一个角。在一种无法言说的预感的驱动下，他伸手，把这块年代久远、满是铁锈的金属板抽出来。

他伸手抹掉上面的尘灰。简陋的凹刻文字依然可辨识：

四号矿

"队长，"副队长在韦一宸背后轻声说，"队长，接下来怎么办？"

站在金属板之前的韦一宸没有回答他。

"队长？"

依然没有回答。

在韦一宸碰触到那"四号矿"金属板的一瞬间——甚至是在那之前，手指离它还有一瞬距离，韦一宸脑中的预感，就让他的指尖发麻。手指抚开那些灰尘的过程，如同抚触了一把长久无人弹奏的弦乐器的琴弦，在时光中潜伏了无数年月的音符因他的碰触而释放、逃逸，争先恐后通过耳膜钻进他的大脑。在他的记忆深处，也有一些深埋于尘灰之下的秘密，此刻在这些古老音符的撩拨和挑衅之下，既惴惴不安，又蠢蠢欲动。

副队长突然抓住韦一宸的手。韦一宸的身体颤抖了一下。

"队长，这里面没有敌人，用这个吧。夜视仪要省电。"副队长把微型手电筒递给他。

“噢。”韦一宸关掉夜视仪，有些不好意思地接过微型手电筒，打开。苍白而集中的光晕亮起。“我们先看一看有没有别的出口吧。”

借助手电筒的光，他首先看见了副队长的脸，呼吸平稳，情绪镇定，眼神中充满对他的担忧。随后又看清了坐在一块大石头上的年轻队员，因为伤痛，他额头有冷汗，眼神略显迷茫，而且似乎有点儿畏光。韦一宸把手电筒的光略微朝上移。

他看见了不应该存在的东西。

一开始，他以为那只是一块悬挂在石头上的碎布；但定睛一看，年轻队员背后竟然站着一个衣衫褴褛的成年男子。他乱糟糟的头发上染满了灰尘，眼窝严重沉陷，眼珠子仿佛完全隐藏在眉弓之下的阴影中。他的嘴巴微张，一口牙齿严重残缺不齐，如同曾经撞击正在运行的电锯。他这个模样，似乎有话要说。

“谁！”韦一宸立刻举起枪。

另外两人受惊，仓皇回头，年轻队员还摔在了地上。

“有敌人？”副队长已举枪，同时对韦一宸说，“队长，你看见敌人了？”

韦一宸沉默了。

没有人。刚才那人消失了。韦一宸的心脏剧烈跳动。

“不好意思，”他揉掉落在眼睛里的汗水，“我看错了。”

“好……好吧。应该没事。”副队长说，“洞里肯定只有我们。”

韦一宸心脏的剧烈跳动尚未止息。他再仔细查看，副队长和年轻队员背后，再往前走三米左右，就完全被坚硬的大块石头挡住了。石头间有缝隙，不用担心洞内空气不足，但要想移动这些石头是不可能的。而转过身来，在那块金属牌后的另一边，还可以往前走五米左右的距离，似乎可以通向一个拐角。

“从原路爬上去不安全。我们再往里看看吧。”对副队长交代完后，韦一宸转向年轻队员，“你继续休息一下。不要留在出口下面，躲到这里来。如果上面有任何动静，别出声，藏好，朝我们的方向扔一块石头。”

年轻队员点点头，照办了。韦一宸和副队长从那块金属牌旁边掠过，往里走。在石壁的两侧，他们看见了一些腐朽已久的木材支架。果然，这里曾经是矿洞。要么是开采方式相当原始，要么是还处于开采初期，这里连方便运输的简易轨道都没有铺设，如果有矿产只能人工用推车运出。韦一宸当然也听说过，岚汸数十年前的矿山开发，根本没有任何规范可言。

他们绕过那拐角。前方走不了多远，又是大石封闭的死路。而在路的尽头，散乱地躺着三具尸骨。它们曾经穿过的衣服，虽然还剩下一些碎片贴附在骨头上，但也腐烂得几乎看不出材质了。在其中一具尸体的大腿骨旁边，静置着一把左轮手枪，似乎已经和那骨头永久相连。

“看来是没路了。”副队长说。

韦一宸走近尸骨。他看见，其中第一个头盖骨，太阳穴上有一个硕大的裂口。他蹲下去，拾起那把左轮手枪。一些黑色胶质物把它和地面粘在一起，他花了一些力气才把它剥出来。手枪的主要部件已经完全损坏，不可能再修缮了。它的子弹口径，和头盖骨上的裂口是相匹配的。

这里曾经发生过一次处决。但是最终，两名行刑人也没有逃过死亡的命运。

“我们回去吧。”

韦一宸站起来，回过头对副队长说了这半句话，突然在眼角的余光中发现了一个身影。他猛然转回原来的方向，朝着那堆尸骨。那个眼眶深陷、衣衫褴褛的人影又出现了。韦一宸突然感觉到大脑一阵剧痛，仿佛有冰锥刺穿了耳膜，那冰锥又有无数微小的白色的枝丫探出，刺入他的每一根神经。他倒了下去，残存的意识觉得自己会和那幽灵般的身影撞在一起，他想控制身体避开，却做不到。

他看到了一些东西。就像一次反复遭到打扰和惊醒的白日梦，这些影像的实际持续时间，和他感受上的时间完全无法匹配，仿佛有无数反射着影像的玻璃碎片在大脑的空间中来回飘浮，而这空间内的重力变化多端，致使繁复的影像或疾冲，或飘落，或来回摆动：细幼的手在安置雷管；幽深的水下面，水草在身体无法触及的高处摇摆飘荡；黑暗的洞窟中，心脏剧烈跳动；从四面八方咆哮着涌来的烟尘……

“队长！”副队长一边呼喊着，一边摇动韦一宸。

韦一宸徐徐醒来。太阳穴还在不断跳动。口中有一股铁锈味。他抹了抹嘴。有鼻血流到嘴里。

“你还好吧？你突然倒下去……”

韦一宸回过头，盯着副队长看了几秒钟，仿佛是在确认眼前的不是幻觉。

“没事，可能是累了。”他站起来，“看来这边没出口了。我们回去吧。”

他明白，自己不能沉湎于刚才的幻觉之中。现在的首要目标还是活着出去。

他们回到原来的位置。年轻队员在原地等待着他们。他皱着眉，看着韦一宸。

“我听到你们在里面叫喊，发生什么事了？”

“里面没路。”韦一宸不想再继续那个话题，“我们躲进来的时候，敌人从上面跑过去，能听到清晰的脚步声。你刚才有没有听见什么动静？”

“没有。”年轻队员说。

“那至少说明他们没有原路返回，”副队长说，“但是也未必代表我们能安全出去。他们说不定还在外围继续搜索，要慢慢收紧包围网。”

“之前一边逃跑一边反击的时候，我大致清点过追兵的人数。”韦一宸说，“我觉得就哨所的兵力来看，他们不会为了对付我们几个人，就展开这么大范围的搜索。而且如果他们要回哨所，多半也不会再从这条路线经过，而是会选择在他们的火力网和探照灯范围内的安全路线。总之，先上去一个人，查看一下周边情况好了。”

“我来吧。”副队长说。

韦一宸站在他们掉下来的入口正下方，让副队长踏在他的双掌上，再把副队长送上去。副队长轻轻移开了那块书页状石头，然后双手撑住地面朝上爬。韦一宸顺着他的动作，逐渐抬高自己的双手。当副队长的脚掌几乎完全离开韦一宸手心的时候，韦一宸突然听见上方传来一些噪声。副队长的身体猛然颤抖了一下，然后双腿在半空中疯狂地踢腾。

年轻队员听见令人心颤的声音，惊吓得扶着岩壁站起来。片刻之后，副队长的身体突然不再抽动了，双腿直直地垂下。数秒之后，有东西摔回洞中。韦一宸看清楚了，那是副队长遗体的一部分，和一枚已经拉掉保险栓的手榴弹附着在一起。

韦一宸不想这么做，但他没有选择。他猛然横抽一脚，把死者的头颅踢向通往久远处决现场的拐角，然后转过身，把已经吓得僵硬的年轻队员扑倒。背后传来巨大的爆炸声，在这狭窄空间中制造出能震慑每一寸肌肤的回响，无数细小的砂石击打在韦一宸背上。

韦一宸想着，副队长自称离过一次婚，没有小孩，现在和父母居住，单论做小队领导的资历，他其实经验更丰富。自从这支小队组成以来，如果不是因为副队长的帮助，韦一宸要树立威信，恐怕会更不顺利。副队长不抽烟，不太爱喝酒，手脚麻利，总是能把补给和武器耗材整理得井井有条，后面这件工作可是韦一宸的一大短板。韦一宸想过，如果这样倒霉又艰辛的日子要长久持续下去，有这样一个副队长一直在身边出谋划策，应该很不错。然而，敌人不仅残忍地把他杀死了，还逼迫着韦一宸为了自保，对其遗体做出羞辱的举动。

他心中燃起了难以抑制，近乎仇恨的愤怒，强烈程度远远超过了他把污点证人的头往马桶上撞的那一次。然而这一次的对手，并不是一个对他毫无威胁的小流氓，而是一个力量惊人、无比残忍的人。现在从那洞口冲出去，必然死路一条。他要冷静。在这样的心态下试图冷静，就像要强行把手掌按在木炭之上，靠皮肤和肌肉来把火焰闷至熄灭。他发现年轻队员的手臂在发抖，可见受到了巨大的恐吓，已经不是一个可以稳定接受命令并努力实现的状态，何况他还有一只脚受了伤。韦一宸索性左手揽着年轻队员的背，右手穿过其双膝后方，把他抱起来，趁着洞内仍有一片浓烟，快速冲到了拐角后的位置。他放下年轻队员，让他先藏好，让他不要动弹，然后握紧步枪，以拐角岩壁为掩体，等候敌人的下一步动作。

最好的情况是敌人以为他们已经被炸死了，下来寻找尸体，那将是关键的反击时刻。最坏的情况则是敌人小心谨慎，继续往洞里扔爆炸性武器。如果是后者，韦一宸就无法可想了。就算不被炸死，也会因洞窟崩塌，而被落石压死。哪怕出现奇迹，逃过了炸死、压死的命运，足够浓厚的烟尘也会让他们俩无法呼吸。

这时，洞口上方传来了一个低沉的声音：

“出来。我知道你们没有死。干得好，我很佩服。在看到你们的脸之前，我不会动手的。”

“真的有诚意的话，”韦一宸说，“帮我们找一个别的出口。就从那个缺口上去，不就是轮流被你砍头吗？”

“我保证不动手。你能得到的也只有我这句承诺了。你们很聪明，应该明白，继续藏在里面也是死路一条。我给你们一分钟。”

韦一宸回头，看了看坐在旁边的年轻队员。年轻队员眼睛惊恐地张着，摇了摇头。

“如果他真的不马上动手，我们还有机会！”韦一宸对他说。

“我……我不想变成他那样。”年轻队员看着对面的岩壁。那是副队长遗体被炸得灰飞烟灭的地方。

“行吧。”韦一宸说，“你手里有枪。怎么用，随你。我要上去了。”

他不再理会年轻队员，转过身，走向洞口，抬头看。幸运的是，比起他们下来的时候，洞口的确被稍微炸开了一些，而且还落下了一块石头。以这块石头垫脚，能更轻松地爬上去。韦一宸把枪支背在背后，深呼吸。他把短棍取出来，横着衔在嘴里。如果对方的利刃从上方砍下来，说不定可以这样靠它来阻挡一下。还是聊胜于无，就算他再迅速，也无法绝对阻止敌人在他头部露出的一瞬间发出攻击。只能暂且相信敌人了。他站在岩石上，奋力一跳，双手分别撑住洞口的左右两侧，立刻把身体拉了上去。视线的前方没有任何人，但后面突然出现一只手，揪住韦一宸的后领，把他往上一拉。韦一宸的身体腾空了，然后被摔在一旁的地面上，衔在嘴里的短棍被震落在地。落地之后，他察觉背后的枪支不见了。敌人在把他拉上来的同时，也夺走了他的火器。他左手按摩了一下因为刚才尽力咬着短棍而变得酸痛的下颌，右手把短棍拾起。

山顶的月光比山谷间要清晰、明亮不少。韦一宸看见了眼前的敌人。一名戴着面具、整个上半身已经染满鲜血的男子，脚下踩着一把体积惊人的斧头。

“还有一个人。”雍陀说。因为面具遮住了他嘴部的一部分，所以他的声音听起来，像是正常的说话声和隐藏在幕布之后的遥远声音组成的共同回响。

出乎韦一宸意料，洞中传来年轻队员的声音：

“我也要上去，队长帮我一下。”

雍陀后退几步，从洞口旁离开，对韦一宸做了个“请”的手势。

“如果他有枪，让他把枪扔掉。”雍陀说。

韦一宸走到洞口旁，蹲下。他先让年轻队员把枪扔到洞口外，雍陀把那枪一脚踢开了。随后，韦一宸再把人拉上来。在整个过程中，韦一宸都盯着雍陀。

“喂，你。”雍陀对年轻队员说，“我对你没兴趣。你可以走了。朝这个方向过去，就可以下山。”

年轻队员疑惑不已。

“照他说的办。”韦一宸说。

年轻队员看了看韦一宸，又看了看前方抱臂站立的雍陀。自从从洞口上来，他的眼神中虽仍然有恐惧，但是那种几近绝望的不知所措，已经消失了。他经历了一个决定性的时刻，对可能即将到来的死亡有了觉悟。这觉悟能给他最后的奋勇，但是若错过这时机，绝望就会再次笼罩他。他对韦一宸郑重点点头，一瘸一拐地朝着雍陀那边走去。

他从雍陀的身边经过。

雍陀没有任何动作，放过了他。

年轻队员刚要回头，韦一宸说了一句：“别回头。”于是，这唯一生还的下属，决绝地转过身去，尽量加快了脚步。

“他还是会死的。”雍陀说，“山底下有我的人在巡逻。”

“你的人？‘锡兵之子’是归你管的？”

“你们应该都听说过我的名字。我就是雍陀。”

“我对你的面具有印象。”

“你在哪儿看过？幻灯片上面吗？使唤你们的人，用教鞭指着这张面具说‘他就是我们的目标’。是这样吗？”

“你说的确实也是一种情况，但我好像在别的地方见过。有这么一个村庄，因为他们天生容易染上一种病，半张脸的肌肉出问题，所以他们有时候会戴上面具。”

“你叫什么？”雍陀皱眉。

“韦一宸。”

韦一宸本想在名字这一点上说谎，但是一方面这样做没有意义，另一方面还可能激怒对方。得知自己碰上的是敌方首脑之后，韦一宸心中的愤怒和不安，被想探究信息的欲望压下去不少。他的心跳逐渐平复了。既然目前雍陀还想继续聊下去，那么就应该尽量让这些关键话题得以持续，且不论自己在得知这些信息之后，还能不能回到总部。

“我听说过，岚汸市里有干员调查了一个叫‘半面村’的地方。你认识那些干员吗？”

“我就是你说的干员。这个案子归我管。”

“喔？你该不会是为了想活下去，对我信口开河吧？”

“当然不是。如果你愿意，我可以把整件事的细节从头到尾讲给你听，只怕到那时候就天亮了。”

“有意思。听着，你们一路挣扎着逃到这里，我是看见了的。我对你的能力印象很深刻。不过哪怕是这点兴趣，还不至于让我放了你。我原来的打算是和你过几招，看你能挣扎到什么地步，把你杀了之后，再去干掉刚才放走的那个小子。不过，现在我改变主意了。我给你开个条件，很简单。跟我走，我不杀你。如果你说不，那还是按照原计划来。如果逼我动手了，中途求饶就来不及了。”

“跟你走，那还不是随你处置？结果不都一样？”

“那还真不一定。如果你真心实意愿意投靠到我这边来，而且用行动证明你会为‘锡兵之子’的事业奋斗，我是不会亏待你的。”

“你也从我的角度想想吧。”韦一宸握紧了短棍，“如果我在这里干掉你，这场战争就结束了，那岚汸市更不知道有多少好处在等着我。”

雍陀笑了。戴着面具的他，笑声如同未曾于人前显露行迹的陌生野兽的嘶吼。他一脚挑起地上的斧头，紧握于手中，朝韦一宸冲过去。他深知，无论那金属棍材质有多么坚硬，仅凭其重量，是不可能抵挡他的斧头的。如果再算上两人臂力的差距，这场战斗就更没悬念可言了。

实际上，韦一宸也明白这个道理。硬碰硬是不可能的。他把短棍举在前面，并不是真的要利用它来阻挡。当雍陀离他还有数米的时候，韦一宸猛然挥手，把短棍掷出。他的目的，是趁对方阻挡那飞出短棍的一瞬间，从低位置扑过去，取其双脚。只要能将雍陀绊倒，就有一线希望。

但雍陀的应对方式超过了韦一宸的想象。这名躯体如金刚罗汉的战士，没有选择挥舞斧头击落短棍，也没有硬抗，而是纵身高高跃起，像突然扑出海面的远古海兽一般朝前侧翻，在冲向韦一宸的同时，斧头随着身体的动作在空中滑出一道圆整的光弧，朝韦一宸劈下来。韦一宸朝侧面一滚，避开这一击。雍陀斧头挥空了，但依然不影响他调整重心，稳稳落地，脚底在地面上溅起一大片泥沙和碎石。韦一宸右手扒起一块较大的石头，再次朝雍陀抛过去。这对他来说，不是一个常见的，也不是一个聪明的选择——换了任何一个敌人，他都会趁对手落地的同时逼近，但是在目击雍陀巨体所拥有的惊人的灵活度之后，他脑中竟然空白了一瞬间，扔石头无异于拖延时间。

落地之后暂时保持蹲姿的雍陀，随手一挥，斧头把那石头击碎了。

“你是小孩吗？”他的声音中出现了怒意，“只会扔泥巴？我再给你出一招的机会。如果还是这么不像样，我会让你死得比你想象中更痛苦一万倍。”

没有逃避的意义了。韦一宸抽出腰间的第二支短棍，朝雍陀冲过去。防守是没有意义的。如果不能比雍陀更快、攻击更迅疾，那么这场战斗的目的无非是找个舒服一点儿的死法而已。经历这么多次战斗，韦一宸当然紧张、害怕过，但更让他恐慌的，是他发现自己面对雍陀，失去了“手感”。雍陀劈出斧头，韦一宸避过了这一击，要撞进其怀中，利用短棍攻击对方的咽喉。但他还是低估了雍陀的实力。在韦一宸的战斗经验中，全力使用这种沉重武器的人，一定会在离心力的影响下，减慢招式变更的速度，但雍陀超越了他过往的经验。

雍陀迅速把空闲的左手拦在胸前，阔大的手掌捏住了韦一宸紧握短棍的手掌，这时短棍的尖头离其咽喉只有不到半寸。这半寸，并不是指两人实力只相差这些，这依然是雍陀能从容应对的距离。雍陀左手一扭，韦一宸的肘部、肩部关节同时传来剧痛，身体的动作停顿了。随后，他使着斧头的握柄端，狠狠砸在韦一宸的腰部。韦一宸不支倒地，右脸贴着地面。恍惚间，韦一宸看见雍陀对着自己抬起一只脚。他连忙把左手抬起来，雍陀狠狠地一脚踩下，把韦一宸的左手和左边面部都踩在脚下。

“刚才这一招算你及格了。”雍陀说，“给你个轻松一点儿的死法吧。”

他的腿开始用力。韦一宸听到了自己手掌骨头发出不堪承受重压的内部摩擦声。因为戴着弹性强的战术手套，所以骨头不至于马上碎裂，但这未必是好事，因为他开始感觉到自己的颧骨和头骨遭到强烈挤压。右手也被压在自己身下，无法使用，腿部狠狠踢雍陀的另一只脚，但那脚像石柱一样纹丝不动。

他心中突然涌起比之前更强烈的恨意。如果这是“轻松一点儿的死法”，那么天知道雍陀用何种残忍的手段，折磨过多少人。

他看见韦一宸抬起了右手的前臂。那只手无力地在空中抓着什么。他想，快要到没意思的时候了。无意义的垂死挣扎。雍陀一直觉得，在杀人的时候，有一个完美的瞬间——就是对方从绝望，滑向无意义挣扎之前的那一瞬。经过这一瞬，抵抗就结束了。

韦一宸的右臂就这么悬着，悬着，突然瞬间攥紧，朝雍陀踩在他脸上的脚掌砸下去。有什么尖锐的东西，正好刺进了雍陀脚背第一、第二跖骨交界处血管、神经密布的地方。那是一枚小得恰好的尖石，小得足够让高高在上的雍陀不发现，又能在不完全合掌的情况下，夹在掌心之间。尖石刺进去了，再一扭动。

那是一个微小但能引起剧痛的位置，一个无法锻炼其抗击打性的地方。就好像再强壮的人，突然小脚趾撞到硬物，结果也是一样的。雍陀痛叫一声，本能性地抬起了脚，这只脚一落地，再次引起剧痛，他不得不蹲下，把那枚尖锐的石头拔出。

雍陀看见，韦一宸摇摇晃晃地站起来了。他很惊讶，对方不仅有刚才那反击的力量，竟然还能在反击之后站起来。不过他满脸是血，必然还在眩晕之中。虽然雍陀一度受挫，但这不影响战斗结果。他感到一种极其陌生而久远的不适感和泄气。屠杀和胜利的快感已经消逝了，本来只是在等待自然的裁决而已，没想到竟然遭到了反击。他很愤怒，这愤怒随着一部分不可侵犯的自尊泻出体外。刚才韦一宸扔石头，他还嘲笑是在“小孩玩沙子”，但竟然还被这“玩沙子”的把戏弄伤了脚掌。

太丢面子了。

“杀了你！”

他怒吼着。对他来说，杀人还要先这样高声宣告，简直是一种少有的屈辱。至少，胜利依然是他的，这一点没有变。现在就需要这样绝对性的胜利，在风声、月光知晓他的屈辱，并且嘲笑他之前。

这时，他突然听到韦一宸用颤抖的声音说：

“薪柴……”

“……什么？”雍陀皱眉。

“薪柴都……堆好了。”

雍陀的身体一震，止住了劈出斧头的动作。

“薪柴都……堆好了……”韦一宸似乎没打算反击，更没打算逃跑，他继续像梦游一般，说出似乎不期待有听众的呓语，“让我们点火吧……点火。”

“你……为什么……”

“点火吧。点火。”

薪柴都堆好了，让我们把大火点起来。

这是雍陀的咒语——他的行事准则，他的全部。

他从来没有当面对任何人说出这句话。一种巨大的困惑，甚至可以说是惊恐，瞬间咬住了他心脏的动脉。他感觉到血液的流动似乎加速了，头部渗出冷汗。他完全不理解，为什么韦一宸会说出这句话。

突然间，一发子弹击中雍陀身边的石头。他一看，竟有一群不属于他的士兵冲了上来。他屏住一口气，想把韦一宸扛在肩上再撤退，但是又一梭子弹打了过来。他确信，对方人群中有一个相当了得的枪手，这些子弹完全没有击中韦一宸的危险，同时又能对自己造成警示。雍陀面具之下的面貌因愤怒而扭曲起来。既然敌人从坡下冲上来，那么就说明他手下的卫兵，已经被消灭了。现在他是孤身一人。他只能转过身，迅速消失在乱石和枯树之后。

韦一宸先前有模模糊糊的意识，但是雍陀一离开，他眼前一黑，倒了下去。

这群士兵不是安防司，也不是Summit合约卫兵，而是矿区民兵，领队乔修书，走到韦一宸的身边，蹲下来。他伸出左手，稍微托起韦一宸的脑袋。他一松手，那脑袋就像沙袋一样“噗”的一声回落在地面上。

“啧啧，你看看你这模样。”乔修书说，“韦一宸你也太拼了。”

韦一宸没有听见。

3　易碎品

战略指挥部所在的古老军事基地位于半山腰。山脚下，分布着数十年以来围绕着矿工以及家属们而建立的聚居地，同时承担着战略指挥部的日常物资补给，它们单纯地被命名为“岚矿一村”“岚矿二村”等。因为汽车炸弹事件制造了多名死伤，所以韦一宸被送回战略指挥部营地的时候，床位已经不够用了。后勤工作人员迅速把他送到了离基地最近的岚矿二村的医院中。

当知道韦一宸消息的时候，姜黎已经快二十四小时没合眼了。她一直忙着与其他指挥层协同处理汽车炸弹爆炸现场的救援、消防人员调度，同时谨防可能会有的后续袭击。雷东胜下令封闭了从山下通往基地的所有沿途关卡，仅允许战略部的直接关系人员进入，就连要把伤者韦一宸送上山的民兵队伍也遭到了阻拦。就是在这时候，姜黎才接到通知，说她的直属队员突破敌人防线回来了。她听到这个消息的时候甚至还有些不明所以，她想，难道其实是有一支她不知道的援军前往救援？事情的结果是一半一半——韦一宸靠自己的力量走到了最后一程，有一支民兵队伍把他接了回来。

下午五点，姜黎终于能到医院去看一眼韦一宸了。不过，也只能在病房门口看一眼，医生要求他静养，等待进一步观察。因为没有人看见他的受伤过程，他现在也难以具体口述，所以具体伤情仍未确定。目前检查出来的主要伤势是多处软组织挫伤、手臂韧带拉伤和单耳耳膜破裂，耳膜还需要微创手术修复。他的脸依然青紫、肿胀，像浸了葡萄酒的面包。

姜黎回到医院走廊上，一眼就看见了坐在接诊大厅长椅上的乔修书。她停住了脚步。

“好久不见。”乔修书左手肘撑在膝盖上，对她挥挥手。他的表情看起来根本不像两年半没见面，充满一种几乎是令人恼火的轻松，仿佛姜黎是一个不幸迟到、心中有愧的人，而他正在宽容地原谅她的不守约。

姜黎皱眉，朝右侧摆摆头，指向通往庭院的走廊，然后朝那边走去。乔修书跟上了。

他们来到庭院角落的休息区。这里有数个打造成假树桩模样、并不舒适的休息椅，围成一圈排列，他们并未近邻坐下，而是相对而坐。

“我猜你不是今天才到这来的吧？”姜黎说，“还是说你其实从来没离开过岚汸？”

“那倒没有，我两个月以前回岚汸，一个多月之前到的这里。”

“那么你跑哪儿浪去了？”

“划船。”乔修书一说完，自己先笑了笑。

“什么？”

“别问了。你就当我是去做了一些事情，领悟了一些道理——”

“噢，一边划船，一边领悟道理，你以为你是谁，悉达多？……行吧，我不问了，我越追究你越得意忘形。”

“还是夸夸你吧。你看起来挺好的。”

“看我的黑眼圈。”姜黎指了指自己的眼睛，“你觉得这叫好，是吧？”

“比我记忆中我离开岚汸之前要好。”乔修书又点了点头，紧闭嘴唇发出“嗯”的一声。

“我很忙的，如果你没有重要的话要说，那我可就走了。”姜黎臀部离开椅子半寸。

“是我带着一队民兵把韦一宸接回来的。”

姜黎撇撇嘴，又坐了下去。

“我刚才已经说了，我到这儿一个多月，差不多是紧随着你们后头就到了。”

“你一直和民兵混在一起？”

“他们都挺好相处的。都是些只是想保护自己家乡、保住矿山工作机会的普通人。我觉得，反正我现在不可能回安防司了，那么如果想帮忙的话，和他们搞好关系，是条路子。”

“我以为你是再也不想打打杀杀了。”

“这个倒没错。其实我现在也没那么热衷……但是毕竟，我还是只会这个。这些民兵，他们缺乏正规训练，不过是偶然拿起一把枪的普通村民而已。他们能猎杀野兔，但不可能对付敌人。我想帮助他们提高一下存活的概率，虽然他们一开始当然也不太相信我，然后就慢慢互相了解呗，直到今天，我总算能拉上一队人，带着他们干掉了几个轻敌的蠢货。那些敌人本来是在山上巡逻，不知怎么回事，昨天大半夜的逛到了山脚下，离我们太近，被我这边站岗的人发现了。他们叫醒我，我就带着他们上。没想到打完这一场之后，救了你们这边的人。他受了伤，瘸着腿，说他的韦队长还在山上。我当时就想，'韦队长'？别和我说是韦一宸啊？结果一追上去，还真是。"

"他是被几个敌人徒手围殴吗？怎么被打得这么惨？"

"不是，只有一个人。我听那个瘸腿的说法，那好像是'锡兵之子'的一个头领级人物，在玩什么杀人游戏之类的变态把戏。敌人是先故意放走了瘸腿的，打算先杀死韦一宸，再追上来给瘸腿的补一下。但是韦一宸和他对打，坚持到我们上了山。具体的你得等韦一宸好转了再问他。能把他逼到那个地步的……"乔修书摇了摇头，"我才不想和这种人碰面。"

"谢谢你救了他。"

"是啊，我要好好谢谢我自己，他要是把命给丢了，那我该找个什么时机再和你见面，岂不要等个两三年？"他突然提高了声音，接着说，"所以，你给他安排的是什么重任？该不会是只有两人一组的侦察任务吧？"

"当然不是。他们在出发之前有六个人，回来就只剩下两个人了。"

这个令人不快的数字巧合，让他们俩都沉默了片刻。

"我该走了，那些家伙因为难得打了胜仗，开心着呢，我得去陪陪他们。我现在住在岚矿四村，就在村头哨所那边，暂时也没有别的打算。我两年半以前的手机号码又能用了，有事再联系。"

"这一次就算了，以后别带着民兵乱往山上冲啊。他们本来就是一个历史遗留问题，以前岚汸还没有足够正规防卫手段的时候，他们不得不自保，包括手上的武器，很多都是来历不明。"

“我知道。现在你们其实还用得上他们，没有到取缔的时候，但是又不能大肆宣扬他们的存在，更不能让他们承受大规模伤亡。说起这个，我还真有件事要提醒你。至少从我的观察来看，那群国际雇佣兵经常找他们麻烦。”

“你是说Summit合约卫兵？”

“对。他们有时候会拿民兵们找乐子，在村里也干过一些不太光彩的事情。其实我一开始和民兵混在一起，也是和这事有关。雇佣兵说要免费传授他们一些‘实用格斗技巧’。你能想象得到会发生什么屁事。”

对这类事，姜黎并非没有耳闻。雷东胜禁止她参与合约卫兵的相关事务，她为了不影响自己其他主要工作的效率，暂时也只能放着不管。

“我懂。不过有你在，我就放心多了。下次你再看见有这样的事情，让村民们注意收集证据，交给我，我来想办法。”

“好。”乔修书站起来，“那我就……”

“修书，”依然坐在原处的姜黎说，“再回答我一个问题。你是自愿回来的吗？就像两年多以前一样，我明白你当时是真心觉得，非走不可了。这一次，你是不是觉得非回来不可？”

“不要老问我这种你自己知道答案的问题。”

乔修书离开了。

姜黎还有很多事情要做。比如，她想亲自询问那名年轻队员，详细了解事情经过。听说他受伤不严重，在经过完善的治疗之后，已经回到了基地中。她乘车回山上，在半途中就睡着了，一睁眼车已停在基地中，而她根本不知道自己竟然闭过眼。一名副官劝她回宿舍休息，本来天就快黑了，且目前基地里的混乱状况已经得到了控制。姜黎同意了。她没什么食欲，但确实想回去洗一个热水澡。

她回到个人宿舍，一打开门，看见徐永辉竟然站在屋里，刚好打开冰箱，往冷藏柜里瞧。

“你这冰箱里空的啊。”他说。

“当然是空的啊，谁还管那个，每餐能在食堂坐着吃就不错了，那冰箱就是个摆设。”姜黎把制服帽朝旁边桌子上一扔，“你……你怎么在这？”

“我在山底正好碰见你的一个下属，以前见过我的，我让她带我上来了。”

“我的意思是你为什么要来？我不是说过了不要来！”激动加上睡眠不足，姜黎突然觉得有些气短，发根有一种正在徐徐渗出汗水的感觉，“你什么意思啊你，先打个电话很难吗？我们还没结婚的时候我就不喜欢这种‘惊喜’！你知道我有多忙吗？我还顾得了你？你没有把韦德独自丢在家里吧？”

“别激动，别激动。它在我朋友家里，乐着呢。人家里四五个半大不小的姑娘，抢着要遛它，开心得不得了。”

他走向姜黎，试图拥抱她。她在原地站着不动，双手挡在身前。

“你能不能先把包给放下去？”她说。

老徐背上还背着一个黑色旅行背包。

“我就知道你不会让我待太久的，所以也没拿什么行李，就背了这么个包。”他一边说，一边把包放在床上，然后自己也在床沿坐下，张开双手，“能抱了吧？”

姜黎觉得自己并没有消气。她闭上眼睛，深呼吸，再睁开。老徐还是在那儿，不是幻觉。

她走过去，坐在他一边大腿上，左手搂住他的脖子，把右额贴在他的脸颊上。老徐抱着她的肩，亲了亲她的额头。他们一同看着两人落在床边的脚丫子。

“我不该吼你，”姜黎的声音变轻了，“但你还是不该来。你也看见场面有多乱了。”

“那不是正好需要我吗？整肃后厨秩序，我是专家。”

“不，不需要你。”她停顿片刻，继续说，“我忙得三天没洗澡了。身上味儿大吗？”

“有一点。”

“你还真敢顺着说了啊。”她拍打了一下他的脸颊。

他们抱得更紧了。

“老徐。”

“怎么？”

“真心话告诉你，我现在又高兴又有点儿害怕。”

“高兴没关系，随时高兴都可以。为什么害怕？”

“珍惜的东西要是凑在一块儿，”她用低得几乎听不见的声音说，“我一开始会很高兴，但是接下来我就很害怕它们会一起碎掉。”

“这样的事情以前发生过吗？”

“也许。我不知道。”

“那就是没有了。以后也不会发生的。”

然后他吻了她。

4　无为的守护神

深夜，韦一宸醒了。

他把头稍微朝后仰，看了看夜空。西部山区的星空比市区里的美丽太多。

他浑身疼痛、发热。身体就好像不是自己的，而是悬浮在冒着致命硫黄气的熔岩的上空。他一时突然想不起来自己是怎么死里逃生的，甚至也忘记了，他到底有没有成功反击雍陀，哪怕是一次。一想起雍陀那张面具，他心跳加速，一只能自由行动的手抓紧床单。能安慰他的是，此刻心中的恨意和愤怒，大于恐惧。

大脑中更活跃的，是另一部分。一些思维、记忆的碎片在脑中飞快旋转。他突然发现，他好像可以捕捉它们了。他把这些碎片，所有的幻觉一一抓握，无论双手是否会被扎伤。

渐渐地，他看见了一些清晰、连贯的影像。这些影像，如旋涡一般从内至外席卷着他的身心。他突然觉得喉头哽咽了。

额头的高热驱散了这些影像。但他并不害怕会再次丢失它们。他安心地闭上眼，继续睡去。

据查，实施自爆式袭击的卡车，当时驾驶座里除了司机还有另外一人。因尸体已烧成焦炭，目前难以确认其身份，也无法判断司机是受了此人的威胁，还是本来就是同谋。司机居住在岚矿三村，雷东胜很想对三村乃至对所有矿工家属聚居区的人口进行安全排查，然而从人手、时间、可能产生的负面影响来说，这样操作都是不现实的。最后，目前只能在三村进行小范围排查，并且在村中多处竖起公告栏，精心拣选了爆炸车辆残骸、炸毁的建筑物一角、罹难战士烧焦的军鞋、焦急的救援者面孔等照片，宣传此事造成的损伤之严重，警示居民们谨防敌人继续渗透，并且愿意为线索提供者奖励赏金。此外，每个关口都增添了人手，重新检视通关卡程序的安全性并加以调整。虽然总部内部严格封锁消息，但基地遭恐怖性质袭击一事还是经过网络传播至外界，正因其全貌不为外人所知，所以编造出了许多种捕风捉影的版本。市政府已知晓此事，正在研讨应对策略，让雷东胜等候下一步决定。

有另一件事也让雷东胜头疼——韦一宸竟然在没有援军的情况下，冲破敌人防线回来了。这本来并不是一件麻烦事，因为在韦一宸的领导下，六人小队丧失了四人，雷东胜完全可以以此为理由，判定他有违军纪、指挥不当，等他伤势无大碍后进行处置。但是也不知是哪儿最先传出来的，基地里盛传这样一种说法——韦一宸竟然遇上了“锡兵之子”的高层，在几乎必死的情况下与其短兵相接，成功把对方逼退。当属下对雷东胜报道这情况的时候，流言已经大范围转变成“姜黎督司手下的韦一宸和敌人总头子雍陀干了一架”。如此，韦一宸就不再是一个失败的逃兵，而是一个英雄。在这样的情况下，用所谓的纪律惩罚他，哪怕这纪律应用得再合理，都会大大损害雷东胜本人的威信。目前，雷东胜只好以“保护伤者”为理由，让亲信卫兵在韦一宸病房外严防死守，防止兴奋而好奇的战士们主动进去找他问话，就连姜黎也被严禁与其接触。

当然，雷东胜尝试过首先找韦一宸套话。实际上，经过好几天，韦一宸的状况已经基本稳定了，医生最担心的颅骨骨折等状况并没有发生（“为什么偏偏没有呢？”日理万机的雷东胜，有时候也希望老天能在这些不起眼的地方帮他一把，然而韦一宸颅骨的钙质含量胜过了雷东胜的祈愿）。现在，韦一宸有原因尚不明确的长期持续低烧，但仍然意识清醒。雷东胜会站在他床边，除下制服帽，尽力让自己关怀的言语显得真诚，但韦一宸显然不吃这一套，只是在敷衍地表示谢意。雷东胜看得出来，韦一宸是最不应该成为英雄的那一类英雄，他对自己在安防司内部的进退不是很在意，所以哪怕在理论上的最高长官面前，他只愿意表达出最低限度的体面和尊重。而当雷东胜问起流言相关之事，韦一宸就更不掩饰地表现出自己缺乏兴致。就像和医务人员已经达成某种默契一样，他只要转过去咳嗽几声，护士就会进来检查他的状况，宣布今天的会客时间结束了，雷东胜也只能离开。

一直以来，雷东胜热衷的工作就是寻找事物的边界，并且研究最合适的处理方式。万物都有其边界，他在处理事务的时候，是应该毫不留情地践踏这些边界，还是应该谨慎避开，或者将它们抹成一片模糊，直到分不出彼此？对他来说，这些工作要比持枪打靶有意思得多。击中红心满分，脱靶零分，这有什么意思？机械、单调、没有人情味，没有办好一件微妙又隆重的要事之后，终于能细品珍藏红酒的快感。而正是因为对微妙边界的着迷，让他可以爬到这个位置。当初，在被任命为特殊战略部总指挥官的时候，他非常确信自己再次往上攀登了一步，可以触及更遥远、更广阔的边界了，但现在，他终于意识到，他其实是被钉在了地里。权力和责任应是相匹配的。雷东胜看似掌握了这权力，但更应该负起防卫西部这重大责任的人，只不过是选择让他做代理而已，这样就可以摆脱可能的失职对自身带来的恶劣影响。而且，这几乎是一个必然失职的位置，因为这场战争会持续很长时间。

很多年来第一次，雷东胜感觉自己成了一个可以替换的稻草人。这片田地需要一个稻草人立在这里，而他被选中了。他并不能真正阻挡破坏田地的蝗虫和野兽，但他也不能离开。

雷东胜想，如果是这样的话，那他就要有新的盘算了。不要消沉，不要抱怨，领导者不能给属下以焦头烂额的印象。现在他过于沉湎于眼前的挫折，应该试着正向思考。

换个角度来看，他的地位会稳固很多年。虽然他的职位在接下来几年不会再上升了，但是这场战争持续时间越长，他手头拥有的资源也就越多。虽然矿产方面的收益他无法染指，但实际上，他过去每年都会从Summit总公司那里收到等于这支部队年佣金百分之八的顾问费。现在，Summit即将解约，撤走大部分的人员。这方面的缺口是需要别的安保公司来补充的。而最有资格挑选合作方的人，就是他了。他将拥有比以前更优渥的议价条件。另外仔细一想，如果韦一宸因为对阵雍陀而成为英雄，那么这功劳怎么会没有他雷东胜一份呢？毕竟，当初监察处以莫须有的罪名，阻止未来的英雄韦一宸加入特殊战略部队，而是他雷东胜力排众议的。

就这样不断琢磨着，越琢磨前景越开朗，雷东胜几乎难掩自己嘴角的笑意了。然而，当他推开自己办公室的门，看见那名坐在轮椅上的老人，像古老塔楼边缘的石兽一般静默地镇守在窗前，雷东胜好不容易高扬的心，终于顺应重力，摔在坚硬的地面。老人身边还站立着两名保镖。

“色西瓦秘书长，您怎么亲自……”

“雷，”色西瓦打断了他，“我交代你的事情，你完成了哪怕一件吗？”

“您放心，所有的事情都在稳步进行，但是战场上有很多意料之外的情况。”

“我要求你抹除一切和‘锡兵’有关的痕迹。这代表我对你的期待，也代表着你现在的价值。当然，我现在看清楚了，让你击败‘锡兵之子’是不合理的要求，但是你至少应该处理韦一宸。‘半面村’的事情他了解得太多了，而且他还看过和‘锡兵’相关的原始档案，很可能还调查过佛塔的事情。如果条件不允许我们从他嘴里套出情报，那么至少该让他闭嘴。可是我听说他还活得好好的。另外，我让你尽快弄明白曹帮的头目是谁。这件事你办到了吗？”

“……没有。”

“所以这两个月，你一事无成。是这样吗？”

雷东胜没有回答。

“你坐下。”

雷东胜在旁边的沙发上坐下，低着头。色西瓦按下电动轮椅的操纵键，行至雷东胜面前。他说：“把你的手伸出来。双手。”对方照办之后，色西瓦伸出自己枯瘦老朽的双手，把雷东胜的手捧住，拇指掐着其手腕。

“雷，我为什么一开始会选中你，就是因为你的手和我年轻时候的很像。它们是注定要成大事的。现在你的这双手，没有把握住应该把握的东西，并不完全怪你，这也是因为它们被现实绑住了。实话告诉你，我的手也被绑住了。自从这场仗打起来，我的行动也不如过去方便。现在市政府的那些人都明白，我是最爱这座城市、最不愿意看到它受难的人。岚汸就像我的长子，我挥洒了那么多的血和汗，才看到他长大，所以我最不忍心看到他吃苦。我一心只想终结这场让我痛苦的战争。而现在市政府的人，从没有为岚汸流过鲜血。他们是吸着他的血长大的。他们绑架了我的孩子！这么多富足的矿产，本来应该是属于所有岚汸人共有的财富，他们却要通过这场所谓的战争，来把它们据为己有，随心所欲操纵它们的价格，满足私欲。他们叫来一群蚂蚁，蚕食我孩子的身体，又叫来另一群蚂蚁，把他的血肉一点点搬走。我想尽全力反抗他们，但是毕竟我没有多少年好活了，他们可以什么都不做，等到我入土就行。所以我很痛苦，雷。但我心中也有希望。因为你会继承我的衣钵。我需要你最后给我留下这一点希望——未来某一天，我不在了，变成了地底下百无一用的一具尸骨，连蚯蚓都看不上，但是岚汸还是会有他的守护神。”

“秘书长……”

“雷，现在不是难受的时候。不是懊悔的时候。你应该为这一刻的自我省悟而欢呼，为自己鼓掌。因为我可以预见到，这双注定要成大事的、守护神的手，很快就能挣脱束缚了。”

色西瓦放开了雷东胜的手腕。

“请……请您下指示。现在最新的情况是……韦一宸可能和雍陀接触过了。正因为是这样，士兵们把他当作英雄来看待。”

“他们接触过？发生什么了？”

“韦一宸受了伤，还在静养。我会尽快弄明白的。”

“雷，这有什么好担心的？你说的这个情况对我们完全是有利的。连你这个最高指挥官都不知道发生了什么，那更没人知道发生了什么。所以，韦一宸如果真的和敌人的首领接触过，他可能是英雄，但更可能是叛徒。一切都取决于你能不能抢到说这个故事的权利，然后再把这个故事说得动听。”

这时，保镖之一说：“秘书长，您该休息了。”

“我这就给您安排住处。”雷东胜说。

“不必，”保镖说，“我们已经安排好了。”

“我希望今天这些话，能对你有所激励。”

“您的每句话我都谨记在心。”雷东胜说。

色西瓦与保镖离开了。雷东胜站起来，走到门边，目送他们消失在楼道拐角。然后，他回到办公室，关上门。办公室里有独立洗手间，他仔仔细细洗过了刚才被色西瓦握过的手，擦干净，回到办公桌后坐着，把脚搭在桌上。

他想，这老头竟然会亲自到现场，想必也是快走投无路了。

雷东胜知道，色西瓦秘书长当年培养的秘密杀手集团在岚汸的早期建立之中起到了相当关键的作用，他如今的财富也是来自他“元勋”的地位，然而属于他的时代已经过去了。他的确是最希望这场战争快点结束的人，但他所做的一切都是为了自保。如果雷东胜的猜测是正确的，那么“锡兵之子”的存在，和色西瓦手下杀手团当年犯下的事直接相关。色西瓦试图抹除和“锡兵”相关的一切，不是为了别人，只是为了他自己而已。如今，他来到前线，必然是在市政府那边碰壁了。如今的岚汸市领导，平均年龄不到五十岁，没有一个是色西瓦当年的战友，不必承担相应的罪责和恐惧。色西瓦必然是试图影响市政府的决策，但徒劳无功，情急之下来到前线，直接给亲手培育的部属下命令。

雷东胜想，这个手上沾满鲜血的老头，这具早就应该掩埋的古董，占有着岚汸市最昂贵的私宅，宅里挂满名人字画，泳池边养着数只东南亚虎，外孙女在国外立志成为宇航员，却有求于他雷东胜，还要用什么守护神之类的鬼话来加固他的忠诚度。这老头，之所以要寻找别的“守护神”来继承他，无非是因为他巨大的财富，把他的一堆儿女惯成了一群废物。他的权威和影响绝不可能延续到下一代。

想到这儿，雷东胜心里又轻松下来了。关于稻草人的不祥印象，已从大脑中消失。

不过，考虑到这老头的劣迹，雷东胜还是立刻找来了助手，下令强化自己住处和办公室的安保措施。

一名属下走进曹海的房间，站在门口，叫了他两次，曹海才有反应。他坐在桌前，突然循声转过身去，竟然没有察觉到一把手枪放在旁边，胳膊把手枪扫落在地，发出沉闷的跌落声。那名属下愣了一会儿，然后支支吾吾地转达苏垂木的话。“我马上就去。”曹海回答。属下有些慌张地离开了。

曹海走到这狭小房间角落的脸盆架前，洗了一把脸。这里没有自来水，用的都是山泉。他似乎忘记，自己刚才坐在桌前是在做什么了。他并没有打盹，也没有明确地在看着、想着什么。

最近，他觉得不对劲。大部分时候，他觉得思维敏锐无比，身体在日复一日的战斗之中变得更加灵活、强健。但有时候，他会突然看着一件东西，然后似乎在一瞬间忘记了它是“什么”。这并非失忆，或者走神。就好比说，面对一个熟悉的人，如果把视线焦点先后停留在他的每处五官，脱离整体地去细细端详每一处的特征，会恍然觉得自己看见了不一样的人，这就是曹海最近常常有的体验。他看到的“物”，不再是一个整体、有特定功效和具体语境的“物”，而是变成了一些更细微、更不易理解的元素。比如这洗脸盆，如果他盯着它看，时间足够久，并且放纵自己沉湎于这样的凝视，那么洗脸盆会化为一些弧线，以及色块。而单独的弧线和色块，在生活的语言中是没有意义的，不承担任何功能。他需要在脑中提醒自己，这是洗脸盆，这些分散的细节，才会重新组合起来，表达它本来所具有的意义。

他不知道这是为什么。难道这具身体，有着什么他不知道的病变？

如果有条件，他需要赶紧给自己做一个全面的体检才行。但他心中还有一个想法。他的实际年龄，他意识存在的年岁，已经超过七十岁了。直到今天，脑中想着这个数字，再看着自己的脸，他还是有一种不协调感。有一天，他看着镜子中的自己，脑中突然闪过一句话——“我不应该在这里”。他听过这样的假说：永生不死或者极端的长寿不是一件好事，因为无论肉体有多健康、活跃，身为人的体验和有限的寿命是密不可分的。违反自然寿命的人，自然会失去人的视角。过去，他一直把这种说法当作百无一用的人们用来抗拒死亡恐惧的狡辩，但是他最近竟然反复想起这个假说。他不愿意在心中承认，但正在发生变化的每一件事，就是让他向着那想象中的王冠进发的征服欲，以及相应的暴力欲和性欲，偶尔会“隐去”。这么多的，曾经无穷无尽的欲望，不是减弱，也并非消失，而是像洗脸盆失去意义一样，在想象中“分解”，化成一个又一个雷同的问题：

为什么？

这样活着是为什么？

他一拳砸向洗脸盆中自己的脸。盆子“哐啷”一下翻倒，因其底部的弧度而在地上来回晃荡，长久不止歇。

曹海想，不，这一切只是因为目前局势令他心烦意乱。按照目前胶着的局势看来，曹帮很有可能陷入他千方百计避免的尴尬境地，那就是成为“锡兵之子”和岚汸市之间的炮灰。雍陀比他预料中更聪明，而岚汸竟然也比他想象中要克制。那些不成器的属下们，渐渐也开始对这样的生活不耐烦了。他当然有办法自保，然而如果只把自保作为目标，他当初就不会组起这样一支队伍。

当初，他孑然一身，这是能在杜谦手下蛰伏那么多年的前提条件。如果现在失去了那样的耐心，一定不是因为自己急躁了，而是时局不允许。

他需要破局。

他走出房间，穿越走廊，从一处楼梯进入隐秘的地下室。这里曾经是原来的居民储藏发酵食物的地方，阴冷、干燥，现在改建成了牢房。

在这样一间牢房中，传来痛苦的呻吟声。曹海走进去。一个三十余岁的女子，全身赤裸，被绑在冰冷的石床上。她显然受过严刑拷打，全身都是惨不忍睹的裂伤和烫伤。

“曹哥，你来了。”站在一旁的苏垂木说。他的右手中，握着刚才用来夹断女子手指的铁钳。

“什么有用的都没交代？”

“没有。”

“把那个带过来。”

苏垂木闻言，走出牢房。

曹海看着体无完肤的女子。他发现自己的心脏并没有加速跳动。那不是伤口。不是血。那是线……以及红色。

什么是红色？

不，不，不，不能这样下去。要行动起来。

他立刻用旁边地面上的一桶水，把女子泼醒。这时，苏垂木从旁边的牢房，把一个双手绑在背后、全身脏兮兮的少女带了进来。少女看见石床上的女子，哭喊着冲过去，苏垂木拉住她，狠狠抽了她一下耳光。

曹海捏住受刑女子的嘴，对她说：“如果你还是什么都不说，我就把我的属下都叫进来，让他们在这里对你们为所欲为，我不会插手。”

苏垂木抬起手来，用铁钳使劲敲了两下牢房铁栅。受刑女子惊恐的眼中，似乎要流出血来。

这名女子，是雍陀的情人。三天前，她和女儿离开营地略远，曹海趁机绑架了她们。他最近听说，有时候雍陀会独自出来猎杀。而他的行动是有一定规律和范围的。

这就是他现在破局所需要的。过去，他通常不会采用这样的手段，因为这会影响他的威信，也会让属下过于亢奋，难以管理。但是现在，他需要让自己的心跳能再次加速。用任何方式都可以。

苏垂木又敲了第三下。突然间，他似乎听到背后传来轻微的脚步声。他回头看地牢的入口。没有人。

5　坠落不停，直到重生

叶春璟走进茶水间时，看见乔瑟夫正在用简易茶包泡茶。他一边低头倒热水，一边在喃喃自语，热水溢出了杯子还不自知。叶春璟提醒了他一句他才察觉，然而他第一个反应竟然是用左手去擦洒落在桌面上的滚水，烫得整个人一弹。叶春璟连忙把自己手边墙上的一块抹布递给他。乔瑟夫右手接过抹布（并且一直低头没有看她），试图擦干净桌子，同时把被烫到的左手放到嘴边，握拳，张嘴使劲咬着掌骨不放，显得焦虑而又痛苦，就好像刚才是当着叶春璟的面，在人生至关重要的决定中做出了极其愚蠢的选择，羞愧难当。叶春璟不想再搭理他，离开了茶水间，打算等乔瑟夫走掉之后再回来。

这些日子，除了给巴育王子做疗程时的必要接触，叶春璟都尽量避开乔瑟夫。工作越紧张，乔瑟夫就越显得狂躁，尽管叶春璟理解，这种狂躁看似不具暴力隐患，很像是抑郁、焦虑状态下的求救信号，她还是只能给予有限的同情，大部分情况下都选择避开。

她不希望看见他变成这样，但也无余力相助。乔瑟夫对她产生了着魔一般的迷恋，其中混合着爱情以及专业上的嫉妒。这位昔日平和、过于审慎、甚至偶尔显得腼腆的导师，是何时开始成为这个模样？叶春璟仔细反思过，其实是在她第一次离开第三研究所，即将前往岚沥之前，就有迹象了。自从承担巴育王子的“矫正”任务之后，他几乎每天都在变本加厉。在这个计划的陀洱国支持者——该国总理之女、教育部部长班娜·彤帕拉来访之后，乔瑟夫的状况严重到了叶春璟无法忍耐的地步。

在那次迎接班娜·彤帕拉来访的欢迎式上，乔瑟夫作为整个项目的负责人，非常详尽地介绍了他们采用的矫正手段以及预期效果。他十分激动，目光闪耀，指尖发抖。但是在欢迎式结束之后，班娜却忽略了乔瑟夫，要单独和叶春璟聊天，就好像她看出来了，叶春璟才是这项任务的主导者。叶春璟实在难忘当时乔瑟夫承受由期待落空而造成的巨大心理落差之后的眼神，他像一名经验丰富的跳伞运动员，在无人知晓的空中无望地独自面对降落伞故障、无法打开的残酷事实。

如果要对“空心人”进行“矫正”，关于该“空心人”病例的真实生活细节信息越多，矫正越能进行得顺利。班娜自幼就和巴育王子相处，她的涉入对矫正手段的完善起到了非常关键的作用。在得到她的支持和帮助之后，叶春璟安排的疗程实施得更顺利了，乔瑟夫地位则随之日益边缘化，同事们也清晰地感觉到了这一点。在这之后，乔瑟夫只是名义上的领导。他不稳定的精神状态也达到了极点。

有一次，一名同事小心翼翼地问叶春璟：“我听说这项工作完成之后，你和乔瑟夫会结婚？”

“哪有这回事?!”叶春璟仿佛感觉脖子后面被人狠狠扎了一针，“他怎么和你说的？”

“他最近一直都很阴沉，前天我发现他好像情绪不错，就和他聊了几句闲话。他突然蹦出来一句‘等事情都顺利了，我和春也结婚了……’我当时一听，脑子里也‘咣当’一响，因为我从来不觉得你们俩是这种关系。”

“当然不是了！他还和别人说过吗？”

“那我就不知道了。其实我也觉得，他可能是压力太大了，开始胡思乱想……总之，你也要小心一些，以免他接收到什么错误的信号。”

同事这句忠告虽然无恶意，但叶春璟听了，心里还是有些不舒服。

不要说给出什么“错误的信号”了，她现在面对乔瑟夫几乎是完全封闭的状态。是乔瑟夫独自陷入了危险的妄想。叶春璟判断，在乔瑟夫的妄想之中，一部分是真实的恋慕之情，一部分是被多年悉心培育的学生夺去了焦点和光芒，不自觉地要通过婚姻来把她和他规划为同一阵营，甚至宣告她是他的“所有物”，以此抵消内心的焦虑和嫉妒。这样的故事，在历史上以及叶春璟的身边，都曾经发生过。叶春璟对乔瑟夫的多年教导仍旧是感激的，很不希望他继续深陷这样的迷局，然而乔瑟夫需要的是正规的心理疏导，她实在是无力也无暇帮助他。

她更加坚定了在这项工作完成之后，就离开研究所的决心。她厌倦了这日复一日监狱一般的生活。而且，她想念韦一宸和周亢。

在酒吧重逢的那一夜，她同时欺骗了他们俩。周亢中途离席，给她留下单独对韦一宸提问的时间，这是她俩事先就商量好的。叶春璟事先对周亢透露，她想问的是韦一宸对她计划留在岚汸一事的看法。但实际上，她真正打算私下和韦一宸说的，是另一件事。

我觉得亢亢她其实是愿意给你机会的。

她其实想说的是这句话，却被韦一宸关于双宿人身份的疑问打断了。

叶春璟希望他们俩在一起。这样的期待多少有一点儿自私。因为如果事情这样发展了，那么她自己的妄想，或者说她对自己心情的错误判断，也就能够消除了。她一度设想过自己和韦一宸恋爱，但很快就察觉，这种想法很可能不是出自真心的吸引力。韦一宸为了把她从绝境中救出，付出了那么多的努力，以至于她内心一度有一种冲动，以更多的依赖报答他。

叶春璟明白，如果她这样做了，那就顺势陷入了一个舒适区，一张布满蜜糖气息的安全网。在她看来，这和单纯因为经济安全而与自己并不爱慕的男性结婚并无本质区别。她母亲曾经试图安排这样的婚姻，来阻止她留在“没有任何前途”的弗尔甘第三研究所。她没有给母亲留下钻空子的机会。她当然对韦一宸有好感，不仅仅是作为一个朋友。时光缝隙中的确有一些未获祝福的爱意隐秘作恶的时刻。比如，因脚伤未愈而在医院中难以入眠的那些夜晚，她曾想象过韦一宸就在身边安慰她，她甚至还想象出了他那些安慰之语有多么笨拙，以及她自己多么乐意忽略这些笨拙。但她对自己说，这些想法还是出自渴望着依赖他人。如果要真正和一个人在一起，绝不能只是为了剥除对方的甲胄，来弥补自身的脆弱。

在用实际行动验证这一切之前，她需要先摆脱第三研究所的束缚。

而这一天比她料想中来得更早。

今天应该是班娜·彤帕拉来验收矫正成果的日子。

参与这项计划的第三研究所人员，共七人，正端坐在主会议室中，等待班娜的到来。门打开了，进来的却是他们并不认识的一名岚汸官方工作人员，他自称是该矫正计划最初的发起者副市长诺萨万·冯的代理。有数名荷枪实弹的卫兵跟随着他。乔瑟夫询问发生了什么情况，副市长代理并不明确回答，他只说“事后会有详细解释”。

“我需要各位签一下这份保密协议。”副市长代理把一沓文件排开来，交给众人，“你们可以快速大致看一下。它已经得到了副市长以及第三研究所所长的批准。签完协议之后，我会立刻把各位送上飞机。这么长久的封闭性工作，真是辛苦大家了。”

“要赶我们回去?!”乔瑟夫猛然站起来，“那……这个‘矫正’的项目呢？取消了吗？”

“所有你们需要知道的，都写在那份协议上。如果还有疑问得不到解答，可以问我，但是以我的职权，也没有回答你们额外问题的权利和义务。”

乔瑟夫还想争辩，但副市长代理举起了手，示意他坐下。这个缓慢的动作，让研究员们联想起给行刑队下令开枪的手势。乔瑟夫坐了下去。

他们看了这协议。上面要求，关于这次到岚汸来的一切行程、任务，他们都必须终生保密，对外只允许说是“研究考察”。若有泄密，无论引发任何后果，都必须“自负”。而且，他们的设备也会暂时被留在岚汸市，等待“稍后归还”。

“看完了吗？”副市长代理说，“看完了请签字。然后，我马上会安全地送各位去机场。我估计今天天黑的时候，你们就已经舒舒服服地回到第三研究所了。”

“为……为什么？”乔瑟夫没有站起来。他低着头，痛苦地抓着自己的头发。“我们的一切工作……都白费了吗？”

“恰恰相反，岚汸市领导们非常欣赏你们表现出来的专业工作态度，这一次你们还是能收到百分之九十的酬金，相信以后还会有进一步的合作。只要各位签订这份保密协议，并且严格执行。这件事并不难吧？”

就在昨天夜里，副市长接到了一个电话。班娜·彤帕拉被陀洱国警方逮捕了。这宣告了整个计划的失败。

陀洱国高层内部，就如何处理巴育王子的事情，分裂成了两个派别。一个派别以总理及其女儿为代表，无论如何也要拥立巴育亲王，哪怕他是“空心人”。另一派别，则以陀洱国国王次子为首。他们最初对于巴育王子成为“空心人”，接受矫正一事并不知情，但总理一方的一名叛徒捅破了消息。事情的转折点，在于国王次子借助第一、第二研究所的信息网络，找到了巴育王子的迁宿体。经过秘密讨论，他们认为，虽然这名迁宿体是事实上的巴育王子，但是让民众接受一名双宿人为新的国王，是不可想象的。最终，他们决定中止“矫正”巴育王子的计划，直接对民众宣告他得了不治之症，由次子继承王位。接下来要做的，就是捂住参与矫正的所有人的嘴。陀洱一方并不想对研究员们下杀手，这会把副市长置于一个非常尴尬的境地，而且弗尔甘研究所的大量成员在岚汸失踪，会引来多余目光，不利于掩盖整桩丑闻。所以，陀洱一方要求副市长连夜准备好保密协议。

副市长没有选择。和副市长一样，面临不可自主选择的困局的，还有并未随行到岚汸的第三研究所所长。他已经收到了整件事情的秘密简报。他已表示，会全力配合陀洱国的要求，保证研究员们回归之后，终生绝不泄密。

“我已经解释得够多了。”副市长代理说，“请立刻在保密协议上签名。”

会议室里响起一阵短促的运笔声。这一切在两分钟之内就结束了。乔瑟夫签完字以后，沉重地放下笔，他已经不是“矫正”的主导者，但他受到的打击是最大的。叶春璟也签完字，放下了笔。她的心情比想象中要轻松。这段时间以来，她不把这件事情当作一个成就，而仅仅是一项任务，或者说一枚筹码。她设想的是，如果能较好地完成它，那么她将来提出辞职的时候，应该会得到更认真的对待。现在，这项任务遭到中止，那么对她来说，无非是一切回到原点。这段时间为之付出的劳累、汗水，确实有一些可惜，但她本来就做好了抛弃任务成果的打算。如今，只不过是事情加速了一些而已。

副市长代理把保密协议一一收回。他立刻下令让众人列队，准备离开这疗养院，前往飞机场。就连收拾衣服和私人用品的时间都没有。他承诺，所有私人用品和设备，经过检查，确认不包含任何“不恰当的信息”之后，都会完好地寄回到第三研究所。这一次飞行甚至不需要证件和机票，一切都是“最特殊、最便捷的待遇”。

在卫兵的押送下，研究员们走到了疗养院的大院中。在阴暗、无云的天空下，已经有一辆黑色的中型巴士在等待他们了。卫兵立于车门左右，让研究员列队成一直线上车。

轮到叶春璟该上车的时候，一名卫兵突然捏住她的手腕，把她拉出了队伍。

“请你稍等。”副市长代理说，“我们另有安排。”

在这次行动开始之前，副市长收到了陀洱国一方的备忘录，他们认为“矫正”的主治医师叶春璟掌握太多信息，而且有证据表明，她和幕后始作俑者班娜·彤帕拉有私交。所以，哪怕签下了终生保密协议，他们并不放心就这样让叶春璟回到研究所。他们要求副市长先“收容”叶春璟，等待陀洱方的讨论结果，再做下一步打算。

当听见副市长代理这句话的时候，叶春璟对将要发生什么，已经有所预感了。她将被迫前往另一个不知其所在的地方。她的心坠落下去——不是因为恐慌，而是因为疲乏。她的意志又一次被忽略了。在这些人眼中，她是“鉴证师”，不是叶春璟，是一个极有用，或者说极具威胁的器物，但不是一个人。说实话，她从小就有这种感觉了。她是一个天才，换个角度来说，是一个自幼等待着被安置、使用的，要对社会有大贡献的器物。那么多人对她有那么多的期待，最终她选择进入弗尔甘研究所做鉴证师，而在那个尚没有国家会承认弗尔甘系统的时候，她所做的选择，既是随着自己的兴趣，也是对无数期待眼光的背叛。当年，母亲不甘心的泪水证明了她的背叛。“鉴证师”曾是受到许多人唾弃的职业，一种只会报道灾难，并且只能报道灾难的信使。“杀死那个信使！”——世界上充满这样的呼声，尤其是在岚汸。鉴证师远不如指出国王不着寸缕的小孩那样伟大，却要承受更多的危险。现在时代略有不同了，弗尔甘第一研究所得到国家承认，弗尔甘系统的研究员们也许将迎来光荣（就如乔瑟夫所期待的那样），而叶春璟这位必须有所贡献的天才，将被安置在另一个她并不乐意的位置。和上次遭到骏三帮派绑架不同，这一次，叶春璟不觉得自己会有生命危险。但与过去的遭遇，本质上相同的一点是：她依然远离自由。作为一个许多人都想利用的天才、一件称手的器具，她的不自由，将让其他人得到解放。

黑色中巴载着其他人离开。车上的乔瑟夫发现了叶春璟没有上车，他问了一句，车上看守他们的卫兵回答“她上另一辆车”，乔瑟夫就低头不作声了。

留在此地的还有副市长代理、两名卫兵，以及另一辆车。在灰蒙蒙的天光下，叶春璟觉得自己仿佛是数座无人问津的雕塑的其中一座。而她脚下的影子，像时钟的分针一样，多少年来都随着太阳的位置而精确地转动着，这一切都源于她的无法动弹。

代理说："我们也走吧。"

一名卫兵用枪口指了指叶春璟，对副市长代理说："就这么上车吗？这一路上不该让人看见她吧？"

"有道理。"副市长代理说，"那你们处理一下吧。"

另外一名卫兵掏出了一个黑色头套，走向叶春璟。

看见那黑色头套的时候，内心平静得近似淡漠的叶春璟，突然感到一阵剧烈的头痛，仿佛有看不见的小人在她太阳穴皮肤之下打碎了一大块玻璃。在她眼里，那不再是黑色的纺织物，而是夜空，失去了群星的夜空。在那夜空中最遥远的地方，众鹰被缝起了眼睑，光洁多彩的羽毛簌簌飘落又化为灰烬，沉入幽深树林之下的黑色泥土中。

她转过身，朝疗养院的大铁门跑去。她使不上劲儿，步伐并不快，可以说是双腿在地上拖曳几步之后，才慢慢变成跑动。她也不知道要跑向哪里。只要能离开这里，哪儿都好。

在卫兵和副市长代理的眼中，她这样根本就称不上是在"逃跑"。他们并不急着行动，甚至饶有兴味地看着她的背影。

"跑什么呢？真是。"一名卫兵说。

"她不配合啊。"另一位卫兵说，"我们是非把她带走不可吗？"

"那当然，副市长的命令，"副市长代理说，"别磨蹭了，把她带回来。"

正在此时，他听到一声近在咫尺的枪声。他浑身颤抖，还没弄明白发生了什么，就听到了第二发枪响。两名卫兵在近距离被击中头颅，倒了下去。副市长代理这才转过身，在临死前最后一秒看见了杀死他的人的脸——那个像苍白的幽灵一样在疗养院中游荡的男人。

叶春璟听到了枪声，但没有回头。她也不清楚后面的人是不是在朝她开枪。三声枪响过后，她听到有奔跑声在接近。

杜谦很快抓住了叶春璟的手腕。他扯着她往回走。

“放开我！”

“跟我来。这里没有其他人了，你不会有事的。”

“放开我！”

她已经用足了力气抵抗杜谦，脚掌却还是抓不住地。杜谦要拉着她走，就像拉着绒布玩偶一般容易。

“杀了我吧！”她流着泪，“开枪打死我好了！”

“时候还没到，时候还没到。我知道你现在心里一定很痛苦……你做出了多大的努力啊。”杜谦转过身，一只手扼住了她的脖子，“别哭，别哭。你这样我也很伤心。你们的研究，我都看在眼里。一切的功劳都归于你啊。你辛苦打造的美好的东西，他们只不过手一挥，一切都毁掉了。我懂。我懂你。”

叶春璟发觉，那不是一个情绪稳定的人应有的表情。痛苦、困惑和疯狂在这个男人的脸上交织着，他像一个糟糕的演员，在刻意为难他的选角导演的过分要求下，把数种不可能共存的情绪强行往脸上搬，最后只留下狂乱的绝望。

叶春璟狠狠地咬杜谦的手。

“别闹了！”杜谦说，“你不明白我的苦心吗？”

她不停，仍只是咬。舌头尝到了皮肤的腥味和血的铁锈味。

杜谦用枪托砸向她的后脑。

一片黑暗。

叶春璟再度醒来的时候，感觉到周身炙热难耐。

她睁开眼。

一开始，她以为只是眼球中有过多的血丝，但视力适应周围环境后，她立刻发现自己身处一片火海。

这是一间狭窄的卧室。她坐在地上，被绑在床脚。四周墙壁中的木质结构、床单一角都已经燃烧起来，地板各处缝隙冒出火焰。过于鲜亮刺眼、不停舞动的红色映亮了整个房间，有的地方亮得发白，仿佛已经消失了。她耳中全是火焰噬咬木材的声音，贴着地板的小腿滚烫难耐。

在她求救之前，门突然被撞开。杜谦冲了进来。他满身大汗，裤脚和头发的一部分都被烧焦了。

“我来救你，”他说，“我来救你，不用怕。”

他一说完，就俯下身，靠近叶春璟。叶春璟本能地想避开，他按住她，用刀割掉绑缚着她的绳子。手一松脱之后，叶春璟想自己站起来，但是一阵眩晕——后脑被击伤的后遗症。杜谦把她抱起来，扛在肩膀上，冲出门外。

杜谦一度强忍着背后的剧痛，高呼要从头再来，但他已经做不到了。那是他最后的振作。他提供了关于“矫正”的情报，为此向副市长索要大量资金，作为向曹海复仇的本金，而副市长从一开始就不可能答应他的要求。他也很快就明白了，自己的要求不会得到满足。在疗养院中，他之所以不太受控制地四处游荡，是因为大家都知道，他是一个疯子，一个活着的“幽灵”。

“幽灵”渴望着重生。杜谦记得，他是经过一场自己亲手制造的火灾之后，才得以脱胎换骨的。他要寻求同样的火焰，以及一个需要他拯救、来彰显他英雄气质的对象。在他眼里，叶春璟就是那个最合适的对象。过去十多年，那尽心尽力的、按部就班的积累都灰飞烟灭，也不再可复制了。他没有了再来一次的勇气。他需要一个仪式，一次自我选择的迷信。他把叶春璟带到这里，把她绑住，在屋中各处点起了火，又冲进来要救她。

“不要怕！”他对肩上的叶春璟，重复着当年对骏三说过的话，“有二哥在……有二哥在。”

他经过了走廊以及火势更大的客厅，快冲至大门口时，突然踏中一块已经破损的地板。这块地板以及被烧毁的周边部分，同时塌陷。他整个人陷下去，直至腰部。叶春璟向前摔落在地。她的手一碰触到地面，就感到焦热难耐。

杜谦想冲出来，但是做不到。一块地板的尖头，刺进了他的侧腹。他暂时还没有特别的痛楚，但是一动弹，就能感觉到肌肉被撕扯。周围火势越来越大了。突然，久违的恐惧，在一瞬间紧紧抓住了他。

他伸出手，抓住叶春璟的脚踝。

叶春璟使劲，但脚拔不出来。杜谦的手掐进她的皮肤。地板上传来的热度越来越难以忍受。

“你之前不是说想死吗！”杜谦嘶吼，“是时候了！”

叶春璟发现手边有一块烧断的木条，其中尖头一端吐着火舌。她伸出左手，抓住了木头未燃烧的那一半。灼烧的剧痛瞬间刺穿了手心。她咬紧牙关，往回挥舞这支木条，用着火的那一边数次击打杜谦的手。那只手终于松开了。她的脚踝被抠破，留下了三个血手印。

叶春璟立刻跳起来，朝着门外奔去。背后的男人似乎还在喊叫着什么，但她已经无暇顾及。大门中央已经被烧开了一个大洞，她用尽全身力气撞过去。

她滚倒在没有火的地上，她感觉到周围有人拥上来，把水泼在她身上。在失去意识之前，她看见了夜空中闪烁的星。

6　无血王冠

月亮坦然地注视着从一处山谷逃逸向另一处山谷的黑色鸟群。被鸟喙夹断的蠕虫，掉落在对安然过冬丧失希望的皱巴巴的树叶上。一名穿着安防司战术服的男子在山林间奔逃。他不时慌张地看向后方，哪怕他知道这多余的举动只会浪费自己逃亡的时间和体力。他左手前臂上有一处较深的刀伤，在为了逃跑而努力挥臂的同时，能感觉到冷风从掀开的皮肤灌进肌肉的断裂处。他踩踏过无数细小的枯枝就像踏碎野兽幼崽的尸骨。他长时间没有听见追兵的声音，然后在某一次回头的时候，听到了上方传来似乎是踩踏树干的闷响。他还没来得及猜疑这噪音的来历，戴面具的强壮男子就阻拦在了他面前。

逃亡者脚下一刹，止住身体。在这一刻，他本来明确地感觉到两只脚掌都在与地面坚实接触，但是一瞬间，右脚似乎变轻了。他像突然被毁掉一侧支柱的积木一般，身体右侧的重心无处依靠，向后歪斜着倒下去。

雍陀伸出左手，抓住逃亡者前额的头发。逃亡者要去推开揪住自己头发的手，但那粗壮的手臂就像其实是从他的头盖骨里生长出来的一样，纹丝不动。逃亡者感觉到那拳头攥紧了，头皮根部传来剧痛。恐慌之中他想大声呼救，然而子弹声先至。树影之中仿佛瞬间生长出了更多的树影，那是埋伏在此的士兵。他们手中的枪支喷发火舌，在最初的炸裂声响之后，子弹飞行的声音，近似于一群在夜里过分活跃的蜜蜂。雍陀伏下身子躲避枪击，那名失去一只腿的逃亡者也伏下了，两发子弹击穿他落在地上的半截腿。他一边大喊着“救我”，一边朝子弹射来的方向爬去。他的行为，扰乱了火力的集中。随后，雍陀向着山林更深、更黑的地方逃去。

“追！”曹海下令。他以及他手下包括苏垂木在内的数名精英，都加入了这场追击。

数日之前，他通过拷问偶然落入他手心的雍陀的女人，得知了雍陀的个人狩猎范围。每五日，雍陀必然有一次脱离大部队的个人狩猎行动，这是他的娱乐，也是他补充“燃料”的方式。不同的人，需要不同的“燃料”才能精力饱满地继续下一天的生活，比如酒水，比如推心置腹的聊天，比如一夜情缘。从这个角度来说，曹海觉得雍陀和自己不无相似之处。他们都是亡命之徒的领导人，但也不介意自己下地里打几个滚。刚刚殒命、穿着制服的逃亡者，实际上是曹海的手下，是他布下的诱饵。作为诱饵的手下，并没有那么无畏的献身精神，他根本不知道自己要引出的人是雍陀。知道实情的，只有此刻随着曹海追击的精英而已。

曹海当然明白，这是极其冒险的行动。当初刚决定和雍陀结盟的时候，他的计划是等待“锡兵之子”和岚汸两败俱伤，再从中得利。但是现在看来，在这山丘里苦战的时间越长，所谓的最佳时机离他就越远。对曹帮来说，减员是一件很严重的事，因为他难以补充兵力。他盘踞的山区附近几乎没有岚汸市民聚居，如今他的人手，百分之九十以上仍然是当初从岚汸市内追随他来到此地的。外国人是不会加入曹帮的。相比之下，“锡兵之子”的人手似乎源源不断。再这样下去，曹帮在这场斗争中的地位会越来越边缘化，到头来哪怕不是被全歼，也会分崩离析，而他本人将沦为雍陀的一名手下，或者选择逃亡。当年，他等到了杜谦和骏三内斗，两败俱伤，现在，他等不到了。成，或不成，只在这一刻。

经过数轮尝试之后，雍陀上钩了。这一瞬间的成功，给曹海带来了他最需要的东西——心跳加速，血气上涌。至今为止，让他得以自豪的人生，正是由无数个这样心跳加速的片段所驱动。他在上一具躯体大概二十五岁的时候，不过是一个毫无牵挂、一年内有数次会陷入险境的下层恶棍。有一次他心血来潮，和两名同伙夜闯一间豪宅，没想到主人竟是用枪好手，一举击毙了他的两个同伙，他自己则是拖着一条受伤的腿狼狈逃跑。哪怕在那时候，他心中的挫败感，也比不上现在被限制在战场夹缝之间的挫败感来得强。服从于挫败感的人生，没有乐趣可言。

他考虑到了，这次行动必须速战速决，同时防止雍陀逃离。就目前来看，他和手下们的路线选择是正确的，封死了雍陀逃回营地的可能。另外，也不能毫无顾虑地枪击，以免动静过大。刚才的两轮枪击都是在他的指挥下才发出的。如果能凭多人肉搏捕捉雍陀，那当然更好，但是风险太大了，所以必须适当地依赖枪支。

如果失败怎么办？

那不是现在要考虑的问题。在对手下们宣布作战计划的时候，他强调过，只要雍陀上钩，胜利是必然的。这一切都建立在属下们并未亲眼见过雍陀单兵作战的前提下。他需要展现出百分之一百二十的自信，使得不仅是他自己，就连属下们也绝对不花费哪怕一秒钟，去考虑“假若失败”的问题。

树丛和乱石持续忍受着众多亡命之徒的践踏。它们朝着这些人探出的枝丫充满无力的恨意。

“曹哥。”苏垂木跟上曹海，“雍陀没有带上他的斧头。”

“我看见了。”曹海说，“有什么问题？”

曹海之前已注意到，斧头还插在诱饵尸体的背脊中。

“他不像是会丢下武器的人。”

“带着那么重的东西没法逃跑。少啰唆，省点力气，继续追。”

苏垂木不说话了。他觉得曹海确实说得有道理，而且他自己也未曾见过雍陀单兵作战。但他还是觉得不对劲，雍陀不像是会扔下唯一防身武器的人，除非他身上还有别的更称手的东西。

就在这时，他们的目标停下了。曹海未来得及下令，他们追踪的人突然从腰后拔出了什么管状的东西，拔除引信，掷向天空。

震撼弹。

“趴下！”曹海高喊。

一瞬间，两发震撼弹炸开，把这片山谷照亮，刺眼的白色瞬间铺开，无情地揭露出周围乱石和树木的丑陋形貌。他们追踪的人，虽然戴着面具，但还是能看见其口、鼻、耳迸出鲜血——他离震荡波太近。他跪了下来。因为曹海预警，他的大部分手下都及时趴下、护住五官，没有受太大影响。

就在这一刻，曹海意识到，此人并不是雍陀。他中计了。他亲眼见到了此人是怎样用斧头攻击的，他难以相信能使出这些招式的人并不是雍陀本人。是哪里出了问题？不，现在最重要的问题是，这个仿冒者为什么要抛出震撼弹？这里离“锡兵之子”的营地如此之远，根本不在同一方向，所以曹海才一心追到现在。

震撼弹的效果刚刚过去，东侧的小山丘上，突然射过来探照灯的灯光。

那是一个位置隐蔽、属于岚沥一方的哨所。

当曹海等人意识到中计的时候，曹砥守卫着营地，保持精神的高度紧张。

要进入曹帮在半山腰上的营地，有两个出入口。一是后方一处岩间小道，隐蔽而曲折，通向山峰北侧，在最狭窄处只容一名成年人同时出入，是曹海占据此地之后命令矿工开凿的。这条路之所以无法大规模通行，既是碍于地形，也是因为曹海本来就将其设计为紧急状况下的逃生小路。而通常用的出入口，是营地南侧的坡道，长约两百米，已使用水泥袋、铁丝网等物做出障碍。坡道左右的岩壁本可攀爬，曹海也吩咐手下人在岩壁边缘布满了铁丝网，如头纱一般垂下，防止有敌人绕过坡道直抵营地。这是易守难攻的阵势，但是曹砥并未因此感觉足够安全。他们的物资若耗尽，需要下山补充，而下山路一旦遭到敌人封锁，曹帮只能坐以待毙。可以说，他们目前相对安全的状态，是得益于“锡兵之子”以及岚沥之间有限的冲突。“锡兵之子”游击骚扰，岚沥打阵地战防守。如果有一方要扩大实际占领区域，曹帮就难以自保。这是他们难以自我突破的弱点。他们习惯了民居。哪怕来到了荒山中，也要打造山中民居，不能灵活行动，就地扎营。

正是因为这样的不安全感，曹砥征求曹海意见之后，带领一些手下，选择性地砍掉了坡道两侧岩壁平台之上的一些树木。这样，在营地的高处使用望远镜，就有可能在敌人接近坡道之前就发现他们。另外，若有敌人剪断了密布的铁丝网，攀上岩壁，他们也会失去树影的遮盖而提早暴露自己的行踪。

这天深夜，在曹海等人外出围猎雍陀之后，曹砥奉命留下来看守营地。曹海表示，他们的行动在天亮之前一定会结束。所以她没有休息，而是立刻重新调整了剩下人手的轮值顺序，强化营地的夜间防守能力。有少量手下对她的安排颇有微词，他们有的认为无此必要，有的则辩解这样严密防守，有可能误伤天亮之前回到营地的曹海一行人。曹砥懒得与他们辩解，只是提出要求，要大家坚决执行。

曹砥的谨慎来自一种不妙的预感。她看见了曹海临行之前的眼神，那是一种暗含着焦躁感的志在必得。在刚刚和雍陀结盟的时候，曹海曾经相当有耐心地对重要属下分析利弊，让他们做好心理准备，随时准备好为一次错误的赌注而付出代价。但是今天，他要去捕猎“锡兵之子”的头目，这是远比当初结盟更危险的赌注，但他哪怕对亲信们，也没有表现足够的谨慎和冷静。曹砥依然记得曹海那段关于王冠的话。他预见到自己终将倒下，要让曹砥在血泊中拾起他的王冠。虽然那时的曹砥，并没有被这番言语所捕获，但她明白，那才是让她心甘情愿追随这么多年的曹海。曹海深知身为恶棍，以求得善终作为长远期望，是虚妄的，并且要求亲信也承担这样的认知。

但为了捕猎雍陀而出发的曹海，并不是曹砥所熟悉的模样。

——这明明很可能是最后一次捕猎，他却表现得像是第一次。

曹砥不打算睡觉。两点三十分左右，她正在营地里的哨塔中，突然听见西侧岩壁平台的树林中迸发出两声枪响。在整个西部，山林间时常回荡着忽近忽远、琢磨不透的零散枪声，并不是所有枪击声都值得警觉，但这一次她非常肯定，那两声枪响就发生在那树林之中，因为虽然距离较远，她还是同时看到了枪击的火光，如同偶然发现了盘绕在黑暗角落的蜘蛛丝。为了不被岚汸一方过早发现此处，营地里没有可立时响起、能发出尖锐巨响的大型警报设备，只能通过对讲机通知关键岗位上的守卫。曹砥不急于亲身参与还击，一方面命令属下有序、谨慎地调查发出枪声的地方，另一方面让其他岗位上的卫兵加强戒备。

不久之后，她又听到了一连串更加混乱的枪击声。双方正在树林中鏖战。的确有敌人突破铁丝网，从岩壁攀了上来，且数量不少。曹砥试图用对讲机指挥发生第一轮冲突的同伴们撤退，但是对讲机那一侧无人应答。她立刻从哨塔上下来，吩咐附近的几个守卫，让他们分头通知营地中所有人展开行动，然后自己持枪奔向发生第一轮枪战的西侧树林。她很快接近了己方卫兵，有四人踞守在一株特意砍倒作为掩体的粗大树木之后，不时朝对方开枪反击。她刚刚在树木后蹲下来，身侧就有一名卫兵中弹，子弹击穿了他的肩膀。她命令他撤退，但他显然因中弹而陷入恐慌，在撤退的时候腰背挺得过直，最后被一发子弹打穿了头颅。曹砥发现，敌人十分擅长在树林之中运动作战，他们不会固守一处掩体，而是趁着昏暗的月光在枪击的间隙于阴暗处移动，灵活调整自己的位置，把进攻刚开始的“一”字推进阵型，逐渐变成一道近似包围网的弧线。曹砥预测到一次敌方再次扩大包围网的时机，事先瞄准最左侧敌人可能经过的路线，而那名敌人果然在一次掩护性的枪击之后转移向曹砥预测的位置。她开枪，准确地将其击倒。随后，她弹无虚发，又连续击中了两名敌人。

敌人的中弹和惨叫声并没有让她放下心来。从服装来判断，他们不是岚汸的士兵。虽然这里除了雍陀，还偶有别的势力翻山越岭而来，但曹砥已经做好了最坏的准备。雍陀可能已经看穿或者挫败了曹海的猎杀，同时命令己方士兵夺取曹帮的营地。

虽然这片树林中的战斗未完全结束，曹砥已决定不单独逗留在此处。曹海带走了除她之外的所有精英，剩下的人都缺乏指挥作战的经验。她已经听见了树林之外，属于别处的枪击声。她嘱咐身边的属下处理阵型已被破坏的残余敌人，守好此处，转身蹿向树林之外。

视野开阔了。她再次看到营地的全景。情况比她想象中要糟糕得多，她甚至愣了一下。在坡道掩体后的卫兵已经有了死伤，与他们交火的人不在坡道之下，而在东侧岩壁上的树林之中。要被迫迎击来自上方的枪火，坡道上的卫兵被歼灭只是时间问题。敌人果然同时入侵了两侧岩壁，而没有曹砥的那一侧失守了。也有敌人已突入营地，如突破围栏的狼群，对着营地建筑物之中的卫兵们射击。似乎通过具有金属质感的枪声，也能体会到这些入侵者令人皮肤发凉的兴奋。一些矮屋之中，反复闪烁着亮光，令人联想到深邃草丛间的萤火虫。而在一次又一次短促的闪烁之间，可以看见有人倒下。还有无谋的战士大吼着从屋门冲出来，但是早就守候在门侧的敌人直接把枪口对准其头颅，将其击穿。有卫兵从哨塔高处摔下来，也不知有没有中弹，这一切只发生在数秒间，但是他在半空下坠时的惨叫声仿佛连绵不绝，从恐惧转化为懊悔，然后又是恐惧。一名敌人冲上去，朝着他的头补了一枪。

曹砥立刻快速躲藏到一栋靠着山体的灰白色小屋子墙壁后，朝离她最近的敌人还击。她又击中了一名敌人的肋部，那人随着子弹的冲击力“啪”的一下撞在墙上，和墙角的阴影融合在一起。

她心跳得很快。敌人不仅单兵作战能力要强过己方，甚至数量上也占了优势。是“锡兵之子”无疑了。这难道不是意料之中的结果吗？正是因为有这样不可弥补的实力差距，最初才会选择“结盟”。他们会被全数消灭。此刻，她的太阳穴、喉咙和手掌心，都感受到一种过于活跃、如暴晒太阳一般不留情面的热力。昏暗月色在清冷山壁上的反光，让整个营地笼罩在一片深沉的墨蓝色之中，而四处闪烁的枪火，仿佛要在这墨蓝之中再造一片与星空相对的镜中景致。在这一刻她突然感到出奇的平静，而这平静似乎与追随曹海的这么多年都失去了关系。这平静只存在于她此刻呼出的气体，小小的白色云雾自她的唇间生成，在天地一色的墨蓝空间之中缓缓上升，然后消散。她没行过什么特别的善事，没有为这世界增添过什么，杀了很多人，流过很多血，除了不敢说曾真心爱过任何人（在上一具躯体的生活中，她虽然努力过，但是实在没有培养起对母亲的爱），这至少是一段繁忙的人生。

耳边的玻璃窗突然破碎了。有人在房间的另一侧，透过对面的玻璃窗朝她开枪。她立刻蹲下躲避，第二梭子弹从头上飞过。玻璃碎片掉落在她的头顶和肩膀上。她伏低身子，沿着墙脚走。敌人非常小心，没有继续射击。她察觉到了什么，隐藏在墙壁转角之后。月光照出了另一名敌人的影子，他们打算两人包抄。她仅仅探出枪管，从低位射击，击中了此人的腿部，包抄者应声倒地，之前击穿玻璃窗的敌人连忙赶来，而曹砥已经趁机进入了屋内。她依据墙壁背后的脚步声判断敌人的位置，随后扔一块木条，击碎了前方的另一扇窗户，敌人闻声转过身来，她则从自己的位置探出半个身子，击穿了那人的头部。

做完这一切之后，她藏回到屋里，突然发觉左手有点湿。她顺着这湿润感，抬起手来靠近脸庞，才发现左边耳朵不见了一大半，脖颈侧面也受了伤。她在屋子的抽屉里找到一些棉花和止血绷带——猛然关上抽屉时的震动，突然让她感受到因为身处战斗之中而暂时隐匿的疼痛。她用棉花堵住头颈部的伤口，再把止血绷带在破损的耳朵上绕了一圈。在做这些事的时候，她不由得想，她刚才差一点儿就死去了，与口中喷出的云雾一同消失，现在她活在一段多出来的生命中。这么想着的她，胸中突然涌起一阵冲动。兴奋突然取代了平静。她想起来，自己除了垂死挣扎，还有一件事值得去努力。

她离开这房间，尽量沿着没有敌人的路线迅速、隐蔽地行进。这短暂的时间里，曹帮已经全线溃败了。她途中一度遇到还在惊惶中绝望反击的卫兵，甚至错误地把枪口朝向她。她看见有人举着双手从房子里走出来，而“锡兵之子”的士兵等他们走到面前才开枪。枪击声、奔跑声逐渐被惨叫和呼救声代替。她迅速前往曹海所居住的楼房，它在几排房子的最后方，如果敌人小心一些，花时间确认每一间房子没有抵抗者再继续前进，那么她应该还有十五分钟左右的时间。

十五分钟应该足够了。

关押犯人的地下室，就在曹海所居住楼房的正下方。

她进入地下室之时，并不知道战败的曹海，正躺在一片坚硬、生冷的岩层上，刚刚睁眼醒来，翻身坐起。

曹海的头顶上仍是一片星空，但是比起他今夜开始捕猎之时，繁星隐去了不少，而东方的山脉之后，已经泛起了一片朦胧的、仿佛被海洋泡沫洗刷过的淡黄色。

“曹先生，你醒了？”

曹海猛然回过头。他看见了雍陀。他没有戴面具，坐在一张石头搭起来的长椅上，身子稍微往前弓，双手搁在膝盖上。在他右侧，约三米之外，竖着一根约一人高的火炬。火光照亮了雍陀赤裸的上身，也在曹海的身后制造出长长的阴影，仿佛在他身后，有另一个瘦长、披着黑色斗篷的人，收紧脖子，跪倒在地。

曹海的第一反应是摸索自己的身侧。他当然没有找到武器。然后，他就当雍陀不存在一样，观察左右两侧，以及身后。这里是山谷间一处宽阔的荒原。四周似乎没有任何人，但是在附近的小山丘上，或者乱石之间，很容易藏人。

他想起来发生了什么。雍陀的替身，把他们引到岚汸营地的射程中的一处，然后以自杀的方式使用震撼弹，暴露了他们的身影。曹海只能带领手下，在岚汸部队的枪火之中撤退。撤退的过程中，曹海考虑到了撤退路线过于单一的问题，但是已经没有机会集合手下，重新规划路线了。他们逃离了岚汸营地的火力网，却跌入了雍陀本人的陷阱。“锡兵之子”从一处山坡冲下来，迅速把他们包围。他们一度借助一条地面塌陷后形成的天然壕沟还击，但是战斗没有持续多久。几轮枪响之后，曹海身边已经没有护卫了。大势已去。整个计划是怎么破灭的，手下是怎么死的，这一切就像在短促的睡眠中落入一个破碎的梦，只有喉间和舌头表面的烧灼感（接触滚烫枪口所造成），至今仍在口中不停搏动着，仿佛口中养了一只狂躁的毒蜘蛛。

“你的婊子骗了我。”曹海说。

“当然不是了。她和你说的是实话。我和我爱的人，总是平等相爱，平等地珍视对方的生命。她对你说出的情报，以及为我牺牲的那位战士，这一切早就计划好了，并不是单独为了防备你才准备，你也不是第一个因为想趁这个机会袭击我，结果反而栽跟头的。”

雍陀站了起来。

“所以我对你很失望，曹先生。我本来以为你不会这么没远见。”

“我就是看得远，提早看清了我们迟早会变成牺牲品，所以才要这么做。”

“你可能是因为一时的不顺利，没有想清楚问题。把曹帮牺牲掉对我毫无好处。或者说，你还没有理解我们和这个世界之间是什么样的斗争。它可能会持续十几年……几十年……我们第一次见面的时候，你就看见了我把多少精力花在培养下一代上。最初和你合作，一个很重要的原因，也是你具有和年龄不符合的成熟。我不知道这几个月发生了什么，让你突然变成这样。你还这么年轻，不知道你有没有孩子？说不定我们本来可以成为世交的。”

“世交？算了吧。我和我手下的人，才不会像你们一样，活得像野兽。哼，我猜你们估计都不太习惯吃熟的食物吧？”曹海冷笑了一下。但这只是一个刻意的嘲弄，他心中并没有成功嘲弄对方的愉悦感。

“曹先生，你打算向我求饶吗？我们抓住你的时候，你把枪放到嘴里，但是没有开枪。毕竟，你这么年轻。”

曹海想说“杀了我”，但是他说不出口。雍陀这句略带惋惜的“你这么年轻”，似乎每个字都带着毒素，深深侵入他的脑细胞。他突然感到全身一阵严寒，仿佛结冰的铁蒺藜突然捆绑住了心脏。他的这具身体——他全部的幸运以及自豪——生理年龄还不到三十岁。虽然最近大脑认知出现了一些意外，但曹海依然坚定不移地觉得，他还有三四十年的健康岁月。他不认为自己垂垂老矣，经历了拼死一赌，失败之后又可无遗憾地逝去，他觉得这一切仍然是刚刚开始。更糟糕的是，他觉得自己已经死过一次了，他当年亲手毁掉了上一具衰老的身体。

难道要再经历一次死亡？

自从迁宿以来，他第一次考虑到这件事。出生时就赐予他的，他“真正”的身体以及伴随那身体的大脑，已经永远地消逝了——被他亲手掩埋了。他不觉得自己迁宿到新的身体里，是一种重生。他还是他！他只活了一次，却要死第二次。

他冷汗直冒，难以呼吸，感受到前所未有的巨大恐慌。就在这荒凉的山谷间，呐喊得再大声，至多也只能惊起无知的鸟群，他的第二次死亡就要降临了。

杀了我杀了我杀了我杀了我。说出来。

他做不到。

“是我错了，”曹海跪在地上，“请……请饶我一命。”

雍陀没有回答。

“求求你，别……别杀我，”曹海从不知道自己的声音会这样剧烈颤抖，“我可以留在您身边做事……或者我可以消失，永远不再出现。您想砍掉我一只手，一只脚……都行。不要杀我！”

这一刻，在他脑中出现的，竟然是罗平的记忆。罗平，在十来岁的年纪和曹海互相迁宿，这个很多年前就已经不存在的男孩。罗平的父母、家中白色墙壁上的一处斑点、一辆在放学途中被抢走的自行车、走在前面的初恋女友挽着她外婆的手……

曹海对自己说：我是曹海。但，就当是罗平在求饶。没错，求饶的不是我。我是失败了，但没有崩溃。做出这丑态的不是我。没什么好羞耻的。只要在这一刻活下来……

“放心，我本来就不打算杀你。”

“谢……谢谢您。”曹海抬起头来。

“但是，留你在我身边也有两个问题。一是因为，一个这样求饶的人，在我看来已经不配被称为战士。第二个问题……”雍陀声音变得沉重，“你从我这里，夺走了我深爱的情人以及我和她的女儿。那么，我作为一位心情沉痛的丈夫和父亲，需要你诚实回答我：你有没有强暴她们？”

曹海的舌头僵住了。似乎突然有一块石头堵塞了气管。

“我再问一次！”

“没有，”曹海说，“没有！我……我是要逼问她们……但是……我真的没有碰过她们！我是威胁了她们一下，但是……”

雍陀紧紧闭上眼睛，随后又睁开。

“我刚刚才放过你一命，”雍陀说，“但是你竟然马上对我撒谎。”

“我没有！请……请相信我！”

“在我的大家庭里，有一个传统。如果一个男人觉得自己尊严受辱，而被指控的那一方，坚持表示这羞辱并没有发生，而且没有第三方证人可以作证，那他们就必须用一个办法来决定谁掌握了真相。”

雍陀走向那火炬，伸出手。在火炬下方的支柱上，插着几把匕首。他拔出了其中一把，将其刃尖探入火舌中，停滞了数秒，再把它移开。此时，匕首的刀刃竟也燃烧起来。

“刀刃的放血槽中有棉芯和凝固燃油。”雍陀说，“你也来，像我一样。”

他从火炬旁边走开几步。曹海撑着膝盖站起来，踉踉跄跄地走到火炬旁边，拔出另一把匕首，如法炮制。

雍陀挥舞着火刃匕首，仿佛有亮得耀眼的红色蟒蛇在他身体表面来回游离。

“该做什么，不需要我说了吧？”

曹海握紧了匕首。

虽然匕首上有火，但这终究是匕首。

在他有枪、有手榴弹、有下属之前，这是他最熟悉的、也是他第一次用来杀人的武器。

突然间，他觉得腿不再抖动了。他又能笔直地站立，呼吸又平稳了。

他看到的不仅是生机，更是无限的希望。只要打倒了雍陀，在他背后，有无数的土地和人，还在等待着他的征服等待他成为他们的王。

曹海想，你会后悔给了我这个机会。

然后，他冲了上去。

两人的身影只交织了一瞬间。

“当”的一声，一把火焰匕首落在了地上。

曹海的手中空空荡荡。刚才，他试图刺向雍陀，但似乎手腕还没有用力，眼前就出现一道火光，再然后就失去了武器，只剩下震得酸麻的手腕。

“我已经说过，”雍陀说，“像那样求饶的人，已经不可能是战士了。”

雍陀一脚扫向曹海的小腿后方。曹海倒在了地上。雍陀坐下来，左手从后面勒住曹海的脖子，强行把其上半身拉起来。曹海要掰开雍陀的手，但是无法使其动摇分毫。

“刀上有油，不锋利，”雍陀在曹海的耳边说，“所以会很痛的。”

他右手反握火焰匕首，刀尖刺入曹海的左边眉骨上方，如他所说，刀刃不锋利，刺得很浅。随后，他的右腕慢慢地朝右侧拖拉。曹海感觉到剧烈的疼痛和灼热。他眼前一片白光，闻到了自己身体烧焦的味道。

曹海惨叫起来。

掠过额头的匕首，仿佛给他戴上了一顶熊熊燃烧的火焰王冠。

7　我们是共犯，别声张

在群山的罅隙之中夜色仅有浓重之别，不分早晚。静谧岩洞如古老肋骨的化石，她们俩躺在其中，没有姓名，没有言语，仿佛关于她们的故事再翻过一页，这两具身躯就会化作童话中的野兽。她因为在躁动的梦中偶然翻身压到了受伤的左耳而痛醒，第一眼看见的是那女孩睡脸的剪影。她伸出手，越过已燃尽篝火的灰烟，指背轻轻碰触女孩的脸。

那天夜里，曹砥从地下室带出了这女孩，在子弹赶上她们的发梢之前，从营地后方狭窄的暗道之中逃出。能救出的只有一人，女孩的母亲已经被折磨至死并且扔下山崖。曹砥知道女孩的父亲是雍陀，那么他手下的夜袭者应该不至于杀死女孩，但曹砥依然毫不动摇地要带女孩离开，因为她不应该在那样的狼群之中成长。女孩的母亲，如果没有落入敌人手中，将是女孩未来的模样。女孩未必会死，所以也不能说是得救，而在产生将女孩带出的念头之前，曹砥已经做好了死的准备。

她们两人都活着，但说不准到底是谁救了谁。

曹砥不确定女孩愿意跟着她走，到底是出于信任她，还是习惯了一种没有自由的童年。从暗道出来，是长距离且出奇颠簸的下山路。在需要越过有失足危险地段的时候，曹砥若伸出手，女孩会牵住，一到容易落脚处，又会放开。但女孩从不离开她的视线，何况下一次牵手，那小小手心的温暖不会消失。

她无时无刻不在考虑着下一步应该怎么办。她没有立刻得出答案，但不知为什么，心中并不焦躁。带着女孩，长期逗留在战斗区是不可能的。扮作战斗中受难的矿工家属，寻求岚沥庇护是一条可行的路子。哪怕他们知道了女孩和雍陀的关系，也并不影响女孩受到救助，而她自己的身份若暴露，在她现在看来也算不上什么可耻的结局。另外，只要能成功混进岚沥西部防线内管理并不严格的聚居地，就有办法藏身于人群中。毕竟，她是一个女人，这就大大减轻了她被怀疑为曹帮或雍陀同党的可能性。她对女孩说了，我们往东走，跨越帛河，到了那儿之后可以找人照顾你，女孩没有提出异议。

在山脚她惊讶地发现了熟悉的身影。苏垂木。他背靠一块圆形巨石站立，头发、脸上和身上都有干结的血迹。他眼中充满血丝，仿佛遗忘睡眠已久。如果忽略这双极其焦躁而疲乏的眼睛，仅看他干枯成青紫色的、略带轻蔑意味而上翘的嘴角，会以为他是要展现抢先到达这个位置的骄傲。

女孩躲到了曹砥的背后。

“我早该料到的。”苏垂木站直了说，“如果我还能碰见一个活人，多半就是你。但是我没想到你还捎上了一个。”

“你们那边怎么样？”

“只有我逃走了。”

这个答案并不出乎她的意料。

“……你有什么打算？”她说。

“我特意回到这个出口，看看有没有人从密道逃出来。”

“现在你看见了。就是这个结果。”

“如果我们不想被追兵发现……应该快点离开。”

“如果要和你同路，我没问题。”曹砥说，“但她很害怕你。”

“你丢下她，这样难道不是更好？”

“不。”

“可是你明明已经丢下她一次了。我和曹大哥在对付她妈妈的时候，有人在我们后面偷看，但是走掉了。我知道是你。如果你真的有这么好心肠——”苏垂木用手对着自己的喉管比画了一下，“你当时就应该试着干掉我和曹哥，再把她救出来。嘿，说不定连她老妈的命你也可以救下来。”

“我不够勇敢。但是现在还不迟，我不会让你伤害她的。”

曹砥的右手自然地垂下来，停留在合适的位置。她手枪的子弹已经耗尽了，但还有一件绝不会扔下的武器藏在后腰部——她的锁链。

“我对她没有兴趣。我可以把你杀了吗？”苏垂木说。

“只要把她送到安全的地方，我可以和你打。到时候就看你本事了。”

“就不能是现在？”

“如果你现在要动手……那我当然也只能奉陪。但是我看不出这样做有什么必要。”

苏垂木双手捂住自己的脸，指节弯曲着，使劲往下搓弄。当手离开那张脸的时候，他露出了一种在此刻显得有些诡异的委屈表情。

“我好累，我想洗个澡，吃点儿东西。你能不能不反抗？我保证送走你之后，不会伤害她。”

“苏垂木，你不正常。我们都不是什么正常人，但你脑子一塌糊涂。你自己并不是真的想杀我。你只是觉得，我救这女孩出来，是背叛了曹海，你想象曹海如果在这里，会对你下令，命令你杀掉我。你根本不知道自己应该做什么。”

“你又知道了？你不也是曹哥的一条走狗而已吗？现在你有自己的目标了？明明曹哥没了你才觉得脖子上的狗链没了，又有哪里胜过我了？你这个……婊子。”

“你说得不对。我是一直跟随着他，回头来看，可能跟随了太久，但我一直知道我想做什么。哪怕只是服从他命令的时候，我也知道我想做什么。如果你不理解这种感觉，那我也没必要和你解释。还有，”曹砥停顿片刻，继续说，“我猜他已经不在了，你不用再学他说话了。我知道你为什么要用他喜欢的那个讲法来羞辱我。你们去捕猎的时候……我偷偷进了你的房间，看见了那些药瓶。曹海知道吗？他不知道吧？否则他不可能让你一直留在他身边。我之前就想过，难道你……”

苏垂木突然深吸了一口气，右侧肩膀微微下垂。曹砥预料到了他要做什么，但那女孩在身后，她不能贸然躲开。她右手一挥，从身后抽出锁链，仅留出较短的一截并使其以手臂为圆心高速转动。苏垂木掷出的飞刀碰触到锁链，略微偏移目标，扎进了她的肩膀。她忍着痛楚，把锁链全力投出。苏垂木左手截住了几乎如直线一般袭来的锁链，握在手里。曹砥立刻拉动掌握在自己手中的锁链另一端，臂力不如她的苏垂木失去平衡，被拉得朝前冲过去。他对此情况也有应对——他的右手掌中藏了第二把飞刀，意欲趁两人相撞的时候，把它刺进她的身体。但曹砥算准苏垂木的来势，一个迅猛的高扫踢，击中了他的后脑。苏垂木受此重击，觉得仿佛地面翻向了天空，朝自己压过来，然后眼前一黑，倒在地上。趁他恢复意识之前，曹砥用锁链把他的手绑在了背后，再拔下插进自己肩上的飞刀，穿在交叠的锁链套环中央，将其锁死。

十几秒之后，苏垂木清醒过来。曹砥依然用膝盖压着他的脊背。他疯狂挣扎，但只是空耗力气。

“在有阳光的地方，你投飞刀的动作就太明显了。”她说。

“你不杀我？还在等什么？”苏垂木把头转向把一半身子藏在石头后的女孩，“你别看！你转过去！我看她是装模作样，不敢在你面前下手！”

“我不想杀你！”曹砥轻叹一声，嗓音在微微颤抖，“我想不通。我不知道你怎么做到的。你这么努力……这么辛苦地逼自己……让那些男人觉得你是他们的一分子，而且还要变成一个可以踩在他们头上的人。”

“他们都是废物！除了曹哥，我就是曹帮里说话最管用的男人！我就是可以踩在那些废物头上！”

“……对不起。你再这样，我只能自己去弄明白了。”

苏垂木感觉到曹砥的手顺着他的大腿内侧，朝上摸索。他更加剧烈地挣扎起来。数秒之后，曹砥猛然收回手，嘴唇微颤，然后俯下身子。苏垂木以为曹砥是想进一步给他的脊骨施压，但是没想到，她的动作非常地温柔，只是头部和上半身轻轻地搁在他的背上。他感觉到曹砥的鼻尖似乎碰触到了他的后颈。

一切似乎不那么重要的疑问都有答案了。为什么在所有人寻欢作乐的小镇上，苏垂木总是承担监视者的责任。为什么他身上充满一种奇特的、仿佛杜绝欲望的阴郁。曹砥不出声地哭了。热泪落在苏垂木的耳朵后方。

“你做什么？你他妈疯了吗？”苏垂木突然感觉到一种陌生的恐慌，“我让你快点动手——”

“为……为什么？我有什么理由杀你？”

苏垂木紧咬自己的嘴唇，咬出了血。曹砥依然伏在他后背上哭，而且快要掩盖不住自己的声音了。

“不杀我，那应该怎么办？你告诉我应该怎么办？”苏垂木的嗓音嘶哑得快要听不清了。

曹砥抹了抹眼泪，撑起身子，把苏垂木也扶起来，让他靠着石头。她发现还有一把飞刀被压在他身下，就把它收起来了。

“你是……真心想变成和他们一样吗？”她看着苏垂木的眼睛。

“你不明白。不要可怜我。”

“我——我是不太明白。麻烦你告诉我。”

苏垂木沉默了近三十秒。她一直等待着。

“……我是男人。一直到十三岁都是。然后我被扔到了这具身体里。”

“你……迁宿？”她差点说出了“也”字，“可是我记得你是共鸣会领头人的‘养子’。共鸣会难道不是禁止双宿人——”

“规矩这种东西，怎么可能对一手定下规矩的人有用？”

“对不起……我真的没想到……”

“我不接受你的道歉！老妖婆把我送过来，是因为害怕我，她知道总有一天我会杀了她。我忍着恶心，就是为了有一天可以把他们全干掉……可惜已经不可能实现了……还有，曹哥也知道。你懂了吗？我和你不一样！不要再给我流鳄鱼的眼泪了！”

“可我还是觉得……你和我很像。”

“胡扯！你不杀我，反而觉得作弄我比较有意思？！”

曹砥的眼泪其实止住了，倒是苏垂木自己开始哭起来。他一边哭，一边和哭泣的事实抵抗着，呼吸顺不过来。

“所以……所以我刚才才问你。”他继续说，“你满足了吧？我应该怎么办？每一天我都不知道自己是谁、是男是女，每一天我都活得没有目的。为曹哥杀人，至少能让我觉得自己很重要，是一个下得了手的男人……反正我的性子大概也多多少少是天生的。哪怕没有迁宿过，我多半也是一个土匪……我看你是说不出好听的话了？不打算回答我了是吧？还是说你听厌了？”

“……和我一起走吧。”

“我能去哪儿？你有毛病吗？还……还有哪儿能容得下我？”

“至少不能一直留在这里，得先走出战区。我们一起，生存概率高一些。而且你也别太小看自己了。共鸣会都快没了，曹帮已经没了，你却还活着。一定有别的地方容得下你的。”

他低下头，没有说话。

曹砥走到苏垂木背后，给他松绑，帮助他站起来，最后把那两支飞刀递到他手里。然后她转过身，找到躲在石头后面的小女孩，牵着她的手。

曹砥转过头，对苏垂木说：“来吗？”

她等待了几秒钟，没有得到回答，就牵着女孩往前走。苏垂木跟上她们俩。女孩回头看了看他，还是有些害怕。他朝曹砥的那一侧挪了几步，但还保持着一些距离，就好像只是偶然同路的陌生人一样。

三人在另一个隐蔽的山洞里过夜。

当晚，在入睡前，曹砥想着，她对苏垂木还是不够公平。等走到安全的地方——不，等明天一醒来，她就会告诉他，为什么她觉得他们两人很像。也许“很像”还不足以解释她在知道真相时，心中对苏垂木产生的连绵不断的巨大同情。首先，她会坦白，她也是双宿人。其次，她还要说，自己因为双宿而逃过了某种命运，而从某种意义上说，苏垂木的经历正相反。这让曹砥仿佛看见了另一个“自己”那无法逃避的一生。但她得好好想想应该怎么说，因为如果说得不太巧，可能会刺激到苏垂木。对了，应该继续叫他“苏垂木”吗？他未必会喜欢这个名字吧？就像她几乎已经忘记了自己曾有一个“曹”的姓氏——

她还没有想透这些问题就睡着了。

第二天清晨，她醒来，而他不见了。在余下的一生中，她对他最后的印象，止于山洞中倚靠岩壁而睡的瘦小剪影。他消失得很彻底，就像从来没有来过这个世界，就像无人阅读的童话翻到了最后一页。

8 舍弃

一天清晨，一名在帛河东岸哨站执勤的岚沥战士，在哨站门口的车道上铲除冰结。他在路边发现了一个仔细包扎好、大约和展开的手掌一般大的牛皮纸包裹。他将其拾起来，稍微掂量，很轻，就带回了哨所中。和战友们商量后，他戴上防护眼罩、口罩和手套，用刀子将其慢慢拆开。一截有点像脏兮兮白色蜡笔的手指掉落在桌面上。

一个半小时之后，包裹及其内容物，在确认无有害物质之后，送到了雷东胜的办公室。除了手指，还有一只U盘，其中包括“锡兵之子”拍摄的影像。戴着面具、声音经过处理的雍陀（因此无法确证是他），宣布将交给岚沥一份礼物。他消灭了长久以来一直困扰岚沥的曹帮，并且捕获了其领袖曹海。他愿意将曹海以及五名被俘虏的岚沥士兵交出去，那只手指属于其中一名士兵。雷东胜无法确认视频中出现的人是否是曹帮的领袖（眉骨以上紧紧包着厚厚的绷带，身材高大，神情涣散），因为军中无人亲眼见过曹海本人。但是，那五名消瘦的士兵确属岚沥一方，雷东胜甚至记得其中两人的面容。手指指纹也和其中一人的生理信息档案成功匹配。当然，这份“礼物”并非免费赠送。雍陀提出了一个看似简单但奇特的要求——他要和韦一宸单独对话一个小时。岚沥一方不得现场记录或旁听对话内容。

如果对方要求的是除韦一宸之外的任何人，雷东胜都不可能答应，毕竟有泄露军事秘密的风险。但他明白，韦一宸并不是“锡兵之子”的间谍，对方要与他交流，必有其他原因。

当然，在雷东胜下决策之前，这条消息就传到了色西瓦秘书长耳中。

救回俘虏并且把曹帮领袖抓到手，对雷东胜来说将是一件大大提升士气以及他本人声望的事。色西瓦秘书长则有别的需求。雷东胜不太认同秘书长希望借此机会处理韦一宸的想法，但这若发生了，对他来说也不算是损失。他们虽然目的不同，但依然达成了共识。

黄昏时分。岚矿二村的一处公共空地上，一些居民正在刚刚打造好的露天溜冰场上玩耍。笑声、喊叫声和摔倒的声音交织着，飞散起来的冰屑在晚霞的染映下如同黄金沙粒。韦一宸和姜黎坐在空地旁的长椅上。现在看来，当初韦一宸被送到村里而不是军营里的医院，反而是件好事，因为他们俩最近都有感觉，总部各处都有向雷东胜通风报信的人。

“决定权在你手上。”姜黎说，“如果你不想去，雷东胜是没办法强迫你的。在我看来，整件事太可疑，尤其是你。”

“啊？怎么是我可疑？”

“当然是你。为什么雍陀一定要和你聊一个小时？当然，谈话本身不是他的目的。他可能想趁机把你抓走做俘虏什么的。所以韦一宸，你知不知道为什么你在雍陀眼里这么有价值？”

“我不知道。”

姜黎没说话，稍微歪着头，使劲盯着他。

“……其实有点儿眉目，”韦一宸改口了，“我调查的那个‘半面村’的案子好像和‘锡兵之子’最早的来源有点关系。但是具体的也不太清楚，那案子我查到最后，资料都被总部收走了。”

“就这些？”

“就这些。”

“我觉得你肯定还有什么东西瞒着我，就像两年前找杀手合作那件事一样。这事情很危险，雍陀指不定有什么打算，雷指挥官肯定也有他自己的主意。我觉得雍陀本人不会来……但是如果他来了，像这样你们两人在一块儿的机会，大概不会有第二次。如果有人想同时对付你们，这就是机会。如果你不想去……”

“我去。”韦一宸像要确认自己的决定一般点了点头。

“……那我就不阻止你了。”

“嗯。”

“多谢你为我着想了，姜黎姐。”

“我只是觉得，如果不是一定有必要，就不要冒险。我看不到这场所谓的战争结束的那一天……可能我的脑袋还没适应吧。我依然觉得我还是干员。”

“我倒没这感觉了。”韦一宸说。他想起了在那次撤退之中死去的战友的面孔。

他们不说话了，不约而同看着滑冰场中央，一个大人背后像列车一样带了一串小孩，后一个都扶着前一个的腰部。那领头大人似乎也滑得不算顺畅，整个队列都有些歪歪斜斜。如同目击一次酒驾，韦一宸和姜黎都能从这队伍滑雪的模样，预见到它某一环将要出差错的糟糕状况，比如有人摔倒，导致更多的人摔倒。他俩当然并不希望这样的事发生，只是这预感挥之不去。

当夜，姜黎独自来到了岚矿四村的哨所附近，在一处隐蔽的矮墙后站立着。若抬头，可以看见附近居民楼发出的温暖灯光。一户户人家的交谈声、锅碗瓢盆的碰撞、家具的轻微挪动等生活杂音，随着这些灯光一同散漫地扩散到夜晚的空气中，让姜黎长久以来一直紧绷的大脑感到一种迟缓、不慌不忙的愉悦感。

乔修书在姜黎右侧出现，走近。

“有线索了。”他说，“我找人从外面堵塞了那一栋房子的排污管道，然后他们果然找人进去疏通了。进去干活的师傅也是我们安排的。他回来和我说，他听见那老头子身边的人叫他‘色西瓦’，有时候还带一个‘秘书长’的头衔。”

“还有别的吗？”

“这些就是全部。除了从大门到厕所那一条道，房子里剩余的部分，都被遮得好好的，压根没让师傅看见多余的一砖一瓦。”

“色西瓦……秘书长……你有印象吗？”

乔修书耸耸肩，然后说：“应该不是安防司的人。可能是一个我们不知道的市政府代表？”

“自从他出现，雷东胜就表现得有些奇怪。他身边的两个保镖，也不像普通人。”

“我觉得啊，首先他肯定是一个不容易打探到背景的大人物。但是他年纪这么大了，行动也不方便，只跟着两个保镖就来到这地界，也不讲什么排场，这说明他到前线来的这事，不希望太多人知道。他来了之后，你们从市政府那边收到的指令并没有什么变化，对吧？”

“他到来的之前和之后，我们的日常行动计划都没有什么变化。这说明，他至少不是来传达市政府的意志的。他好像也没有和雷东胜之外的任何人交流过……至少表面看来是如此。”

“我听你说的，感觉雷东胜也不怎么愿意这老头子黏在这里。所以，他在这儿也不受欢迎，在市里也不受欢迎。一个可怜的孤寡老人啊。该不会是雷东胜有一个他自己都不知道的老爸，来求着他养老吧？”

姜黎对乔修书的冷笑话不置一词，陷入思考：“色西瓦……秘书长……秘书长……我是不是在哪儿听过？安防司和市政府里都没有这个职位啊？我想想，该找谁问问。”

“这个你得缓一缓。”乔修书说，“问错人就麻烦了。”

“我有分寸。行了，我该走了。谢谢你。”

“我是认真的。小心一点。你不是说过吗，雷东胜行为里最可疑的就是他好像在针对韦一宸。‘秘书长’到这里来，说不定也和这件事有关系。他们都知道是你帮过韦一宸好几次。”

姜黎点了点头，朝乔修书摆摆手，转过身离开。还未走出半步，她突然停下，转回来，略微皱眉看着他说：“你是不是戒烟了？”

“戒了。和村里这些哥们吃饭什么的，要说服他们别再给我敬烟，特别难，他们一眼就看出来我是老烟枪。到下个月就满一年了，我还在想该不该庆祝，也算人生大事一件。你怎么看出来的？”

“感觉。”

双方确认会面细节，花费了一些时间。这场约见发生在一个星期之后。

双方共同选择了一片开阔、平整，难以隐藏军事行动轨迹的地域。在这平原中央，临时搭起了一座营帐，用作会面地点。

由于会面的结果不可预测，这整件事，包括敌人要把五名俘虏以及曹帮的首领交给岚汸一方，目前只有指挥官以及必要相关人员知道。

下午三点，雷东胜、韦一宸以及部分卫兵来到了目的地。在离那会面营帐约五十米处，他们用铁丝网，拉起一个临时防线。岚汸一方的侦察兵，已经提前一个小时到达现场，以确认四周没有敌人的伏兵。

今天晴朗，没有下雪，风速也不高。

现场充盈着一种平淡的沉闷感，就好像一出戏剧将要开演，观众们纷纷入座，但他们不约而同地预感到这出新戏的平庸，所以很难兴奋起来。

三点十五分，他们看见一辆绿色卡车，从西边远处快速接近营帐，同样在大概五十米处停下了。

坐在防弹车中的雷东胜回过头，对后座上的韦一宸说：“时间到了。”

韦一宸点点头，准备下车。

“不管发生什么，记住，”雷东胜朝后探出一只手，指着韦一宸，“你代表的不是你自己。如果你做出任何不恰当的事情，那会严重损害我以及姜督司的声誉，尤其是她的。如果没有她做担保，我不可能冒这个风险。”

“我明白。”

他下车，跨越铁丝网的界线，向着营帐走去。

“锡兵之子”一侧的卡车副驾驶座上，也走下来一名战士。

他们双双走进营帐。

雷东胜通过对讲机，与隐藏在两侧远处山崖上的侦察兵对话。侦察兵回复“无异常”，但是还有时间搜查更多的地方。雷东胜以已经完成预定计划，无须节外生枝为由，命令侦察兵撤离。

韦一宸走进营帐中。其中的摆设很简陋，只有一张横木桌子和两把椅子，没有任何可藏匿人员或者武器的角落。“锡兵之子”的代表站在桌子对面。他看起来是一名精壮、经验丰富的战士。

“我叫库马丹。”他说，“我代表‘锡兵之子’。”

“我就是韦一宸。”

对方点点头。韦一宸没有在战斗中见过这名战士，但是对方似乎相当有自信，“锡兵之子”一方不会派一个仿冒品过来。

“雍陀在吗？”韦一宸问。

“军长不会到现场来。但是如果谈话顺利，你会有机会见他。”

说完之后，库马丹给韦一宸搜身，确认他没有武器和录音设备。做完这一切之后，他拿出别在后腰的对讲机，说了些什么。

营帐外，岚汸一方的人看见卡车慢慢朝着营帐驶近。它在几乎与营帐平行的地方停下了。从卡车后车厢上下来了数名戴着手铐的人。一名“锡兵之子”的士兵，把他们赶到车前，然后解下了他们的手铐。六个人朝着岚汸那一侧走去。他们步伐焦急，但走得都不快，显然一个个体力不支。雷东胜立刻让士兵上前接应，并且确认他们的身份。大约十分钟后，雷东胜喊话，他的声音从防弹车顶上的扩音器传出来：“俘虏的身份已经确认了。从现在开始，你们有一个小时。”

韦一宸和库马丹都清晰地听到了雷东胜的喊话。两人在桌子的相对侧坐了下来。

另一方面，雷东胜得知，所有侦察兵已经离开现场。

如果仅仅是他一个人的决策，他不会这么做。既然雍陀本人没有到场，那么就不应该贸然展开军事行动，影响这次会面的“公平”，以免得不偿失。他的个人意愿是倾向于让侦察兵全程都停留在隐蔽处，防止敌人使出什么狡诈的计谋，或者暗中聚集兵力。

是色西瓦要求雷东胜提早让侦察兵都撤离的。他拒绝说明理由。这让雷东胜十分担心。无论色西瓦要做什么，若从大的战略层面上对岚汸造成影响，最后都很可能是由雷东胜承担后果。

现在的雷东胜觉得自己有三种身份。一个代表自己；一个代表市政府的意志；另一个，是无法反抗色西瓦意志的走狗。如果没有色西瓦一路以来的栽培，他不可能走到这一步，自然也有不少不应透露的个人信息，掌握在色西瓦手中。但是目前看来，这三种身份中，雷东胜觉得自己最多能平衡其中两种。而且归根结底，他没办法舍弃他自己。

这时，如果岚汸一方的侦察兵继续停留在原地，那么一定会发现一个可疑的身影。

他们离去之后，一个穿迷彩服的男子在南侧山崖上一处极隐蔽的位置趴下来，安置好了狙击枪。

他被称为K2，是色西瓦身边的两名保镖之一。另一名保镖代号是K4。

K2收到的首要指令是，若雍陀出现，立即射杀。

第二道指令是，在秘书长不中途更改命令的情况下，等韦一宸与敌人交谈完毕，再将其射杀。

目前看来，第一条指令是不可能实现了。

那么他无论如何都要完成第二条。“无论如何”是色西瓦秘书长的原话。

在狙击点等待一个小时，算不了什么。他埋伏于一处不动弹的最长时间超过四十八小时。

他当然不知道为什么秘书长需要杀死韦一宸。若知道了，反而只会给他的工作带来障碍。

约定见面的营帐中，库马丹拿出了另一个对讲机，放在韦一宸面前。

“不要碰，就这样用。”库马丹说。

片刻后，对讲机中传出了声音：

“是韦一宸吗？”

“是我。”

“希望你还记得我的声音。”

“怎么可能忘？”

虽然对讲机中传来的话语声略带杂音，但韦一宸心中一瞬间就涌起了那种焦躁和愤怒混合的不适感。过去，当他一度猜想自己也许永不可能战胜另一个强敌——渊容的时候，他会觉得不甘心。但是雍陀并不会在他心中引起这种感觉。这不是因为韦一宸觉得，若再战一次，志在必得，而是因为他并不想和雍陀短兵相接。他对再经历一次那样实力相差悬殊的战斗，并不期待。

“那你想聊什么？”韦一宸说。

“‘薪柴都堆好了，让我们点火吧。’你记得你自己说过这句话吗？”

韦一宸沉默了。

“回答我。”

“我记得。在和你打的时候。”

韦一宸的确记得。但他犹豫着没有回答，是因为他知道自己吐出了那些字句，但似乎对那一刻应该说什么没有掌控权。那像一句在半睡半醒时刻说出的梦话。若有人提醒一下，他会承认自己曾说过，但是无法对那一刻说出这句话的决定承担责任。

“你为什么说出那句话？”

“我不知道。但当时多亏了你，我受伤很重，脑子也不清醒。如果我说出什么奇怪的话，那可能你要占一半功劳。”

“你从哪儿听过那句话？”

“我不知道。”

“你曾经调查过‘半面村’的事情。你说出的这句话，和那次调查有关吗？”

“我觉得无关。但是案子最后的调查权被夺走了。就算有关，至少我没发现。”

对讲机那一头的雍陀笑了。

“你是打算对我的每个问题都说‘不’吗？”

“我都是照实说。不好意思，我觉得这样下去，我们撑不到一个小时。”

“韦一宸，也许我不是你的敌人。上次，我本来打算把你带回去，但是被民兵们阻止了。这一次，虽然你一问三不知，但我还是觉得你没有说实话。你愿意到‘锡兵之子’这边来吗？我们应该好好谈谈。”

“如果我说不呢？”

“虽然我可以下令让库马丹把你抓回来，但我希望这件事是你自愿的。这样，更容易摆脱肯定会有的岚汸追兵。”

“我不愿意。你们打算动手？”

“那样的话，就算能成功把你带回来，也免不了两败俱伤。我再问你一个问题，希望你这次回答的时候，不会又是一个令我失望的‘不’。”

“什么问题？”

“如果我说，我手下的人已经潜入岚汸，找到了一个你很熟悉的人，随时准备对她出手。你会为了不让她遭殃而跟我走吗？”

“……你指的是谁？”

韦一宸站了起来。

“坐下。”库马丹说。

“总算有点别的反应了。”雍陀说，“不要激动。说实话，我不太清楚她和你的关系。不过根据你那些口风不太紧的战友的说法，她和你的关系相当近。毕竟，在一个人要出征的时候，有一个女人愿意亲自把他送上前往远方的军车，是一件很让人感动的事。并不是每个战士都有这样幸运。”

“我再说一次，坐下。”库马丹再次说。

韦一宸捏紧拳头，坐下了。他心跳得很快，头上开始冒出冷汗。当时几乎整辆车的战友，都目击了他和周亢的分别。岚沥市毕竟就那么大，如果在那些战士中，有人认得出周亢——最近才在多国多地进行签售的岚沥女作者，并不稀奇。只要有一个人知道她的名字，更多的人都会知道。其中恰恰有一人，成了雍陀的俘虏。

“我不相信你。”

“你想要证据？什么样的证据呢？一段惨叫？一根手指？”

“不，”韦一宸尽量让自己镇定，“她现在还不在你手里。如果你手下有少量的人能穿越我们的防线，渗透到岚沥市内，这我相信。但是你们不可能抓到了她，还带着她到西边来——”

“你是不是太紧张，脑子不清醒了？”雍陀第一次打断了韦一宸，“我可以把她藏在市内。如果你现在站起来，逃出这帐篷，那我就会让属下立刻下手。不过你也不用太紧张。我会给你思考时间。”

韦一宸明白过来，为什么这场谈话会定为一个小时。按照事先约定，双方在这一个小时内，都不能有任何破坏对话进程的行动，也就是说不能接近这营帐。而且韦一宸现在没有办法通知同伴。在这个场合下，库马丹是雍陀的眼睛。他的作用远远不止于搜身、传递对讲机，他的存在，是为了确保韦一宸不提前离开此地。

但他有一个小时。去除目前的对话时间，他至少还有四十五分钟。冷静，他对自己说，冷静。雍陀很有可能只是信口开河，没有任何证据。否则，先抓到周亢，录下她的声音，再以此来要挟他，岂不是更有成功把握？所以，雍陀必然只是在信口开河。

但是……万一呢？

雍陀并不是会信口开河的人。就凭他战斗的风格来看，他不喜欢虚张声势，因为没这个必要。

也有可能他手下的人，已经跟上了她，随时等待出手——

还有四十二分钟。

急躁、焦虑和恐慌完全占领了韦一宸的大脑。他觉得自己仿佛是仅凭粘在手上的蛛丝，悬在万米高空，而蛛丝的另一侧同时有一群巨大的黑色毒蜘蛛在朝他接近。"雍陀在撒谎"就是这缕蛛丝，但它是多么不可靠。

"假如她真的在你手里，那如果我跟你走，怎么能保证会放走她？"

"就凭我的承诺。你有更好的选择吗？"

时间一分一秒地过去。

K2还在他的预定位置，一动不动。

他的耳麦中，色西瓦传来信息："情况有变化吗？"

在K2的位置，当云层移开、阳光到达某个特定角度的时候，他能隐约看见营帐中两个人的剪影。他知道，那两人一直静止着，等待着什么。

"没变化。"K2回答。

"计划不变。若韦一宸一离开对话地点，立刻射杀。"

"明白。"

而在防弹车中，雷东胜也开始焦虑起来。让他疑惑的是，那营帐中似乎什么都没有发生。事态的平静，超过他的想象。

风也静止了。众人刚到达现场的时候，营帐的外表面还会隐约掀起波纹状的皱褶，现在则是平滑一片。在这略微闪耀着冰蓝色的、冻硬了的泥土和岩石之上，这平静的营帐就像一座浅绿色的死火山。

突然，轮胎急转的声音打破了现场的平静。

另一辆车从东边接近，在离雷东胜的车子只有数米的时候急停了。

姜黎从车上冲了下来，跑到雷东胜的车窗旁边，使劲敲击。她满头大汗，显然相当焦急。

雷东胜不得不摇下车窗说："怎么了？谁让你到这来……"

"借你的扩音器给我用一下！我有重要的话要通知韦一宸！"

"你……你干吗？有什么话先和我说……"

"……对不起，真的很急！"

姜黎把手探进车内，迅速打开车门锁，一只脚踏了进去。她不顾满面怒容的雷东胜，抢下了别在他胸前连接着车顶扩音器的对讲机，大声说：

"韦一宸！周亢没事了！西城区分部已经保护了她！你快回来吧！"

同一时间，营帐内的两人都听清了这句话。几乎是在一瞬间，韦一宸踢翻了桌子。对讲机摔落在地。

"给我！"雷东胜抢回对讲机，"你是想受处置吗?!"

"先把他带回来再和你解释！"

雷东胜把姜黎推出了车子。姜黎一转头，看见营帐东侧掀开了——先出现的是她不认识的库马丹，随后是他背后的韦一宸。韦一宸一只手从后面绞着库马丹的脖子，另一只手则把库马丹的右手朝后拧，在强迫他朝前走。看来营帐中发生了搏斗，但一瞬间就结束了。

他们两人踉踉跄跄走出好几步，但库马丹并不放弃，他突然一弓身，发挥出韦一宸没料到的力气，把他翻倒在地。两人厮打起来，一时不分胜负。

"快去帮他！"姜黎对雷东胜说，"下令啊！"

岚汸这一侧有十名左右的士兵，上前帮助韦一宸，只是举手之劳。

但雷东胜迟迟无法下决定。这个状况在他意料之外。韦一宸能脱身，并且抓一名敌人回来做俘虏。这应当是好事，但是色西瓦秘书长应该不会高兴吧？他一定会被秘书长责备……被恐吓，为难……又一次屈辱……

"算了！"

姜黎拔出手枪，自己冲了上去。

韦一宸一脚踹在库马丹的肚子上，但他自己面部又挨了一拳。对方虽不如雍陀，但也不可小觑。而且，虽然已经伤愈了，但他还没有做太多恢复性训练，缺乏手感。虽然是这样，但他心中并不恐慌。他最害怕的事情已经解决了——既然姜黎说解决了，那就一定是的。哪怕要在这里和这家伙缠斗半个小时，也没问题。

但是，他看见姜黎持着手枪，朝他奔来。

他想，为什么是她独身一人？她可是指挥官级别。雷东胜那家伙呢？他手下的兵力呢？

他的思路，被一声巨响打断了。

枪声。

韦一宸亲眼看见，在枪声已发、回音尚未荡起的时候，姜黎身子一歪，仿佛有看不见的绳子钩住她的腰，从右侧使劲拽了她一下。她倒下了。

是K2开枪了。

子弹贯穿了姜黎的身体。

他没有打偏。他不打算打偏。这就是他的目的。

他是要杀死韦一宸，但是韦一宸和库马丹正在缠斗，难以一发即中。

这时候，K2认识的女督司冲出来了。他知道，韦一宸和这名女督司关系不错。

先击中她，必然能为他的下一枪提供机会。

而K2的目的也达到了。

韦一宸放弃了和敌人缠斗，转过身，向着姜黎冲过去。姜黎丝毫不动弹。他能看见她身下的血泊在短时间内迅速扩大。

时间仿佛变慢了。他在姜黎身前单膝跪下。他不敢碰她，也不应该碰她。他不知道该怎么办。他从牙齿到手指尖都在颤抖。姜黎的血浓得刺眼。

K2瞄准了静止的韦一宸，扣动扳机。

这一次，击中的是朝韦一宸扑过去的库马丹的右腿。

这名“锡兵之子”的战士，起了和K2同样的念头，要趁韦一宸无暇反击的时候抓住他。中弹之后，他滚倒在地。

雷东胜下了车。他也看见了姜黎的血。

他无力思考需要舍弃自己的哪一部分。但是却有一种冲动，驱使他举起手，下令。

数名战士听命冲了上去，两人抓捕库马丹，剩下的人掩护韦一宸和姜黎，要把他们救回到安全地带。

这一次，K2再也无法完成任务了。第二发枪击的弹道已经暴露了他的位置。韦一宸把方向指给身边的战士，他们朝K2所在的位置开枪。

他只能匆忙离开。

韦一宸紧紧握住姜黎伸出来的手，叫着她的名字。

9　幸存者的忧郁时刻

岚矿四村的一间平房。乔修书在屋外打电话，左手手指一度停留在头部上方，轻触着头皮，顺着灰白交织的一束头发慢慢滑下去，直到触及后颈。雪花粘在他的肩膀上然后迅速融化，留下如小虫尸体一般的黑色残余。他打完了电话，回到屋里。屋里四个人在打麻将。有一个人说：“乔大哥，我家里有急事得走了，你来凑我这一角吧。”乔修书不理会，穿过客厅。那人又说：“乔大哥？”另一人赶忙拉住前一个人的胳膊，轻声说：“别嚷嚷了，他情绪不好。”乔修书走进洗手间，从里面锁上门，在洗手池面前站着，把出水口塞子堵上，然后把水龙头开到几乎最大。水池子很快灌满了。他仍不关水龙头，使其溢出来，浸到脚边，然后双手撑着洗手池边缘，把整个面部探进水里。没人听得见的吼叫。

后来，在岚汸二村的那片溜冰场附近，他揍了韦一宸肚子一拳。他知道这一拳没什么理由，但是忍不住。

“当时就一点儿办法都没有？”乔修书说，“你这个小破脑袋瓜不是很会想主意的吗？”

“……根本没……”韦一宸皱着眉头缓了一会儿，继续说，“谁都没想到那里会有狙击手。而且不像是冲着姜黎姐去的。他的目标可能是我。”

“所以她替你吃了一颗子弹。你真了不起。你的命值几毛钱？来来，报个价——”

乔修书掏出皮夹子，从里面抓出几张现钞，强行推到韦一宸怀里。韦一宸只能用手兜住，然后乔修书又把皮夹子翻过来，抖了几下，几枚硬币掉在坚硬的地面上。溜冰场上有几个小孩，停了下来，看着这边。

“靠，我就这么多了，原来我这么穷。够了吗？都是你的了。你给我跑回去把那颗子弹接了。”

他把皮夹子摔在地上，转过身，叉着腰，肩膀随着胸腔一同起伏。那些被硬币吸引的小孩发现乔修书朝着他们，缩着脑袋走开了。

“是‘锡兵之子’那边的人？”

“还不能肯定。”韦一宸只能把那几张钞票卷起来，“我觉得雍陀应该还不想杀我。而且那也不像他们的手法。如果真的想杀我，雍陀说不定会在当时和我谈话的那个手下肚子里塞一个定时炸弹，这比用狙击手更符合他的性格。”

“还有谁在场？”乔修书转过半个身子。

“雷指挥官，我们这边的几个士兵，还有对面送回来的俘虏。就这些人，没了。你千万别轻举妄动啊。姜黎姐肯定也是这么想的。”

“我没那么蠢。”乔修书说，“再说了，我根本进不了军营医院。连去看她一眼都不行。”

“等她情况稳定一些，会送回市里继续治疗的。到时候你就可以去看她了。”

韦一宸暂时还没有机会对姜黎亲口说谢谢。

她的胃部被射穿，除了外伤，还引发了腹膜炎和失血性休克，情况一度十分危急。目前已经完成了部分胃切除手术，院方正在严密监控，防止术后腹腔感染。有两件事救了她。一是她当时穿了防弹背心。子弹冲出身体的位置离脊椎很近，原本有可能致其断裂。防弹背心虽未能阻止身体遭贯穿，但减弱了子弹的冲击力。二是有医护人员在现场，其职责本来是即时检查俘虏们的身体状况。他们第一时间做了应急处理。从这个角度来说，雷东胜的在场至关重要，因为是他决定带上医护人员。至于雷东胜和枪击事件有没有关系，韦一宸并非没有怀疑，但他决定暂时不和乔修书讨论这些。

因为现在还无法和姜黎说话，韦一宸和西城区分部联系，确认了正是姜黎未雨绸缪，要求分部派人暗中保护周亢。姜黎尤其强调过，在韦一宸与敌人会面的那一天，必须提高警觉。为了不影响韦一宸的临场判断力，她并没有事先告诉他。当日下午三时许，周亢结束了和编辑的会议，走进地下停车场的时候，有两名男子尾随，试图绑架她。三名埋伏在附近的干员及时干涉，保护了她，并且逮捕了其中一人。经审讯和调查，得知此人其实已经作为雍陀的信徒，依靠虚假身份证明在岚汸市如普通人一般生活了三年。由此看来，远在和岚汸市产生直接冲突之前，“锡兵之子”的布局就已经开始了。

乔修书转过来。韦一宸把钞票递给他。他接住了，刚想弯下腰，突然停住了，看一眼韦一宸。韦一宸把头转向一边。乔修书蹲下，把硬币从地上一枚枚抠起来，最后拾起皮夹子，拍拍灰，把钞票和硬币都塞回去。

“如果那一发子弹是针对你的，”乔修书说，“你现在应该避避风头。关于那个狙击手，你还有什么能交代的，都告诉我。我来想想办法。”

韦一宸点了点头。他把会面地点告诉了乔修书，顺手画了一张图，描绘他所猜测的弹道。

“行。”乔修书把那张简易图纸收起来，“还有一件事。你听说过‘色西瓦’这个名字吗？”

“没有。”

“‘秘书长’呢？”

“没……”韦一宸停顿了片刻，继续说，“你说的秘书长和前面说的色西瓦是一个人吗？”

“当然是了，是最近来到前线的一个奇怪老头，带着两个保镖，感觉背景不一般。我问过姜黎，她也不大认识。这家伙来了之后，好像和雷东胜一直在计划些什么东西。”

韦一宸努力回想渊容曾经对他说过的话，然后说：“你确定他叫色西瓦？不叫奥，奥壮，奥占……什么来着？”

“你在嘀嘀咕咕些什么乱七八糟的？”

“算了，我记错了。但是我可能可以找个人问问。”

三天之后，乔修书安排村民在色西瓦的临时住宅门口附近蹲点，拍下了数张这名老人的照片。乔修书把照片的数码副本交给了韦一宸。

随后，韦一宸暂时离开了前线。假期得到了雷东胜的批准。在当时的十多名目击者看来，韦一宸和姜黎毫无疑问是整件事之中的英雄。韦一宸对雷东胜说，雍陀一方以周亢的性命为要挟，让他透露军力分布方面的秘密。这个说法当然是有漏洞的，但是唯一能证明其纰漏的人——库马丹，在被关进监狱之前，就因为在众目睽睽下逃走并试图翻越铁丝网而遭射杀。当然，韦一宸提供的答案其实对雷东胜也是很有利的，因为雷东胜需要一个单纯的、能提升士气、容易对市政府做出交代、还能塑造自己当机立断之形象的故事版本。

韦一宸之所以暂时离开前线，是因为他还有一些疑问需要解决，有一些人想见。

南太平洋上的一座岛屿。

通常，在完成下午的潜水课程教学后，他会花一些时间和学员们待在一起聊聊天，或者满足他们一起打一轮沙滩排球的要求。老板对他说，这是售后服务，用来弥补他在推销潜水设备方面的不足。他不是一个优秀的销售员，甚至称不上合格，但是当学生们占用了他过多的课余时间，那么可能会出于一些补偿心理，购买他使用的那几款潜水设备。

但是今天，一条特殊的信息提醒在他的手机屏幕上跳了出来。他一看见，就不得不取消了今天的“售后服务”，背离学员们失望的眼神和老板的呼唤，朝着自家的方向快步走去。

他住得离工作处并不远，毕竟这座岛屿面积还不到一百平方公里，而大部分住户都集中在西南边，游客们向往的海岸线附近。那座白色小屋是他的家。

他回到家中，尚未洗澡换衣服，就进入书房，在书桌前坐下。女儿还在学校，但他还是谨慎地关上了门。他打开电脑，启动了能隐藏IP地址、反追踪的通信软件。

有一条信息在等着他回复。

——给你看几张照片。

在这句话之后，显示出了色西瓦秘书长的三张照片。因拍摄角度不佳，且隔了一层窗户，这些照片都比较模糊，只捕捉出了带着重影的侧面。

他盯着它们，大概半分钟，然后回复：在哪儿拍到的？

——先说说你的想法。

他回复：是他。

——确定？百分之九十？毕竟老了很多。

百分之百。他就是奥占·森阿蓬，至少他当年用的是这个名字。竟然还活着。在哪儿拍到的？

——一个地方。

？？

——我只是想让你确认一下。

你不打算告诉我是怎么回事？

——我也不清楚，所以首先必须弄明白，他是不是就是你说的秘书长。

他想了想，然后回复：需要我帮忙？

——不用了。他现在的地点，哪怕你回来也不可能接近。

他突然有点生气，回复：你是说我不可能做到？

——是真的，这里枪林弹雨，没打算打扰你现在的生活，有什么进度我会和你再联系。

他皱眉，快速地在键盘上敲击着什么，但是句子还没完成，屏幕上就显示：

——再见。

对方下线了。

他叹口气，关闭了软件。

那绿得刺眼的简陋程序窗口消失后，出现的是电脑壁纸——他和女儿的合照。他抱着女儿，两人脸颊贴近的地方，就像水母灯之中的彩色光球一般黏着。棕榈树在两人头顶投下树影，他们的脸上、身上都沾染着海沙。这是一张仿佛能让人闻到阳光和海风气息的照片。女儿的笑容是如此自然、舒畅。在母亲去世之后，再次让女儿笑起来，是他这辈子完成过的最艰难的任务。

他发誓过，这是他绝不可能舍弃的人生成就。

他没有理由背离这誓言。

那款软件的所有信息都是阅后即焚，他并没有存下刚才的照片。照片上那张老迈、苍白，因为皮肤松弛以及不愉快，甚至显得有点愤世嫉俗的脸，和曾经让他经历地狱一般的暗杀训练，又曾经几乎亲手把他打入地狱的那张无情的脸，重合在一起。

刚才在屏幕上打出“需要我帮忙？”的那一瞬间，他似乎感觉到手指有一种特殊的热流——一些久违的东西在蠢动，吞吐着这海岛上难得一见的黑色以及红色。

但它并未蔓延他全身，甚至都没有超越他的手腕。心中没有不安，也没有仇恨。

他很惊讶，内心竟然如此平静。

10　寒冬中你骄傲的心，略轻于一片花瓣

下午四点半，周亢把车停在靠近一处加油站的十字路口。她略感紧张，隔着车窗左右张望，但不知道怎么就是漏过了韦一宸逐渐接近的声音。当他弯下腰，轻敲副驾驶座车窗的时候，她吓了一跳。她转过头，看见了韦一宸，他右手依然保持敲窗子时的纺锤状手势，悬在窗前。她打开车门锁。韦一宸没有立刻进来。

“我来开车吧？”

“不用了，你不熟悉路。”周亢说，“坐着吧。”

韦一宸钻进车里，系上安全带，说了一句“好了”，然后转过头，和她的目光相遇。她的眼神中有一种近似宽容的善意，只有一侧眉头微微皱起，嘴角轻翘，就好像在观赏一位特别努力投入但是误导性动作都不幸暴露在观众眼里的魔术师。

“什么好了？”她说。

“……没什么，安全带系好了。”

她明白韦一宸正经得过分的系安全带行为，是在用一种拙劣的方式“破冰”，掩盖他的紧张。至少，这倒是让周亢不紧张了。不知为什么，她之前预期（而不是期待）韦一宸再次出现在她面前的时候，处事习惯会有所改变，这个预期完全错误了。倒也好，她想。是她熟悉的韦一宸。只是皮肤变黑了些。

“那我开车了。有话路上说。”

“出发吧。”韦一宸清了清嗓子。他无意识地抬起眼睛，看了看上方的后视镜，镜中以轻微的俯视角度，映出了她看着道路前方的眼睛。

今天早上，周亢收到了韦一宸的短信。韦一宸表示他临时有假回来，想看看周亢交给他的那一份影印文件的原本，再找找有没有别的有价值信息。她答应了。

“你还好吗？”韦一宸说，“上个星期，是不是在停车场出了点问题？”

“我没事。当时突然有车冲到我面前来停住，我吓了一跳。结果从车里出来的人是安防司的。然后我就听见背后有人逃跑。我根本不知道有人跟踪我，还以为他们是抓一个和我完全没有关系的罪犯。你的那个搭档道坤也在。”

说到这里，周亢突然笑了。

“没想到你也会有小粉丝啊。”

“啊？喔，你说道坤？什么粉丝不粉丝的，就是个普通后辈，我也快干了十年了，带个后辈没什么奇怪的。”

“我之前也是找到他，才知道你是要到西边去，后来也和他聊过几次。他很认真地和我说……”周亢咳嗽一下，尽量把嗓音放低沉一些，“‘哎，至少欠了宸哥两三条命，也不知什么时候才还得清。’”她右手离开方向盘，模仿道坤，拍了一下自己大腿，“‘下辈子吧！’”

“他发神经。”韦一宸笑了，“等下辈子做什么，我这辈子还没走到头。”

“因为他说……”周亢缓缓收住笑容，“你这次去执行的任务，他的原话啊，‘感觉像打仗一样’。那么危险吗？”

韦一宸知道因为严格的管控，这两个多月，西部的实际状况并未传播到市内。市民最多了解到“安防司精英被抽调去保护西部矿山以防骚扰”的程度，民兵团也并未经历主要的战斗。

他大脑中再次出现了倒在血泊中的战友们的样子。他还回忆起了姜黎中弹后，从她的掌心传来的无力感。当时韦一宸略微使劲，挤压她的手——这是一种确认战友是否有意识的方式——但是没有感受到她发出一丝一毫的反握力。

“阿一？你走神了？”

“没……道坤他也不知道实际情况，就是瞎猜而已。对了，我实在没想到那些家伙竟然会找上你，对不起。”

“什么？谁找上我？你是指干员还是跟踪我的人？”

“就是跟踪你的人啊。”

“你认识他们？”周亢皱眉。

韦一宸突然意识到，他说漏嘴了。安防司一定没有详细告诉周亢，为什么她会成为目标。这个处理是正确的。她知道得越少，越安全。

“安防司是怎么和你说的？”

“他们说这两人是被通缉的诱拐犯，一直把独自出行的女性当作目标，所以……”周亢停顿片刻，继续说，“难道他们是瞎说的？那到底怎么回事？”

“还有一些别的内情。”

“好吧。看来是我不应该知道的事情。”她有些失望，但尽量没有表现出来。

“暂时不知道比较安全。肯定不会再发生了。”

他们沉默了一会儿。车在红灯前停下。

“那么，”韦一宸说，“我们现在是往哪儿走？”

“你去过的，我爸在山上的那栋宅子。所有文件都放在那儿。”

“喔……那我方便去打扰吗？”

“没事的，宅子里没人。他已经过世了。”

韦一宸立刻转头，看着她。突然间，他觉得自己提出的“看文件原件”的要求，成了一件十分不重要的事。他不知该说什么。喉咙中像有一个黑洞，把所有胆敢探出一个角的字词都吸了进去。她看了他一眼，露出一个淡淡的苦笑，仿佛是她亏欠了什么似的。后方的车子突然大按喇叭。红灯已经转绿灯好一会儿了。她转过头，再次发动车子。

“你不用想太多，”她说，“既然已经答应你了，我们计划不变。”

在葬礼上，有很多人比她表现得更难受。有了这次葬礼，她才知道，原来有不少人看重和她父亲之间的交情，且无论这交情本身有多少牵涉了利益。她能感觉到，那些人在对她表达着剂量精准的关心，一方面不能怠慢她，一方面又想从她这儿打探，她是否还继承了父亲一些别的事业，是否还有必要和她搞好关系。应付这些人，消耗了她大量精力，并且让轻蔑和烦闷在她心中逐渐沉淀，几乎压抑了她的悲伤。在一切杂事处理完毕之后，她单独回到那大宅子里，辞退了家政人员，把多余的钥匙串扔在餐桌上。她在钥匙与钥匙的相撞声零乱迸发之时，才感受到哭泣的愿望。是愿望，而不是哭泣的冲动，那冲动早已因为她的不断压抑而耗尽了。

“如果有什么需要帮忙的……”

“没事，”她打断了他，“该处理的都处理好了。”

上车以来第一次，他从她的声音之中听到了距离感。

车子盘旋上山，略有颠簸。冷风吹下山坡。深蓝色的小鸟从这一枯枝跳跃到另一枯枝。她把车停在大宅门口外。两人下了车，她走在前面，翻转厚厚的钥匙串，抖出沉重的一枚，打开大门。她领着他进去。当她的身影与大厅吊灯投下的阴影相交叠的那一瞬，韦一宸产生了错觉，仿佛她消失在墙壁与门之间的缝隙中。脚下地毯很洁净，纹路如迷宫。

他们走进了书房。周亢把那本小册子从书架上拿下来，在桌上展开，轻轻按住。

“就是这一页。”

韦一宸走过去。在他将要走到书桌后之前，她朝一旁挪开了，古旧的纸页以极慢的速度试图合上。他的手指放在纸面上她刚刚移开的地方。她走到书房门口，停下来，说：“那你自己看吧。我就在外面，有事叫我。”

她离开了书房。

韦一宸没有坐下来，就这样站着，低着头看。他看到了那几句话，和周亢交给她的影印本当然一模一样。除了指尖粗糙的触感，和发黄纸张的霉味，他没有感受到更多。“四号矿爆破工张、韦、韦儿（辰）失踪。”简短得几乎缺失意义，字迹的墨色也大大淡化，几乎成了废纸上的污渍。略微翻阅前后，没有发现什么相关信息。如果仔细再看几页，说不定能找到别的线索。但是，现在要线索有何用？这些线索所指向的主要记忆已经在他大脑中复苏了。模糊的过去困扰着他，但他却发现，拾回过往并没有给他带来什么灵光一现的满足感。何况，就这样面对着这张本该被遗忘已久的废纸，这也不是他回来的目的。

他把这本子合起来，握在手里，走出书房，停住了。

周亢坐在沙发上，背对着书房门口。她转过身，看起来很不开心，仿佛是被迫坐在此处，却又缺乏立刻离开的精神动力。

“你好了？”她说，“那个本子你想带走吗？”

韦一宸举起手，看了看那本子，又有些无力地把手放下来。

“我也不知道。”他说。

“那你拿着它做什么？”

“我……”

韦一宸快步走向周亢，把本子放在她面前的茶几上。她的直觉反应是韦一宸打算离开，就站了起来。他双手突然按住她的肩，她震了一下。他看着她的眼睛。

“周亢，我担心再也见不到你了，”他说，“我是特意回来看你的。”

她皱着眉头，微微闪烁的眼睛直盯着他。

韦一宸能听见周亢的呼吸声。四轮、五轮呼吸的时间过去了，她还是这样盯着他。当他几乎已经觉得自己的行为是毫无疑问的错误的时候，她突然慢慢地说：

“再说一遍。”

韦一宸的第一反应是问“说什么”，但是他脑子突然拐了个弯，开口说：

“……我担心以后见不到你了，就特意回来看你。”

“再说一遍。”

“我……”他的声音比前两次小了不少，“我怕以后见不着你专门回来看你。”

她那不高兴的模样依然未改变，咬了咬嘴唇，然后说：“说真话很难吗？有多难啊？”

“难？倒是不难。”

“在车上的时候我就给机会让你说了，你以为我不知道你在想什么？我问你在那边危险不危险，你就开始走神。”

“因为不是谈到周伯过世的事情吗，那时候不合适说这些吧……”

“胡编乱造！金鱼记忆！”她狠狠拍了一下他的胸膛，“那些话题，都是你拖到气氛都没了的时候才说的！你要是真的害怕以后见不到我，就不会珍惜一下和我相处的时间吗？你还真的做戏做到绝，让我一个人在外面待着，你在里面翻我爸的那破书！有你这么……有你这么不给人面子的臭家伙吗？你……”

这时，韦一宸突然吻了周亢。

这个吻没有持续很久。他们的唇分开了。韦一宸觉得心脏正在遭受炙烤。如果再和她吻一次，他感觉自己整个人都会融化掉。

“……不能全怪我吧。我被你拒绝过，还不止一次。”

“我解释过了，那时候我的心情不适合和别人在一起，不是借口。而且……哪怕我之前对你再怎么不公平，你要到西边去的时候，我急急忙忙送你上路，你就没感觉吗？先不管内容重要不重要了，就那么几张复印纸，我托你的小迷弟送给你不是更方便吗？我大半夜闯了两个红灯我图什么？”

“当时我后面一整车的人都以为你和我……”

“是啊，一整车的大小猴儿都看出来了，”她说，“除了你。真是的，越想越气……”

周亢甩开韦一宸的手，转过身，快速朝大门走去。韦一宸连忙赶到她面前，抱住她。她的身子似乎还有一点往前冲的劲头，韦一宸把脚后跟稳住了，然后感受到她的推力在自己身前慢慢消弭。她把脸埋在他的右肩上。他的右手轻触着她的黑发。

“我没那么迟钝，但是当时我马上就要上车了。”韦一宸说，“我……当时不敢确认你的想法。因为不知道要去多久，所以不管是得到哪个答案，我都怕心里会太放不下……”

“但是哪怕没有答案，结果你还不是在想着我？还是说如果答案不合你的意，你就会不那么想我了？”

“别为难我了。你不知道这段时间我有多想你。”

“就知道说这个。听腻了。”

“啊？这就腻了？”

“我是很难讨好的。来点儿新鲜的。”

韦一宸试图再次吻她。她伸出一只手指按住了他的唇。

“不可以又来堵嘴这一套。”

她并不是真心要考验他什么，但是一看他为难的表情，她忍不住笑了。

这两个多月以来，周亢也在思念着韦一宸，但是她暂时不打算告诉他其中的细节。亲手将那一份影印本送到韦一宸手里，是她的纵身一跃。她想，幸好，那件事发生在父亲去世之前。如今她可以百分之百地肯定，她不是因伤痛和孤独而寻求安慰。她知道有一种可疑的爱情，就是在权力欲和占有欲的驱使下，夺走在其他人眼里值得爱的人。在检视自己对韦一宸真实情感的某一刻，她曾怀疑这是自己内心的真实动机。韦一宸为了别人炽热燃烧，给了别人那么多，他显然深深迷恋周亢，周亢却觉得她没有得到什么。在听道坤激动重述韦一宸如何带着他从十几名敌人之中求得生机的时候，周亢甚至会吃道坤的醋。但是有了那一次深夜的送行，一切都不一样了。那是她的投入，她对自己内心的刺探。她深深地记得自己当时害怕赶不上，焦急万分。终于看到他之时，内心一瞬间变得畅快通透，以及分别之后，仿佛觉得身体安心坠落于甜蜜与苦涩交织的迷网。她和这些感觉已经久违了。证明已经足够。

“其实，”两人分开之后，韦一宸说，“我之前是想撕掉关于我的那一页纸。”

“你要保存？”

“我犹豫着把它带走保存，还是把它烧掉。现在我决定了，应该烧掉。”

“真的？”她瞪大眼睛看着他。

“真的。”

“那些不是和你的过去有关吗？”

“我已经想起来不少了。但是看见那些字……有点像死刑判决书似的。心里不舒服。”

“那就烧吧。一整本都烧掉。我帮你。”

“可那是你爸爸的遗物。”

“没关系。我本来就想把它们都处理了。”

他们来到后院一处空地，收拾一些枯树枝，生起了火。当火焰蹿高的时候，天已经黑了。韦一宸蹲下来，先把那本子的前端探入火中，引燃了，拿在手里看了一会儿，然后再投进去。两人回书房里搬来了十来本册子，把它们全烧了。有的页面已经严重粘连，只好一点点地撕开。这还只是二分之一，但是考虑到毕竟这里靠着山野，不应当把火生得太夸张，而且过多的余灰也很难一次处理，所以这一次就只烧这么多。

韦一宸站在离火堆数米的地方，周亢站在他身边，挽着他一只手。火焰飘动，他们身后的影子把自己奋力投向夜空。

“我小时候就是在西边的矿山长大的。”他说，“应该也是在那出生的吧。我爸爸是矿工，爆破工。我不记得有妈妈……至少目前是想不起来一个像妈妈的人。但我爸爸手脚不太干净，他的手艺不光是拿来开自家矿的。他会听老板的命令，去偷偷把别家矿洞或者住人的洞炸塌。”

“你说的老板，该不会是……”周亢担忧地看着他。

“放心，肯定不是周伯。”

周亢点点头。她也认为不会那么凑巧。根据已经烧掉的记录，她认为父亲当时是承担安保方面的生意，这就包括搜寻被绑架或是潜逃的工人。

“他和一个姓张的叔叔合伙干这些事。我在他身边，从小就没学好，他也没打算让我学好。炒木屑，混合柴油和硝铵化肥，搓雷管引信，搅拌矿泥……很多这些杂活都是我在干。”

“你那时候喜欢欺负别的小孩吗？”

他看着她。

“这话啥意思？”

“我就问问你是不是从小喜欢打人。要是和你在一起，我得问清楚。”

韦一宸真想了想。

“没印象。后天被暴力机构培养的吧。”

“继续。”

“也没有太多我能说的细节。总之后来，出了件事。我想试试看自己亲手做的第一批炸药。我找到一个已经没有产出的废矿洞——四号矿……”

他停了下来，皱着眉头，突然觉得有些反胃，喉头使劲做了两次吞咽动作。

“你怎么了？心里不舒服就先别说了。”

“没事。我在洞口放好了炸药，突然听见里面有声音。我心里好奇，就往前走，一直走到最里头。我看见我爸爸和张叔叔被绑着，坐在地上。还有一个站着的人，手里拿着枪。他们没发现我。我偷听了几句，明白过来是怎么回事。第三个人是另一片矿山的老板，吃过我爸和张叔叔的亏。他们俩一起把他的一个矿洞给炸塌了。他要报仇。我没敢看，但是听见他开了枪。他开枪的同时，我爸爸叫了一声，然后就没声音了。我转头就跑，越跑越顾不上背后是不是有人追。跑到洞口的时候，我转头没看见人，但是听到了有人在后头叫我。不是我爸爸的声音。”他喉头又动了一次，继续说，“我就把炸药引爆了，没命地朝外头跑。可能算错了剂量，炸药比我预料中破坏力大多了。然后……我可能是被爆炸的风吹起来，摔到了哪儿。但这一部分我不是很确定。我只记得我在水里，挺深的，水草在我上头漂着。”

她等待着他，但他没有说下去。

“是我爸写的那些字让你想起了这些？”

“不完全是，那几行字算是开了个头吧。我在西部的时候，正好发现了一些东西。”

韦一宸本来打算点到为止，但是突然想起来，他多少自以为是的“点到为止”，不过是在她心中制造疑惑，让她不愉快。

“四号矿。”他点点头，“我找到了事情发生的地点。我爸爸的遗骨还在那儿。其实如果不是亲眼看见，我肯定还没办法都记起来。我大概是跌到水里了吧？不知为什么，等到有人把我捞起来的时候，过去的事我都给忘了。那时候岚汸市政府有一个福利计划，专门供我这样从矿区来、出生不明的小孩住校读书。然后么，然后就一直到了现在。”

她怜惜地抚摸他的脸。

他们把火灭了。

后院骤然变冷。空中的星辰早已出现，只是在没有这火堆的干扰之后，才落进他们的眼中。

“我们进屋吧。”她说。

周亢牵着韦一宸的手回屋里，然后走上二楼。周霆不在此居住之后，她把二楼的一间客房当作自己的卧室。但她还没有在这里过夜过几次，空气中多半仍是无人居住的气味。

周亢第一次看见韦一宸腹部的异常文身。

“这是什么？”她的指尖像羽毛一样在那镜像数字之下轻轻划过，带着饶有兴味的笑容看着他，“你是不是青少年时期还过得挺多姿多彩的啊？”

他突然皱着眉头，从床上坐起来。

“怎么了？”

“我又要说破坏气氛的话了。”

“你想说什么就说吧。我们时间多的是。”

“我们上次和阿春见面的时候，我对她问了一个不恰当的问题。后来我们换地方继续说话，你问我刚才问了阿春什么事，我没有说。还记得吧？”

“当然记得。你当时和我说‘不方便’。”

“嗯。其实我怀疑自己是双宿人，所以想征求她的意见。”

“为什么会‘怀疑’自己是不是双宿人？这些事情自己心里难道不是最清楚的吗？还是说，这跟你刚才和我说的，在矿山生活的那些回忆有关。”

“我非常肯定那都是我的记忆。但是有时候我会想起一些别的、感觉肯定不属于我的东西。有几次我觉得身体里好像有另一个人。至少有一次，我说出了连我自己都不明白意思的话。”

薪柴都堆好了，让我们点火吧。

“而这些数字，肯定不是我自己要求文上去的。我不记得它们什么时候出现在这里，只能肯定它们是有意义的。虽然对我没意义，但对可能在我身体内的另一个人有意义。我不觉得我‘是’另外一个人。但有几次，我觉得我‘不是’我自己。”

“听起来不太符合双宿人的定义。”

“阿春也是这么说的，不过她应该也不是非常肯定，至少不是光凭眼睛观察就能弄清楚。”

“我搞不懂，你在担心什么？”

“我担心我不是我自己。”

“不，不管心理上的感觉怎么样，你就是害怕自己其实是双宿人，对不对？”

“对。”

“如果是的话，那更不用害怕才对啊？”周亢左手握住韦一宸的一边耳朵，轻轻扯了一下，“每个人可能都有双宿的风险，但一辈子只会发生一次。这就是说，你永远是你了。”

“我没从这个角度想过。”韦一宸睁大了眼睛。

“比起那个，你还不如担心我，万一哪天飞掉了。所以你就少说两句吧。”她捏住他的一只手腕，“趁还有机会，握紧。”

他照办了。

“不准笑。”

黑暗中，他们的手指嵌进对方的皮肤，在指尖造就的小小光晕之中，身体仅剩的秘密被一点点剥落。

他们嬉闹了一会儿，又双双觉得有一个问题需要处理：自从下午见面，还没有吃过饭。他们来到一楼，周亢从冰箱里翻出了自己留在这儿的一些东西，两人一起热着吃掉了，再次回到卧室。

周亢比韦一宸先睡着。入睡前，韦一宸看着她，心中依然充满不安。

第二天，韦一宸收到了前线的命令，要他尽快回去，最好是今天之内。周亢没有提出异议。

她决定用自己的车送他一段路。“我来开吧。”韦一宸说。周亢没有提出异议。

他们绕到西城区分部门口，韦一宸找上道坤，向他了解一下情况，顺便交代他一些事。

“天呐，宸哥，”道坤拍打韦一宸的胳膊，“几个月没见，你的增肌工作做得还可以啊。分享点诀窍？”

“都是被迫的自然增长，丢你天天去爬山上上下下十几公里，鼻子里面冻得都是血，也能出效果。别拍了，还没个完了。继续说正事。我知道其实也不可能让你们一直分人手保护她，但上次的事，确实有可能再发生。如果她发现有什么可疑的情况，到时候通知你们，帮忙照应一下，谢了啊。”

“你放心好了。说起来，你整个人好像有一种在发光的感觉。”

“回你岗位上去！”

韦一宸回到车上，继续往前开。虽然已经到了郊外，但是离大本营的管制区还有一段距离。他还没有准备好和她分别。

他们的车驶过湖边。

“你还打算去国外旅游吗？”他说，“就像写上本书那时候一样。”

“那房子我打算卖掉，然后再找一个离编辑部近一些的地方。”她说，“以后不会总是一个人出入的。”

“有必要的时候，暂时离开岚汸最安全。”

“那我该什么时候回来呢？”周亢转过头看着他，“等到你回来吗？你大概也不知道自己什么时候能回来吧？”

韦一宸一时语塞。

“我知道你担心我。”她伸出手，轻轻拨动他的额发，声音又变得温柔，“但事实就是我们要分开一段时间，不能随时互相照顾。如果我有的事，和你心中理想的安排不一样，也不用马上觉得我是生气了，或者说我们心里有了隔阂。阿一，听明白了？”

“明白了。”

如果不是今天，而是其他任何时候，韦一宸都会发现前方驶来的卡车的异状。今晨用官方通信线路给他发送归队信息的人，不是雷东胜，而是秘书长。那车头蓝色油漆已多半剥落的卡车，驾驶者是秘书长的另一名保镖，K4。

K4算准距离，迅速变道，朝他俩的车撞过去。在这最后一刻，韦一宸猛打方向盘，急踩油门，卡车本来会直击周亢所在的副驾驶座，但因此稍微偏离目标，撞击点变成了车的中后部分，但这也足以让小车飞出道路、腾空、坠入湖中。如激浪一般的巨大水花。岸边被打湿的枯草。受惊而立刻朝着洞穴方向逃窜的麝鼠。

卡车停住了。K4下车，头部慢慢从左侧移到右侧，观察一下湖边的状况，然后戴上事先准备好的潜水面具，反握着一把匕首，潜入水中。

水下冰冷，泥沙四溅。周亢挣扎着解开了安全带，想寻找韦一宸，但是有什么东西眯住了眼睛，刺痛得厉害。她睁不开眼，只能趁身体未冻僵，在一片黑暗之中朝上游。她抓到了湖边水草，艰难地爬到岸上。在眼睛能睁开之前她就开始叫着韦一宸的名字并且呼救，擦拭眼睛、把湿发撩到头部上方之后，她依然在呼救，但是这郊外四周没有任何人。她感觉到巨大的惊恐以及恶心，看着湖面。眼睛之所以能看清，是因为泪水把污渍冲了出来。

她无法估算过去了多长时间——一团像人的东西，伴随着在水面大量洇开的鲜血，浮了起来。她不认识那是谁，从着装来看显然不是韦一宸。那是K4的尸体。

然后，在离周亢数米的地方，另一人从水中伸出手，抠进岸边的泥，把身子迅速拉上来。他站直了，抹去面部的湖水。

周亢想立刻冲上去拥抱他，身体却僵住了。

他看了她一眼。他的眼神，让她觉得陌生。她感到一阵寒冷，而这寒冷不是冰冷的湖水带来的。

她记得他昨夜的话——我觉得身体里好像有另一个人。

在这一刻，属于韦一宸的故事中止，而锡兵的故事再度揭幕了。

11 荒原狼与缔造者

起初，以帛河为界，西边是荒原上的狼，东边是怀抱着蓝图的缔造者。他们有各自的世界。在他们的世界之外还有整个外部世界。荒原狼的嗥叫如他的尖牙一般充满野心，从河床之底一直回响到山巅，无情划定捕猎范围。而缔造者耕作、搭建，梦想着仅凭自身的一次挖掘、一次浇灌，就可以让摩天大楼突破地面，向着那自负的天空生长。但荒原狼与缔造者，不是一根垂线上永不会相交的两极。他们并不是前者精于掠夺而后者致力于守护的对立关系。他们都同时精于掠夺和守护，都会吃人。他们吃人不是因为饥饿，而是为了自身的强健和威严的彰显。他们吃人，也未必需要吞进肚里，而是能让猎物俯首，甘愿自己的生命一点一点地被蚕食，体温一点点被盗取。

某一天，某一刻，让整个外部世界陷入混乱和困惑的事情也发生在了他们身上。他们互换了意识，并且知晓了对方所拥有、即将拥有的一切。暂且仍然把西边的他称为荒原狼，东边的他称为缔造者，因为如前所述，他们之间本质上的相同性，其实要大于他们的差异性。毫无意外，他们开始了争夺，因为他们已知道对方未来的扩张计划，这只不过是让一切提早发生。但因为互相之间过于了解，牙齿尖锐的程度相当，双方都难以占据实质性的胜机。也许是某一次火花过于炙热，严重地烫伤了双方，并且同时给予了他们一个重大启发——为什么我们不一起吃人呢？

这是一个至关重要的共识，因为他们发现达成了协议，接下来就只有一个重大障碍要排除 —— 一位被称为“锡兵”的战士。孩童时期，此人不愿意成为一桩古老仪式的牺牲品而出逃，得到荒原狼的庇护，成为他最忠实而锐利的牙齿，镇守着蕴藏着黄金的广大山脉。因为面部日益严重的病理性缺憾，他总是戴着皮革与锡金属共同缝制的面具，这是他名号的由来。他绝不可能接受双方的和谈。

所以，荒原狼和缔造者联合起来，诱杀了他。他的肉体、未取下的面具，以及心中无限的懊悔和恨意，一同被焚烧殆尽。

下一个遭到背叛的是荒原狼。这时，已经无须再计较谁是谁了。

残余的血与火共同熔穿了地面，白金岩浆涌出，岚汸就这样在一对双宿人的斗争之中诞生。

时至今日，荒原狼和缔造者都已经离世，吊唁者寥寥，只有缔造者蓝图的协助绘制人——秘书长，试图守护一段没有任何人留恋的过往。

但他不知道锡兵在火中即将失去意识的那一瞬间所发生的事情。

他和另一名落入水中、即将离开这世界的男孩互相迁宿了。

因为双方都已濒死、无意识，且锡兵肉体已经遭毁灭，男孩的意识没有在那一刻飞离自己的肉体。

当男孩睁开眼睛时，他还是他。也许只是因为他当时有更强的求生欲望。他还没有见过矿山和炸药之外的世界。他还没有遭到过背叛。但能确定的只有一点——他们扭曲了一个无法理解的规则。

从此，“锡兵”在男孩脑内沉眠着。

但是，也许是巧合，也许是“锡兵”的潜意识影响，男孩在成长为男人的过程中，选择了和“锡兵”类似的路径。

他拿起了枪。

每一次交火，每一次子弹擦过面颊，那沉眠的野兽的心脏就搏动一次。

直到这心脏的响动，让整具身体为它而震颤。

第六章　坚定的锡兵

1　韦一宸！

早上七点，西部军事管制区之外，一家少有人光临的小旅馆。

锡兵睁开眼睛。

能在一张干净的床单上醒来——多么惬意的一件事。阳光经过了午夜的滤网，沉淀为一片莹白。身体稳稳当当地贴服在这一片莹白之上，细微却又无处不在的绒毛把皮肤弄痒了，像一场温和的燃烧。锡兵就是在这样的惬意中，迎来重生之后的第一个早晨。在多年前贯穿他整个人生的行军生活中，这样干净的床单和宁静的早晨是一种奢侈。他见多了人在极端状况下展现出来的欲望，许多人渴求的不过是一场饱睡和一顿饱餐，重返一种宁静的、咒语一般的平庸。这也是锡兵在这一刻的选择。他很满意。他觉得头脑清晰，身体充满力量。他来到浴室，看着镜中的自己，这年轻、健康的面容以及躯体，还有腹肌上的四排数字文身。虽然极少有机会和这具身体见面，但他对它无比熟悉。

过去二十年中，锡兵只有数次机会掌控这身体，每一次都如同试图裸身从海底游上水面，或是误用了过量麻醉药的病人，抬起一只手指都是如此困难。十九年，二十一年，还是成千上万年，对锡兵来说，区别都不大，他的意识是深埋于山洞之中的枯草，只有当整座山经历地震一般的巨大响动，这枯草才有些微机会发出“沙沙”的响声。他很好地利用了这为数不多的机会。为了让这具身体的主人永远处于疑惑之中，永远追随自己“生前”的痕迹，锡兵在极有限的时间和条件下，用匕首、注射器和墨汁在腹部文上了四排数字：

0926

1023

1023

7804

0926是他从“半面村”逃离的日子，是锡兵的第一次诞生。

1023是他一对双胞胎儿女的生日，锡兵把这看作自己的第二次诞生——虽然女儿已经与他一同战死。前三行同时也是多年前曾经缝在他衣袖上，成为他的代名词的数字组。

最后，二××七年八月四日，是他和韦一宸共同的“死期”以及迁宿发生的日子，是锡兵的第三次诞生。那天，韦一宸夺回了主动权，这一列数字并没有完成。

这引导终究是不完整的。只能说是播下了一个种子。但韦一宸比他预料的拥有更多的好奇心和决心。锡兵播下种子，是韦一宸亲自一次又一次浇灌这颗危险的树种，让它喝得饱足。就在昨天下午，韦一宸落水之后，又遭到秘书长部下K4的水下追击，那一瞬间的濒死体验和二××七年八月四日发生的不幸事件重合了。之前和雍陀生死决斗的时候，韦一宸说出了应当只有锡兵和雍陀才知道的句子，那只是一次预演。这一次，重生完成了。是锡兵，而不是韦一宸，杀死K4、浮上水面，察觉又立即摆脱了周亢的目光。

锡兵不知道韦一宸还会不会再次“出现”。但就像所有的双宿人一样，他获取了韦一宸的所有记忆，并且强烈地感受到当下的自我和这具身体不可分离。因为有过之前的经验，锡兵非常清楚，他不能假设自己可以永远保持现状。哪怕没有这样的认识，也不大会限制他当下的行动方针，因为他早就习惯了让自己保持紧张和高效率。这一直是他为了生存而练就的基础心态。

他在心底是感谢韦一宸的。毕竟，他们之间没有任何过节。更重要的是，通过韦一宸的记忆，锡兵和那些他本来已经永别的事物重逢了——他出生的村落，逃离的死地，曾拥有的山峰，以及幸存的孩子。

锡兵有事要做。在“临死”之前，以及过去数次思维火花短暂迸发的时候，他满心都是强烈的复仇欲望。他是仇恨的余烬，别无他物。但是他知道，导致他遭到背叛的两个人，荒原狼以及缔造者，已经化为历史，而岚汸也不再是他记忆之中的一片广阔土地上零散分布的小村庄。他曾经的生存目的，已经完全失去了意义以及合理性。让他碌碌无为地在这具躯体中度过余生，甚至试图成为“韦一宸”，是不可能的。他必然会拥有新的生存目的。在彻底摸索、消化韦一宸的记忆之后，他有了一些想法，哪怕还称不上是明确无疑的行动目标。为了实践这些想法，他首先要做的，是找到一个说得上话而且可能和他合作的人。毕竟在过去的生活中，他既不是杀手，也不是孤胆英雄，而是一个领袖，一个值得信赖的合作者。

夜里九点四十五分，岚矿三村。

乔修书完成了指挥民兵们清理弹药的工作，离开仓库，独自走回住处。半路上，经过一盏路灯之后，他看见韦一宸站在道路右侧的墙角。

“乔修书，”韦一宸说，“我有事要和你商量。”

乔修书皱眉。韦一宸说这句话的神态，就好像两人从来没见过。

“你这两天去哪儿了？”

韦一宸没有回答。

乔修书停下了脚步。一种奇特的陌生感笼罩着他熟悉的那张脸，尤其是眼睛，它们似乎掌握了一种令人悚然的洞察力。韦一宸脚下的阴影、背后砖墙高处歪斜的树枝、夹在人行道裂缝之中的枯草，都仿佛惧怕着引起他的注意，在寒风之中保持肃静。

“你不回答我？”乔修书说。

“我不是韦一宸。”

“……我不记得他说过有双胞胎。”

“换个地方说话。我知道你有枪。如果害怕，你可以拔枪。不管怎么样，在被人盯上之前，跟我来。”

此人转过身，往前快步走。乔修书没有选择。三分钟后，他们进入了一间已经无人使用的废旧车库。对岚矿三村已经了如指掌的乔修书，伸手到墙边打开了车库内的灯，同时说：“这里我来过。”说完这句话后，他突然觉得自己显得有点可笑，因为这句话显然是为了遮掩紧张感。对方站在车库中央，转过身。在昏黄但覆盖面广的灯光下，眼前的人更像乔修书记忆之中的韦一宸。

“你是谁？”

“你们的对手是一支叫‘锡兵之子’的部队。这支部队的起源是我。我就是‘锡兵’。”

乔修书把右手稍微抬高至腰间，要指向对方，却又放了下来，就像放弃一枚看不见的棋子。

“你是双宿人？”

锡兵笑了笑。既然乔修书敏锐地意识到了这一点，那接下来的事情就容易得多了。他简单解释了所发生的一切。随着他的解释接近尾声，乔修书的神情变得越来越镇定，甚至还展露出一种友善的好奇。乔修书微微上翘的嘴角，没有让锡兵感到冒犯。他想，这证明了联系眼前这个人是正确的。他不需要一个在得知真相之后会惊慌失措的合作者。

“为什么要找上我？”

“你完全不怀疑我说的这些话吗？”

“我从来没有听说过你这样的双宿人，但我知道你不是韦一宸。我以前也处理过和双宿人有关的案子。我的原则是只关注他当下要说什么、做什么，对我们是不是有威胁。就像如果你着迷于一个人，想和她发生点什么，那么就不应该浪费时间去猜测她在上一段关系里撒了多少谎。这对我来说就已经够了。”

“我费力气想了很久很久。”锡兵用食指点触了几下太阳穴，“如果我想找人帮忙，没有比你更合适的人选了。你和我有很多相似的地方，但毕竟我们所处的时代和环境都不一样，你不得不在一些你很讨厌的条规之下生活，这些规矩把你身上值得自豪的东西扭曲了，让你几乎想自毁。韦一宸生命中的几乎所有人，在听我说了刚才的话之后，就算不对外界暴露我的身份，都会以各自的办法，尝试着求助于让他们有安全感的权威。但是你一定不会这么做。你越是对这样的权威敬而远之，我们之间的合作就越容易保密。也许他爱的那个女人也会有和你类似的态度，可惜她不是一个战士。”

“……多谢夸奖？但是我对像你一样做一个盘踞在山里、腌野猪内脏填饱肚子的‘军阀’没兴趣。如果你想找人陪你吃烧烤喝冰啤酒，我可以安排。至于别的……”

“我有两件要处理的事。首先我要弄明白，是谁派人对韦一宸下手。我相信这个躲在幕后的人，并不是对韦一宸个人有仇恨，而是察觉到了韦一宸和‘我’之间的联系，所以才想杀人灭口。也就是说，他想抹掉锡兵在这个世界上存在过的证据。幸好，这小子已经把主要的调查工作完成了。‘色西瓦秘书长’就是我要找的人。”

“他让我帮忙偷拍过那老头的照片。”

“对。他的真名应该是奥占·森阿蓬，可以说和我是‘老朋友’了。我干掉了他的手下，他肯定会更加警觉，现在凭我这个样子不容易靠近。你可以借我一把力。”

“你打算杀了他？”

“需要合适的时机。他现在是一个假如突然死掉可能会引起很多麻烦的人，所以我不会贸然下手的。另外一件事，我要到前线去多了解一下‘锡兵之子’。在秘书长的威胁被排除之前，‘韦一宸’都不方便露面，所以我需要混在民兵部队里行动。”

“想让我帮你们父子重逢？让你有机会回到自己的大本营，再回头把我们都干掉？”

锡兵沉默了片刻。

“我理解你会有这样的担忧。实话说，我还不确定会发生什么。既然是我还没有想明白的事情，我不会贸然对你做保证。我只能说，哪怕在上一次‘死去’之前，我就曾经后悔过，不应该把生命带到这世界上来。二十年前，雍陀必须成为一个战士，只因为他是我的孩子。现在，他为自己找到了斗争的理由，我需要先知道那些理由值不值得他这么做。”

“嘿，迟到二十年的亲子教育，我看很难有什么好的结果，何况你现在看起来实在不像他的……爸爸。”

“这两件事是关于我的。还有一件事，对我来说没必要花精力去处理，但我觉得你应该不会撒手不管。韦一宸没有需要照顾的家庭，但是可能需要你关照一下他的女人。”

“‘他的’女人？小周？”

“是。”

“……韦一宸上一次和我说的时候，肯定还没有发展到这个程度。”

“你放心，不是他故意对你隐瞒。这是前不久才发生的事。”

“行，我会联系她的。”

“我要说的就这么多。你该拿主意了。”

乔修书双手叉腰，低着头沉思片刻，点了点头，然后对锡兵伸出右手。两人握手。

“你有地方睡觉吗？”

“不用担心。建议你今天晚上就好好想想，怎么把我安排进你手下的人里。明天合适的时候，我会再来找你的。”

锡兵松开手，从乔修书身边经过，走向车库出口，正要拉动卷闸门，突然听见背后的乔修书高喊：

“韦一宸！”

锡兵转过身。

“没什么事，”乔修书说，“就叫一叫他。”

回到宿舍之后，乔修书一夜无眠。上次发生这样的情况，还是多年前和姜黎一同目睹他弟弟乔修宇死亡的那一天。那时候，他在心中掩埋的不仅是弟弟，还有成为他半生归宿的盾组。从那以后他也曾试图找回一点儿能让心头感到炽热的灵光，始终没有成功，直到决定放弃。今天，他久违地觉得感官变得通透，就好像意外添置了一对灵敏的眼睛，或者耳朵。关于“锡兵”，以及西部那一片广大的荒凉山野，它们所拥有的神秘性深深地吸引着他。他惊讶于自己在这神秘性之中占据了一个位置，这可能是一种幸运，而他不想浪费这样的运气。他远望夜空中的群星跳着它们以亿万年为一次节拍来旋转的舞。他低头看着水龙头中流淌而出在他掌心飞溅碎裂的水珠。在这一瞬间，他不再觉得它们混乱无序，毫无意义。他突然明白了，为什么它们合情合理。

2 幸运

数日之后的一个阴雨天，在岚汸北城区一家少有人光临的咖啡店里，周亢对坐在她对面的叶春璟说：

“我一看他的眼睛，就知道韦一宸已经不在那儿了。”

叶春璟一时沉默，抿着嘴，左手顺了顺耳垂旁边的一缕发尖。经历那次火险后，她把头发剪得很短。她有些忐忑，甚至是畏惧地抬起眼睛，看着周亢，然后握住了周亢搁在桌面上的冰凉的手。

咖啡店外，道坤和另一名干员坐在路边的车里，随时关注着周围状况，保障两人安全。这项工作安排让道坤充满紧张感。最近市内的局势越来越动荡不安。街头巷尾偶尔可见象征着“锡兵之子”的涂鸦：一张苍白的人面，倚靠着一把带刺刀的旧式火绳枪。他也不明白这些涂鸦的始作俑者是怎么想出这点子的，就他所知，真正的“锡兵之子”根本没有使用过类似的符号。更让他头疼的是，他要防备着的，可能还包括自己的同行。此刻坐在咖啡馆里的鉴证师叶春璟，因参与一个双宿人相关的秘密研究计划，得罪了政府里地位不一般的人。道坤不清楚细节，但他知道，可能会有不同势力派系的人试图把她带走。从昨天开始，道坤就怀疑自己的车被跟踪了。如果他没有判断错，这些跟踪者明目张胆，没有隐藏自身的意愿，可见并非帮派所为。总之，道坤知道自己不知不觉地掺和进了某种派系斗争中，作为韦一宸曾经的搭档，被直接划分到了其中一边，而这显然会影响他的职业生涯。

他倒是没有什么抱怨的想法。抱怨改变不了现状，何况如果他真的有把玩筹码的心思，当初就可以拒绝这命令。“欠了宸哥两三条命，这辈子可能还不清”，这也是他的真心话，而且还说出来让周小姐听见了。这相当于是一句关于责任的承诺，是收不回去的。所以最终他选择尽忠职守，并且小小地抱怨一点：怎么宸哥偏偏就惹上了背景不简单的女人呢。

“他……他不止一次问过我，”叶春璟说，“想知道自己是不是双宿人。我不觉得他是，也没太放在心上，我应该给他做一些简单的预诊……”

“你不用怪自己。虽然他对我说过，怀疑身体里有另一个人，但是我相信直到那一刻之前，”周亢停顿了一下，这句话不容易说出口，“阿一就是他本人。”

“我在研究所的时候也没听说过，一个人竟然会‘预知’到自己发生迁宿。联系你的人，和你透露过阿一现在的情况吗？”

“他什么都不愿意说。我主动提过，是不是发生了迁宿，他让我不要想这些。他只是说，在‘盯着韦一宸’，会尽量保证他的安全。”她笑了笑，继续说，“我有一种感觉，世界要变了，但是我们一头雾水。”

叶春璟也只能笑笑。她所经历的事情，现在也不能毫无防备地告诉周亢。岚汸副市长本来要软禁她，作为牵涉到陀洱王子“矫正”疗程的首要责任人，交付给陀洱一方处置，但是幕后推动者之一杜谦的自我毁灭，让副市长和陀洱国都不愿意再追究这摊浑水。在签了条款严格的保密协议之后，她恢复了人身自由。但是，她现在无法回到把她作为弃子的第三研究所，也不想回去。多么讽刺的一件事。再次回到岚汸的时候，她就想过，是不是应该脱离研究所，留在这里，并且还咨询了韦一宸和周亢的意见。

叶春璟明白，虽然周亢没有详说，但在变故发生之前，她和韦一宸真正在一起了。在过去的某些时刻，叶春璟的确想象过她自己和韦一宸的可能性。她不大费力气地否决了这类幻想，因为只要看一看韦一宸面对周亢时的眼神，她就知道自己没有机会。她无法预知韦一宸身上发生的变故。在整个研究生涯中，她遇见过许多怀疑自己是否经历过迁宿的人，这是自有双宿以来，一种常见的、危害不大的心理应激反应。韦一宸不在眼前，她做不了任何诊断，帮助不了他们。她真心想祝福他们两人，但是这样的机会已经被剥夺了。

“阿春。”

“啊？”

周亢把自己的手，从叶春璟的手掌下拿出来，抽了一张纸巾递给叶春璟。叶春璟这才反应过来，她流泪了。接过纸巾的一瞬间她哭出了声。她在心里说，有些话不该说出来，要忍着，忍着……

“可是，亢亢你，你已经有过一次……然后这次又是阿一……阿一他干吗要这么倒霉啊？结果害得你……”

这些话让自己显得不像大人。间接提到周亢的双宿人母亲极其不明智，更何况现在需要接受安慰的不是自己。但叶春璟实在忍不住。她擦了擦眼睛，鼓起勇气看着周亢。周亢略低着头，眼瞳中似有雾气，但没有流泪。

“……至少他没有伤害我。在阿一消失的一瞬间，现在占有他身体的那个人，只看了我一眼，就离开了。当时我觉得这样很残酷、很绝望……但回头来看，不是这样的。我不知道‘现在的他’是谁，但他没有继续扮演阿一的打算，他只想和我拉开距离。这可能是最好的结果了。我当然想知道他到底发生了什么……但是我不能因为这件事，就把我自己锁在这个地方。”

叶春璟连忙快速点头。泪珠甩在她自己的手背上。

周亢心中有一句准备好的话，但没有说出来：就当是一次有点突然，但是断得非常干脆的分手。哪怕有利于暂时卸下心理压力，她觉得自己也没有资格这样自嘲，因为这对韦一宸不公平，到头来对她自己的真心也不公平。她急需换个话题。

“为了写之前那本书，我采访过很多人。有一些案例实在让人难受，我都不忍心写下来。比如有一个人，他一家四口全部迁宿……只剩他一个自然人。这件事情发生之后不久，他就自杀了。在你面前说这些可能有点班门弄斧啊，但我的经验是，双宿这件事情，引起的最普遍情感，是恐惧。除了真正的隐士，所有人都需要把一部分情感和希望寄托在身边的人身上，这样才能好好活下去。身边有值得信赖的人，才能对自己的人性感到满足。哪怕我们永远不可能真正完全了解他人，但他人依然是我们的支柱。这样的支柱突然倒塌，当然会让人害怕。”

周亢停顿片刻，声音变弱了些，继续说：

“回想过去，我从来没有因为双宿而感到恐惧。其实我是幸运的。”

叶春璟明白，周亢说的是肺腑之言，但也是一种自我心理保护机制在起作用。许多无力感从这些话语间逃窜，要蔓延到叶春璟身上。她连忙说：“那接下来，你有什么打算？”

“安防司说为了我的安全，最好到国外去待一阵子。我也觉得不应该留在这里给他们添麻烦。其实我正好也想问你呢，阿春，你有什么计划？”

“我……我还不知道。”

“就算没有发生这些事情，我也该暂时离开岚汸，为下一本书准备素材了。如果你不急着回研究所，要不要和我一起上路？”

“啊？这样不会影响你工作吗？”

“我想过，我上一本书完全是用我个人作为记者的视角来看待采访对象，如果再重复一次，也挺没意思的。编辑也希望我下一本书换个突破点。如果有你在，有专业的鉴证师提供意见，肯定能出不一样的成果。当然，因为这算是工作，所以费用方面也有……”

叶春璟打断了周亢：“我愿意和你去。”

“当真？”

“说定了。”

“那太好了，我们可以尽快动身，细节路上再说。”

周亢笑了。这笑容不算放松，更谈不上欢畅，但叶春璟觉得，这一定是韦一宸很希望看见的笑。

二月下旬，在鬼门关上来回好几遭的姜黎总算伤情稳定了，被送回市内，继续接受治疗。

这时，岚汸市民们已经对不断前往西部的防弹车产生了疑心。虽然有人百般阻挠，但随着姜黎一同被带回来的大量真实故事，推动着真相逐渐暴露在所有人眼前。

前线的大规模牺牲，官员以矿区的冲突为筹码控制矿产价格、股票以及期货市场，指挥官在拒绝国际援助的同时，超高价雇用国际安保公司，趁机中饱私囊，动机可疑的他国势力干涉……

面对市民们广泛的质疑和责问，一些关键责任人纷纷浮出水面，也有人成为替罪羊。大量市民自主前往西部营地，想亲眼见证发生了什么事。雷东胜下令严密封锁营地防止市民接近，并且以“战区危险”为理由劝市民们折回。这个举动很快招致反弹，甚至在压力已经甚大的前线士兵中也引发了广泛的不满。按照许多分析家的看法，若现状持续下去，岚汸市在数年内就会衰落，受益者只会是一些无视市民利益的幕后操控者。

在各方风暴逼近的情况下，岚汸市政府及其下一任领导团队，面临两个选择：一是寻求国际支持与帮助；二是中止与他国势力桌面下的操控市场的交易，如此一来，“锡兵之子”的资金链也会逐渐断裂。最终，他们选择了第二条路。“锡兵之子”过于残忍的声誉，显然也是驱使他们如此选择的原因之一。

在这之后，战斗在规模日渐缩小的情况下，仍然持续了一年半。

3 终局

有一天夜里，当雍陀身边的全部兵力只剩下二十个人的时候，他独自来到一处安静的岩壁之前，打算静静思考一下接下来应该怎么办。

黑暗之中，有一个圆形的东西滚向他。他用脚使其停住。

那是色西瓦秘书长的头颅。

雍陀循着头颅滚来的方向，看见了一个刚刚从阴影之中出现的人，正坐在一块圆石之上。

雍陀知道他是谁。此人不是岚汸的一员，且在过去的两年内，不断给他制造麻烦，精准地清除了几乎所有实力仅次于雍陀本人的“锡兵之子”。

在过去的某个冬夜，雍陀曾经满怀自信地和他较量过。

但他现在不确定，对方是否还是同一个人。

“你来做什么？”雍陀说，“来杀我？还是来取笑我？”

对方仍是静坐，不发一言。

“我是为了完成你的事业，报你的仇才撑到现在！其实你早就回来了，却根本不打算帮我，”雍陀握紧了斧头，“而且还把我当成敌人。我曾经很痛苦……每天都在苦恼，这是为什么，为什么要这样做?!但是现在我对答案已经没兴趣了。”

“雍陀，再看看你脚边的那个人。他也以为，他要完成一桩‘事业’，一心要杀死你，还有我。但说到底，他只是为了保护自己偷来、抢来的东西而已，比如一头每天只能坐在泳池边，脖子上套着锁链，随便别人去抚摸皮毛的老虎。你不是为了完成我的‘事业’才这么做的。我当年承诺要保护一些人，结果被背叛了，中了陷阱。你现在做的事情，别说继承我的‘事业’了，你甚至不打算帮我报仇。你安心地领受像色西瓦这类人的施舍，自以为拥有了一整个愿意为你赴汤蹈火的王国，但到头来也是在服务他这一类人。你就像那泳池边的老虎，但至少它不会随便咬人，还误以为自己是百兽之王。”

“废话少说。你现在只不过是我的一个敌人而已，就像我亲手杀过的几百个人一样。”雍陀说，“够了！不要再假装可以教训我！”

雍陀朝对方冲了过去。

在黑暗之中，只能听见一些肉体和金属的交替碰撞，以及两个人在发力、防守之时富有力量感和铿锵节奏的呼吸声。

雍陀的斧头脱手，摔落在地，发出沉闷的响声。他右手的大拇指被折断了。

其实在出手之前，雍陀就知道，他自己只有困惑，没有战意。

对方踩在了斧头上，然后说：“无论你听不听得进去，我最后只有一句话对你说，她当年救了你，一定不是为了让你变成这副模样。”

“把脚拿开。”沉默片刻之后，雍陀说，“你走吧。不要再出现在我面前。下一次，我一定……”

对方转过身，离开了。

数秒钟之后，雍陀心中突然生出巨大的不忿和苦楚，仿佛整个人在经历一次不会终结的坠落。他猛然站起，拔出腰间的一把匕首，全力朝着离开之人的背脊投掷过去。

那人略微侧过身子，右手一挥。一声清脆的撞击声，银光一闪，匕首被击飞了。

雍陀不顾不远处营地中的手下人是否会听见，高声嘶吼：

“你到底是谁？你到底是谁？”

雍陀之所以这样问，是因为在他这样的人眼里，惯用的武器要比指纹更能彰显一个人不会被夺走的特性。

但在从雍陀出生至今的记忆中，刚才和他决斗的人，在上一段人生中，从来不曾用过这么一件不锋利、不易对敌人施加恫吓的武器——金属短棍。

用这件武器击溃他的人并未回答，只是不回头地消失在黑暗中。

他也不知道，自己为什么会使用这件武器。就他所知，这是这具躯体的上一个主人所习惯使用的东西。

在“锡兵之子”遭击溃、战斗进入尾声的最后一个星期，岚沥一方仍然不幸地出现了一名牺牲者。

当时是夏天，山峦间处处是密林。

一名岚沥的战士被一个咬得很紧的敌人追逐，枪械已经遭击毁，只能在林木间气喘吁吁地奔逃。敌人每一枪都很准，而且位置很隐蔽，在他心中造成了巨大的焦躁和恐慌。

仓皇之间，他被一根树藤绊住，摔倒在地。他要爬起来，突然听见后方树丛中似乎有人穿行而至。他猛然转过头，高悬的心放下来了。因为从着装来看，此人属于岚汸民兵团。

“原来是自己人……小心一点，”摔倒的人说，“有追兵。”

“追兵？”民兵回头，左手掌搁在眉骨上，左右看了看，然后转回头来对那战士说：“在哪啊？你可不可以再指个方向给我看看，你视力应该比我好吧，K2先生。”

自从秘书长失势且遭暗杀之后，K2一直隐藏在岚汸军中。听见对方口中说出这久违的名号，他意识到将要发生什么，但是已经来不及，也没有武器可以用来反击了。

乔修书开了两枪。第一枪击穿了对方的胃，静候几秒之后，又击穿了其头颅。

他想说些什么，但最终什么都没说，只是叹口气，离开了。

他成功协助“锡兵”完成了该做的事，也报了自己想报的仇。

在这一刻，属于他的战争结束了。

属于岚汸的战争也结束了。

4 与神赌一次生死

曹海作为稀有的“大年龄差迁宿体”，在弗尔甘第二研究所作为重要观察和研究对象，活到了一百零七岁——从“罗平”的出生年月算起。

八十五岁的时候，他开始画油画，每天不停，直到二十年后无论如何也拿不起画笔。

他死后，其画作短暂出现在多个拍卖行上。

网络上不时出现一些批量复制的流言，辅以一些模糊的图片，声称是“有史以来最长寿的人”曹海的最后一张画作，若盯着它看超过十五分钟，足以让人精神失常。

5　我，娜娜娅

我不止一次问过爸爸：

“你和韦叔叔关系这么好，你们是怎么认识的？”

爸爸的回答每一次都很枯燥无趣，让我心里很火大。这一次，他又特别敷衍地回答我：“工作。”

“你这个回答也太随便了吧。”和我们做了好几年邻居的韦叔叔拍了拍我爸爸的肩膀，对着他这么说。然后他吮了一口冰椰汁，笑着朝我说：“我有一次不小心丢了一件……两件，两件特别贵重的东西，都让你爸捡着了，后来呢，他把它们毫发无损地都还给我，我就觉得这个人心肠不错，值得交朋友，然后呢，然后就慢慢走到这一步了。”

好吧，虽然韦叔叔显然也没有全说实话，但他给的答案至少要比爸爸的有意思，能引起我的好奇心。

“行了，快去洗洗脸，嘴角边都是冰激凌。”爸爸说，“你还去不去码头接人啊？去的话就收拾收拾。”

“要去！”

我当场就蹦起来。我特别喜欢的叶姐姐就要上岛了。她特别忙，一年好不容易才来岛上两次，我是一定要去接的。（其实她好像也没有比韦叔叔小太多，但我喜欢叫她姐姐。）她懂的事特别多，感觉比爸爸还有韦叔叔聪明多了，所以我觉得和她在一起比较自在。她是弗尔甘第四研究所的副所长，每次来会停留三天左右，主要是为了给韦叔叔复诊。

也就是去年，韦叔叔才在得到爸爸支持后，告诉我他需要“复诊”的原因。

“我是双宿人，具体地说，是一种非常稀有的‘潜生体双宿人’。”他说，“这样的情况在世界上只发现了三例。简单来说，就是我有时候会感觉到有另一个意识，在和我争抢身体的控制权。”

“好好听着。我们都觉得你够大了，可以了解一下这些事。”爸爸非常严肃地对我说，“你要记住，韦叔叔不是得了什么怪病。”

“我当然知道，学校早就教过了，双宿人不是什么病变。”

“你叶阿姨……”韦叔叔说。

“叶姐姐。”

“行，行！其实呢，我已经整整三年都没有出现那种不舒服的感觉了，你叶姐姐就是来看看我会不会复发。其实我觉得肯定是不会了，她也就是找个理由来陪你玩儿而已！”

我知道韦叔叔这句话其实是在故作男子汉气概什么的，因为在叶姐姐给他复诊之后，我偷听过他们在诊室里的对话。

叶姐姐说：“三年没复发了，你还是很担心？”

韦叔叔说：“担心。”

“我都比你放心。其实不会复发的证据，一直在你身边。”

“啥证据？”

“你们俩多相爱啊。”

“咦，你一个科学家，讲点科学的。”

“脸红什么，我是说真的，这就是你一直强烈把握住自我的最直接表现。”

“但是……”

我觉得不该继续偷听，就走开了。

说起来，韦叔叔和周婶婶是很相爱，但前几年确实吵过不少架，让人有些担心。有的是因为一些小事儿，比如韦叔叔和我爸爸又私下约去登山了，回来的时候脸上身上常常有些青肿，简直像被揍了一顿，周婶婶就会数落他们俩几句（其实我也觉得他们不是去登山，但具体是什么我还没搞明白）。有时候是因为一些严肃的事儿，有的可能是因为韦叔叔不太喜欢开游艇的工作，有的可能是因为别的什么，这些我说不好。其实有时候我觉得，他俩是不是不太想住在这岛上，尤其是头一年，我是听过周婶婶哭的。

虽然爸爸让我不要瞎问，但我还是问过周婶婶：

“你们俩为什么会到这岛上来住啊？”

“这里挺好的，”她说，“但我俩其实有能回去的地方，但是那里有一些坏人找我们麻烦，暂时回不去了。”

我不太明白她的意思，但我能看出来她心里难受。

说起相爱什么的，周婶婶怀上小宝宝了，预产期是明年三月。他俩在一起很久了，这是第一个孩子。我真心希望宝宝是一个女孩，而且尽量随周婶婶一点儿，这样我就能有一个非常漂亮的小妹妹可以一起玩耍了。

还有，其实我真的不介意爸爸再找中意的人共同生活，介意的人明明是他自己。不过他运气也真的挺不好，有一次总算和住在北角的克里斯塔女士约出去吃饭了，但也就吃了一次饭就没戏了。后来我多方打听，才知道克里斯塔女士是这么对她朋友说的：“虽然他很帅，但是我不喜欢好为人师的男人。”

爸爸承诺过，等我到了十八岁，会告诉我妈妈到底发生了什么。老实说，我不太信任他真的会对我说实话，因为我每一次过生日，要是提起这件事，他脸色都会变得不太好看。如果他真的不告诉我，那等我独立了，就一定要自己去弄明白。我这个想法，对谁都没有说，包括叶姐姐。

因为怀孕，周婶婶索性开始写新书。她这一次的作品，还是以双宿人做主题的。这也不奇怪吧，毕竟她的结婚对象就是韦叔叔。

周婶婶把书的开头先给爸爸看了，问他的意见（但是还没有给韦叔叔看，因为他不爱看书）。我就问他们，能不能给我也看看。

我看出来爸爸又犹豫了。

“这里面有些内容，小孩子可能……”

“她也不小了。”周婶婶说，“就听听娜娜娅的看法吧，看个开头就行，我很感兴趣。”

爸爸终于答应了。周婶婶把那几页纸稿递给我。我从头读起来。这时正在屋外烤蛤蜊的韦叔叔也听见了，钻进屋来。

“在烧毁这些档案之前，让我们最后一次，把它读一读。第一个有资料可查的案例，是一名三十二岁的斯亚贝巴牧民，名叫阿卜杜尔·格鲁罕。事情发生在当地时间下午四点。这位健全、好客、嗓音洪亮优美的阿卜杜尔……

“……他还是坚持了自我意志，在横跨半个地球的漫漫长夜中，奔向早已决定的终点。”

我读完了。

“娜娜娅，”周婶婶说，“你觉得怎么样？”

“大概说的是……”我想了想，“不管未来在哪儿，一个人总可以自己选择要不要跑起来，要跑向哪个方向，因为这是他的自由。”

我只不过是把她写的最后一段，重新拼凑了一下而已。

周婶婶回头看了看韦叔叔，然后又看着我，虽然是微笑，却有点想哭的样子，对我说：

“不错，给你打八十五分吧。”

好吧，今天就说到这儿。